KB118443

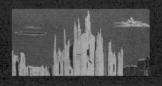

타타르인의 사막

IL DESERTO DEI TARTARI
by Dino Buzzati

Copyright ⓒ Dino Buzzati Estate
Korean translation copyright ⓒ Munhakdongne Publishing Corp., 2021
All rights reserved.

No part of this book may be used or reproduced in any manner
whatsoever without written permisson except in the case of brief quotations
embodied in critical articles or reviews.

Korean edition is published by arrangement with The Italian Literary Agency
through Imprima Korea Agency.

이 책의 한국어판 저작권은 Imprima Korea Agency를 통해
The Italian Literary Agency와 독점 계약한 ㈜문학동네에 있습니다.
저작권법에 의해 한국 내에서 보호를 받는 저작물이므로
무단 전재 및 무단 복제를 금합니다.

세계문학전집
193

Dino Buzzati : Il deserto dei Tartari

타타르인의 사막

디노 부차티 장편소설
한리나 옮김

문학동네

일러두기

1. 번역 대본으로는 *IL DESERTO DEI TARTARI*(Dino Buzzati, Mondadori, 2001)
   를 사용했다.
2. 주석은 모두 옮긴이주다.
3. 원서에서 대문자나 이탤릭체로 강조한 곳은 본문에 고딕체로 표시했다.

차례

1

장교로 임명된 조반니 드로고가 도시를 떠나 그의 첫 부임지인 바스티아니 요새로 향한 것은, 9월 어느 아침이었다.

아직 어두운 밤중에 깨어난 그는 난생처음으로 중위 복장을 걸쳤다. 옷을 갖춰 입고 나서 석유램프 불빛에 의지해 거울을 들여다봤으나, 기대했던 기쁨은 찾을 수가 없었다. 집안에는 깊은 정적이 감돌았고, 간간이 옆방에서 새어나오는 작은 소음만이 들려올 뿐이었다. 그의 어머니가 인사를 하려고 잠자리에서 일어나는 중이었다.

오랜 세월 기다려온 이날이야말로 그에게는 진정한 삶의 시작이었다. 사관학교에서 보낸 힘겨운 날들을 생각하니, 밖에서 자유롭게 거리를 지나는, 행복해 보이는 사람들 소리를 들으며 공부와 씨름하던 우울한 저녁 일과가 떠올랐다. 또 가혹한 형벌과도 같은 악몽이 고여 있던 얼어붙은 기숙사의 한겨울 기상시간도. 결코 끝날 것 같지 않던 날들을 하루하루 세어가던 고통도 그는 기억했다.

이제 드디어 그는 장교가 되었다. 파고들어야 할 책도, 상관의 목소리에 떨어야 할 일도 더는 없었다. 모든 게 지나간 과거였다. 증오스럽게만 여겨졌던 생도 시절의 모든 날이 다시는 반복되지 않을 달과 햇수를 채우고 어느새 영원히 사라져버렸다. 그렇다, 이제 그는 장교였다. 앞으로는 돈을 거머쥘 수 있을 테고, 아름다운 여인들이 그에게 관심을 보이리라. 하지만 조반니 드로고는 사실상 삶의 가장 아름다운 시절인 풋풋한 청년기 또한 어느덧 끝나버렸음을 깨달았다. 드로고는 그런 생각에 잠겨 거울에 비친 자기 모습을 물끄러미 바라보았다. 사랑하려고 부질없이 애썼던 얼굴에 드리운 억지 미소가 눈에 들어왔다.

얼마나 어이없이 굴었는지. 어머니한테 작별인사를 하면서 왜 여유롭게 미소 짓지 못했던가? 왜 어머니의 마지막 당부에 귀기울이지 않았으며, 그토록 사랑이 담긴 따뜻한 목소리를 흘려들었던가? 왜 제자리에 있던 시계와 말채찍, 모자를 못 알아보고 신경질적인 불안함으로 방을 서성였던가? 무슨 전쟁에 나가는 것도 아니면서! 그 시간에 그와 같은 중위 수십 명, 그의 오랜 동기들은, 마치 어느 축제에 가듯이 화기애애한 분위기 속에서 고향집을 떠날 채비를 하고 있었을 텐데. 왜 그는 어머니를 안심시킬 다정한 말 대신 그렇고 그런 헛된 말만 하고 있었나? 가족의 희망과 기대 속에서 태어났던 고향집을 처음으로 떠나는 괴로움, 온갖 변화가 몰고 오는 두려움, 어머니와 이별하는 슬픈 감정이 마음을 어지럽히기도 했지만, 무엇이라 말하기 힘든 한 가지 생각이 그를 끈질기게 붙잡고 있던 터였다. 다시 물릴 수는 없는 일들이 주는 어렴풋한 예감, 돌아오지 못할 여행을 떠나는 순간과 마주한 것 같다는 생각이.

친구인 프란체스코 베스코비가 여정 길에 말을 타고 그와 동행했다. 말발굽소리가 텅 빈 거리에 울려퍼졌다. 새벽이 밝아오는 시각, 도시는 여전히 잠들어 있었다. 여기저기 높은 층 창문에서 드문드문 덧문이 열리고, 아직 피곤이 가시지 않은 얼굴들이 나타나 무신경한 눈길로 태양이 떠오르는 황홀한 광경에 잠시 시선을 고정하고 있었다.

두 친구는 서로 말이 없었다. 드로고는 바스티아니 요새가 과연 어떤 모습일지 생각해봤지만, 도무지 상상하기가 어려웠다. 정확히 그 요새가 어디쯤에 있는지, 얼마나 먼 길을 가야 하는지조차 몰랐다. 어떤 사람들은 말을 타고 하루 정도 걸린다고 했고, 다른 이들은 그보다 덜 걸린다고 했지만, 그들 중에서 정말 그곳에 가본 사람은 아무도 없었다.

도시의 성문에 다다르자 베스코비는 기운차게 시시콜콜한 얘기를 늘어놓기 시작했다. 마치 드로고가 산책이라도 가는 양 말이다. 그러다가 어느 순간 그가 말했다.

"저기 풀이 무성한 산 보이나? 그래, 바로 저기. 산꼭대기에 건축물 보이지?" 그는 말을 이었다. "그래! 저게 바로 요새의 보루라네. 시간에 닳긴 닳았지. 이 년 전에 삼촌하고 사냥하러 가다가 지나간 게 기억나는군."

어느새 그들은 도시를 빠져나왔다. 이제 옥수수밭과 평야, 붉게 물든 가을 숲이 펼쳐지기 시작했다. 태양이 내리쬐는 길에서 두 사람은 나란히 앞으로 나아갔다. 조반니와 프란체스코는 변함없는 열정과 우정으로 오랜 세월을 함께해온 친구였다. 그들은 매일같이 만나던 사이였다. 이후 베스코비는 살집이 늘었다. 중위가 된 드로고는 지금 그가 얼마나 낯선지 실감하고 있었다. 이제 편안하고 고상한 척하던 지난날의 모든 삶은 더이상 그의 것이 아니었다. 그가 탄 말과 프란체스코가 탄 말만 해도 벌써 발소리부터 차이가 났다. 끝 모를 불안과 피곤에 지쳐 그의 말이 내는 발굽소리는 상대적으로 더 무겁고 활기도 없어 보였다. 마치 그 짐승 역시 변화를 앞둔 삶을 직감한 것 같았다.

그들은 오르막길 정상에 도착했다. 드로고는 고개를 돌려 햇빛을 등진 도시를 내려다봤다. 아침을 알리는 연기들이 지붕들에서 피어오르는 가운데 저멀리 그의 집이 보였다. 그는 자기 방 창문을 한눈에 알아봤다. 아마도 유리창문이 열려 있는 듯 보이는 것이, 여자들이 방을 정리하는 모양이었다. 침대 시트를 갈고 널브러진 물건들을 장롱 안에 가지런히 집어넣고는 덧창을 닫을 것이다. 그러고는 몇 달간 그 방에는 아무도 들어가지 않을 테고, 먼지만 꾸준히 쌓이다 햇빛 좋은 낮이면 가느다란 햇살이 비쳐들겠지. 이제 보다시피 어린 시절의 작은 왕국은 어둠 속에 갇혀버렸다. 어머니는 그가 돌아와 다시 그곳을 찾을 때까지 그 세계를 그대로 보존해둘 것이다. 오랫동안 자리를 비운 후에도 다시 예전으로 돌아가 소년처럼 지낼 수 있도록. 아! 어머니는 분명 영원히 사라진 행복을 그대로 간직할 수 있다고, 도망치듯 흘러가는 시간을 붙잡아둘 수 있다고 믿고 있을 터였다. 나중에 아들이 돌아와 집 문과 창문을 다시 열면 모든 게 전처럼 되돌아오리라 상상하면서.

친구 베스코비는 거기서 그에게 다정히 작별인사를 건넸고, 드로고는 가던 길을 계속 재촉하여 홀로 산을 향해 나아갔다. 그가 요새로 통하는 골짜기 입구에 도착했을 무렵 해는 중천에 떠 있었다. 오른편 산 정상에 베스코비가 가리켰던 요새의 보루가 보였다. 다행히 아주 멀리 있는 것 같지는 않았다.

드로고는 어서 도착하고 싶은 조급한 마음에 잠시 쉬며 뭔가를 먹을 새도 없이, 가파른 경사로의 좁고 험한 길을 오르느라 이미 지친 말을 계속해서 몰았다. 도중에 사람을 마주치는 일은 점점 더 드물어졌다. 조반니는 한 마부를 보고 요새까지 가려면 시간이 얼마나 걸리는지 물었다.

"요새라니요?" 마부가 되물었다. "무슨 요새 말입니까?"

"바스티아니 요새요." 드로고가 말했다.

"이 부근에는 요새가 없어요." 마부가 대답했다. "그런 얘기는 들어본 적도 없습니다."

이 사람이 잘못 알고 있는 것이 분명했다. 드로고는 다시 길을 재촉했고, 오후가 지나면서부터는 슬며시 불안감이 밀려오는 것을 느꼈다. 계곡의 높은 산자락들을 유심히 훑으며 요새를 찾아보았다. 그는 현기증이 날 만큼 높은 성벽들에 둘러싸인 오래된 성곽을 상상하고 있었다. 차츰 시간이 지날수록, 프란체스코가 자기에게 잘못된 정보를 주었다는 의심이 들었다. 그가 가리킨 보루는 이미 멀리 지나온 게 틀림없었다. 어느새 저녁이 다가오고 있었다.

조반니 드로고와 그 말을 한번 봐보자. 마치 그 둘은, 자꾸만 더 높아지고 산세가 험해지는 산허리에서 조무래기 같기만 하다. 그는 날이 저물기 전에 요새에 도착하려고 계속해서 산을 오른다. 하지만 그보다 빠르게, 흐르는 물소리가 들려오는 협곡 안쪽에서, 산그늘이 기어올라오고 있다. 그러다 어느 순간, 그 그림자는 골짜기 건너편 산허리를 돌아막 드로고의 눈높이까지 와서는 질주를 멈추고 숨을 고르는 듯한데, 마치 기세를 꺾지 않으려고 그러는 것 같다. 그러더니 슬그머니 잠입해서는 사면과 바위를 타고 또 올라가고 있다. 말 탄 그를 뒤에 남기고.

골짜기 전체는 벌써 자줏빛 어둠으로 들이찼고, 까마득한 높이에서 오직 풀이 듬성한 헐벗은 산마루만이 햇빛을 받아 빛나고 있었다. 그 순간 드로고는 너무나 청명한 저녁 하늘과 대비를 이루는 검고 거대한 규모의 군사시설과 갑자기 맞닥뜨렸다. 아주 오래되고 황량해 보이는 건축물이었다. 조반니는 심장이 뛰는 걸 느꼈다. 이게 바로 그 요새였던 것이다. 하지만 성벽에서 주변 풍경에 이르기까지 모든 게 음산하고 냉랭한 분위기를 풍겼다.

그는 입구를 찾지 못해 건축물 주위를 맴돌았다. 날은 벌써 어두워진데다 불 켜진 창문 하나 없었고, 순찰로에는 경비병들의 램프조차 보이지 않았다. 보이는 거라곤 흰 뭉게구름을 등지고 앞뒤로 몸을 움직이는 박쥐 한 마리뿐이었다. 결국 드로고는 누군가를 불러보기로 했다. "거기! 누구 없습니까?" 그가 외쳤다.

성벽 아래쪽 어두컴컴한 그늘에서 어떤 사람이 돌연 모습을 드러냈다. 부랑자나 걸인 같았는데, 희끗한 수염을 기른 얼굴에 손에는 작은 자루를 들고 있었다. 하지만 어둑한 음지에 있었기에 번득이는 흰 눈자위 말고는 잘 보이지 않았다. 드로고는 고마이 그를 쳐다보았다.

"누구를 찾으십니까, 나리?" 그가 물었다.

"바스티아니 요새를 찾고 있습니다. 여기가 맞습니까?"

"이곳에는 이제 요새가 없습니다." 낯선 남자는 부드러운 말투로 대답했다. "전부 폐쇄되었지요. 인적이 끊긴 지가 족히 십 년은 될 겁니다."

"그렇다면 요새는 어디 있단 말입니까?" 드로고는 이 낯선 남자에게 짜증을 내듯 불쑥 물었다.

"무슨 요새 말입니까? 혹시 저걸 말씀하시나요?" 그러면서 그는 한쪽 팔을 뻗어 뭔가를 가리켰다.

인근 골짜기 사이에는 벌써 어둠이 내려앉았고, 어지럽게 펼쳐진 산등성이 뒤로 까마득히 보이는 곳은 저물어가는 붉은 태양빛에 잠겨 있었다. 마치 마법에서 풀려나온 듯, 그제야 어느 헐벗은 산봉우리와 그 가장자리에 자리한 황색의 규칙적이고 기하학적인 구조물이 조반니의 눈에 들어왔다. 요새의 윤곽이었다.

아, 얼마나 더 먼 길을 더 가야 하는가. 앞으로 몇 시간이나 걸릴지 짐작조차 할 수 없는데다 그의 말은 이미 지쳐 있었다. 넋이 나간 드로고는 요새를 뚫어져라 바라보며, 사람이 닿을 수 없으리만치 저토록 세상과 동떨어진 저 고독한 성에서 무엇을 기대할 수 있을지 스스로에게 되물었다. 저곳엔 어떤 비밀들이 숨어 있을까? 하지만 그것도 잠시였다. 이미 일몰의 태양은 서서히 언덕 저만치로 멀어져갔고, 황색 성벽에 밤이 내려앉으며 시퍼런 돌풍이 들이닥쳤다.

2

여전히 길 위에 있는 그를 어둠이 엄습했다. 골짜기는 좁아졌고, 요새는 막 접어든 산 뒤편으로 사라진 지 오래였다. 빛도 없었고 밤에 우는 새 소리마저 들려오지 않았다. 이따금씩 멀리서 물소리만이 들려올 뿐이었다.

무어라고 불러봤지만, 메아리는 적대감이 깃든 소리로 그에게 되돌아왔다. 그는 길 가장자리 나무그루에 말을 묶었다. 말이 풀을 찾아 뜯을 수 있을 만한 장소였다. 그는 그곳에 자리를 잡고 앉아 절벽 아래 경사면에 등을 기댄 채 잠이 오기를 기다리면서, 한편으로는 이제 남은 길과 요새에서 만날 사람들, 그리고 다가올 미래의 삶에 대해 생각했다. 마땅히 기뻐할 이유는 찾을 수 없었다. 그의 말이 이따금씩 신경을 거스르는 이상한 방식으로 앞발굽을 땅에 내려치곤 했다.

동이 트자 다시 길을 나선 그는 골짜기 맞은편 비탈에 그의 위치와 똑같은 높이에 있는 또다른 길을 발견했고, 잠시 후 거기서 무언가가 움직이는 것을 보았다. 햇살이 아직 산허리까지 내려오지 않은데다 움푹 팬 곳마다 어둑한 그늘이라 사물을 제대로 분별하기가 어려웠다. 말걸음을 재촉해 그 물체와 나란한 곳에 이른 드로고는 그가 사람이며 말을 탄 장교임을 확실히 알 수 있었다.

마침내 그와 같은 인간이었다. 함께 웃고, 농담하고, 앞으로 다가올 비슷한 생활을 이야기하고, 사냥과 여자와 도시에 대해 말할 수 있는 친근한 피조물이었다. 이제 드로고는 도시에서 멀어져 아득히 머나먼 세계로 추방된 듯했다.

골짜기가 서서히 좁아지면서 두 갈래 길은 점점 가까워졌고, 조반니 드로고는 상대가 대위라는 사실을 알아차렸다. 일단 큰 소리로 외치는 건 못 미더운데다 경박하고 무례해 보일 수 있었다. 그 대신 그는 모자를 벗어 오른손에 들고 연거푸 인사를 건넸는데, 상대편에서 아무런 답이 없었다. 드로고의 존재를 알아차리지 못한 게 틀림없었다.

"대위님!" 결국 조바심에 그가 크게 소리쳤다. 그러고는 다시 인사를 했다.

"무슨 일입니까?" 상대편에서 대답하는 소리가 들렸다. 대위는 멈춰서서 정중하게 인사를 하고는 무슨 이유로 그렇게 고함을 질렀는지 드로고에게 물었다. 그의 질문에는 어떤 엄격함도 묻어나지 않았지만, 무척이나 놀란 눈치였다.

"무슨 일이죠?" 대위의 목소리가 다시 한번 메아리쳤다. 이번에는 약간 화가 난 목소리였다.

조반니는 걸음을 멈춘 뒤 두 손을 확성기 모양으로 만들어 있는 힘을 다해 크게 답했다. "아무것도 아닙니다. 그냥 대위님께 인사드리고 싶었습니다!"

정말 바보 같은 변명이었다. 아니, 상대가 농담으로 받아들일 수도 있으니 오히려 모욕에 가까웠다. 드로고는 즉시 자신의 행동을 후회했다. 그는 스스로를 우스꽝스러운 궁지로 몰아넣은 셈이었다. 이 모든 게 혼자 있는 것을 견디지 못하는 탓이었다.

"당신은 누굽니까?" 대위가 큰 소리로 되물었다.

드로고가 두려워하는 질문이었다. 골짜기 양쪽을 오가는 그들의 이상한 대화는 계급 간의 문답으로 이어져갔다. 썩 유쾌하지 않은 시작이었다. 분명하지는 않지만 대위가 요새 소속일 가능성이 있으니 말이다. 아무튼 드로고는 어쩔 수 없이 대답을 해야만 했다.

"드로고 중위입니다!" 조반니는 큰 소리로 자신을 소개했다.

대위는 그를 알지 못했고, 그 정도 먼 거리에서 이름을 알아듣기란 사실상 불가능하기도 했지만, 어쨌든 안심하는 눈치인 것이 조금 있으면 만나게 될 거라는 듯한 신호를 보내며 길을 다시 재촉해오고 있었기 때문이다. 실제로 삼십 분쯤 지나자 다리처럼 보이는, 협곡의 좁은 길이 나타났다. 그 지점에서 두 길은 하나로 합쳐졌다.

다리에서 두 사람은 서로 만났다. 대위는 말에 탄 채 그대로 드로고에게 다가와 악수를 청했다. 마흔 살쯤 되어 보이는 남자였는데, 마르고 점잖은 용모 탓에 조금 더 나이가 들어 보였다. 그의 군복은 어딘가 조잡해 보였지만 말끔하게 정리되어 있었다. "오르티츠 대위요." 그가 자기를 소개했다.

드로고는 그와 악수를 나누며 드디어 요새의 세계로 들어서는 기분을 느꼈다. 이것이 첫번째 만남이라면, 앞으로 그는 폐쇄적인 요새 안에서 온갖 종류의 사람을 수없이 만나게 될 터였다.

대위는 지체하지 않고 다시 길을 떠났다. 드로고는 그의 계급을 존중하는 의미에서 조금 뒤에 떨어진 채 그를 따르며, 방금 전에 벌어졌던 당황스러운 대화에 대한 대위의 혹독한 질책을 기다렸다. 하지만 대위는 아무 말이 없었다. 어쩌면 말하기 싫어서일 수도, 어쩌면 낯을 가려 대화를 어떻게 시작해야 할지 몰라서일 수도 있었다. 길이 험하고 태양이 뜨거운 탓에 두 사람은 천천히 길을 갔다.

드디어 오르티츠 대위가 입을 열었다. "아까는 멀리 떨어져 있어서 중위 이름을 알아듣지 못했어요. 드로소라고 했던 것 같은데?"

조반니가 대답했다. "G가 들어간 드로고, 조반니 드로고입니다. 선생님, 아니 대위님, 좀전에 제가 큰 소리로 불렀던 점 용서해주십시오." 그는 덧붙여 말했다. "짐작하시겠지만, 골짜기라 미처 계급장을 보지 못했습니다."

"사실, 전혀 볼 수 없는 상황이었지요." 오르티츠 대위는 별다른 반박 없이 수긍하며 웃음을 터뜨렸다.

그 상태로 얼마간 말을 타고 가는 동안 두 사람 모두 약간 멋쩍은 기분이었다. 잠시 후 오르티츠 대위가 물었다. "그럼, 목적지가 어딥니까?"

"바스티아니 요새입니다. 혹시 이 길이 아닙니까?"

"아, 이 길 맞아요."

그들 사이에 다시 침묵이 흘렀다. 날씨는 뜨거웠고 사방에는 변함없이 나무와 풀이 우거진 야생의 거대한 산들이 있었다.

오르티츠 대위가 말했다. "그러니까 요새로 간다고요? 혹시 상부의 전갈이라도 있습니까?"

"아닙니다, 대위님. 그곳에 배치되어 복무하러 갑니다."

"부대원으로 배치되었나요?"

"네, 그렇게 알고 있습니다. 첫 부임지로 발령받았습니다."

"부대원이라…… 뭐 그럼 잘된 일이군요…… 축하합니다."

"감사합니다, 대위님."

그들은 다시 침묵 속에서 조금 더 나아갔다. 조반니는 너무나 심한 갈증을 느끼며 대위의 안장에 매달린 나무물통 속에서 출렁대는 물소리에 귀를 기울였다.

오르티츠 대위가 물었다. "이 년 동안인가요?"

"죄송합니다, 대위님. 이 년 동안이라 하셨습니까?"

"이 년 동안이라고 했어요. 앞으로 통상 이 년마다 소임지가 바뀔 텐데, 아닌가요?"

"이 년요? 모르겠습니다. 복무기간에 대해선 듣지 못했습니다."

"음, 보통 이 년으로 알고 있어요. 새로 임명된 중위들은 이 년 정도 있다가 다들 떠나니까요."

"규칙상 전부 이 년입니까?"

"알다시피 군에서 이 년이라는 시간은 사회 경력상 사 년에 해당하잖소. 중위와 같은 장교들에게 중요한 건 바로 이 사실 아닙니까. 그게 아니라면 아무도 소임을 요청하지 않을 거요. 게다가 경력을 빨리 쌓는

데는 요새가 딱이죠, 안 그래요?"

드로고는 그 사실을 전혀 몰랐지만 바보같이 보이기 싫어서 무난한 문장으로 조심스레 운을 뗐다. "물론 많이들……"

오르티츠 대위는 더이상 말이 없었다. 아무래도 대화 내용에 흥미가 없는 듯했다. 하지만 이제 서먹한 침묵이 깨졌으니 조반니는 질문을 던져보기로 했다. "요새에서는 모두 경력이 두 배가 되나요?"

"모두라니, 누구 말이죠?"

"다른 장교들 말입니다."

오르티츠는 껄껄 웃음을 터뜨렸다. "아, 그 모두 말이군요! 생각해봐요! 오직 하급 장교들만 해당됩니다. 안 그러면 누가 그곳에 가길 청하겠어요?"

드로고가 말했다. "저는 요청하지 않았는데요."

"요청하지 않았다고요?"

"그렇습니다, 대위님. 불과 이틀 전에야 제가 요새에 배치됐다는 걸 알았습니다."

"흠, 정말 이상하군요."

다시 침묵이 흘렀다. 그들은 각자 다른 생각에 잠겨 있는 것 같았다. 그러다가 오르티츠가 말문을 열었다. "그렇다면……"

조반니는 흠칫했다. "말씀중이셨습니까, 대위님?"

"그러니까, 아무 요청도 없었는데 상부에서 중위를 공식적으로 배치했단 말이군요."

"아마도 그런 것 같습니다, 대위님."

"그럼 분명 그래야 할 이유가 있어서였겠군요."

드로고는 길 위에 날리는 먼지 속에서 뚜렷한 두 마리 말 그림자와
걸음을 뗄 때마다 '네, 네'라고 대답하는 듯한 말들의 머리를 바라봤다.
그의 귀에는 말들의 네 다리에서 퍼져나오는 말발굽소리와 이따금 윙
윙거리는 파리 소리만이 들려왔다. 길이 끝날 기미는 여전히 보이지 않
았다. 간혹 골짜기 굽이를 돌아설 때마다 가파른 절벽에 깎아지른 듯
높이 솟은 길이 눈앞에 나타났다. 지그재그로 오르는 힘겨운 길이었다.
그 길을 오른 뒤 위쪽을 쳐다보면 여전히 눈앞에는 점점 더 높은 길이
펼쳐졌다.

드로고가 대위에게 물었다. "대위님, 죄송합니다만……"

"말해요."

"아직도 갈 길이 먼가요?"

"아주 멀지는 않아요. 지금 속도라면 아마도 두 시간 반, 어쩌면 세
시간 정도 걸릴 겁니다. 아마 정오 무렵에 도착할 거예요."

그들은 한동안 말이 없었다. 말들은 온몸이 땀으로 흥건했고, 대위가
탄 말은 지쳤는지 다리를 질질 끌었다.

오르티츠 대위가 입을 열었다. "왕립 사관학교 출신인가요?"

"네, 대위님, 사관학교를 졸업했습니다."

"그렇군요. 마뉴스 대령은 여전히 거기에 있나요?"

"마뉴스 대령님요? 글쎄요. 전 모르는 분입니다."

이제 골짜기가 좁아지고 그들의 행보는 뜨거운 햇살에 고스란히 노
출되었다. 이따금씩 측면의 어두운 협곡을 지날 때면 얼음같이 차가운
바람이 불어왔다. 협곡 정상에는 경사가 매우 가파른 산봉우리들이 솟
아 있었다. 그토록 높은 봉우리들의 정상에 오르려면 이삼 일로도 부족

할 듯했다.

오르티츠가 말했다. "말해봐요, 중위. 보스코 소령은 아직 있나요? 여전히 사격 교육을 담당합니까?"

"아닙니다, 대위님. 잘못 아신 것 같습니다. 지금은 침메르만 소령님이 계십니다."

"그렇군, 침메르만 소령. 이름을 들어본 적이 있죠. 내가 지내던 시절에서 참 세월이 많이 지난 게 문제예요…… 이제는 모든 게 바뀌었겠죠."

두 사람은 잠시 각자의 생각에 잠겼다. 길은 다시 햇살이 쏟아지는 출구로 나 있었고, 이제는 더욱 험한 비탈에 여기저기 암석이 드러난 산들이 쉴새없이 이어졌다.

드로고가 먼저 말문을 열었다. "어제저녁에 멀리서 봤습니다."

"무엇을요? 요새 말인가요?"

"네, 요새요." 그는 잠시 숨을 고르고는 예의를 갖추기 위해 덧붙여 말했다. "틀림없이 규모가 매우 커 보였는데, 맞습니까? 제게는 거대해 보이더군요."

"요새가 크다고요? 아니, 아니에요. 아주 작은 요새에 속하고, 게다가 무척 오래된 건축물이죠. 멀리서 볼 때만 그럴듯해요."

그는 잠시 말이 없더니 한마디 덧붙였다. "아주 오래됐고, 무척 낡았죠."

"하지만 중요한 요새들 중 한 곳 아닙니까?"

"아니에요. 이급 요새라 할 수 있지요." 오르티츠 대위가 대답했다. 요새에 대해서 안 좋게 말하는 경향이 있는 것 같은데, 어조가 어딘지 모르게 특이했다. 마치 아들의 단점을 알아차려서 기뻐하는 사람 같았다. 자신의 대단한 공적 앞에서는 영원히 우스갯거리가 되리라 확신하는 듯 말이다.

"죽은 국경선이죠." 오르티츠가 말을 이었다. "하나도 변한 게 없어요. 백 년 전과 똑같은 상탭니다."

"죽은 국경선이라고요?"

"더이상 아무도 신경쓰지 않는 국경선이란 의미예요. 그 앞에 큰 사막이 있지요."

"사막이라고요?"

"그래요, 사막. 돌과 메마른 땅. 사람들은 그곳을 타타르인*의 사막이라고 불러요."

드로고가 물었다. "왜 타타르인의 사막입니까? 타타르족이 있나요?"

"고대에는 그랬을지 모르죠. 하지만 전설에 불과해요. 그곳에 가본 사람은 아무도 없으니까. 심지어 과거에 일어난 전쟁중에도 없었어요. 일종의 불문율이었지요."

"그럼 요새는 아무런 역할도 하지 않았고요?"

"전혀요." 대위가 말했다.

길이 점점 높은 곳을 향하자 나무들이 사라졌고, 드물게나마 덤불만이 여기저기 눈에 띄었다. 나머지는 바싹 마른 풀과 암벽, 붉은 땅의 흙덩이뿐이었다.

"실례합니다만, 대위님, 혹시 이 근처에 가까운 마을이 있습니까?"

---

* 러시아 내의 튀르크계 여러 종족. 여기서는 낯선 미지의 적, 신비에 싸인 북쪽의 이민족을 상징한다.

"음, 가까이에는 없어요. 산로코라는 마을이 있지만 여기서 30킬로미터쯤 떨어져 있지요."

"그렇다면 뭔가 즐길 거리가 별로 없겠군요."

"즐길 거리는 거의 없어요. 정말 적지요."

공기가 더욱 서늘하게 변했다. 산허리는 마지막 산마루를 예고하면서 원만해져갔다.

"그럼 지루하지 않습니까, 대위님?" 조반니는 웃으면서 친근하게 물었다. 자신에게는 어떻든 상관없다는 투였다.

"적응하기 나름이지요." 오르티츠는 그렇게 대답하고 나서 힐난하는 투로 덧붙였다. "나는 거의 십팔 년째 복무중입니다. 아니, 사실 십팔 년을 이미 채웠지요."

"십팔 년이라고요?" 조반니가 놀라 되물었다.

"십팔 년이죠." 대위가 대답했다.

그때, 하늘을 날던 까마귀들이 두 장교를 가까이 스쳐지나가더니 골짜기 깊은 곳으로 빨려들듯 사라졌다.

"까마귀들이군요." 대위가 말했다.

조반니는 아무 대답이 없었다. 그는 자신을 기다리는 삶에 대해 생각했다. 요새라는 낯선 세계와 그곳의 고독, 그리고 그 산에 이질감이 느껴졌다. 그가 물었다.

"첫 소임지로 요새에 발령받은 장교들 중 이후에도 계속 복무하는 사람이 있습니까?"

"지금은 몇 명 없어요." 이제 상대방이 곧이곧대로 받아들이지 않으리라는 걸 눈치챈 오르티츠는 요새에 대해 나쁘게 말한 것을 후회했다.

아마 상대는 이렇게 생각할지 몰랐다. '실은 거의 아무도 없겠지. 지금은 다들 중요한 수비대로 가길 원할 테니까. 예전에는 바스티아니 요새도 명성이 있었지만 이제는 그곳이 형벌에 가깝게 여겨질 거야.'

조반니는 여전히 대꾸가 없었지만 대위는 계속 말을 이어갔다.

"그래도 결국은 국경 수비대지요. 전반적으로 일급 군사 영역에 속해요. 사실, 한번 국경지대는 영원한 국경지대니까요."

드로고는 갑자기 엄습해온 압박감에 침묵을 지켰다. 넓게 트인 지평선을 배경으로 돌산의 기묘한 윤곽과 하늘로 치솟은 뾰족한 암벽 봉우리들이 드러났다.

"이제는 부대에서도 생각이 바뀌었어요." 오르티츠가 계속해서 말했다. "한때 바스티아니 요새는 명성이 대단했지요. 지금이야 죽은 국경선이라고들 하지만, 한번 정해진 국경선은 영원히 국경선이라는 사실을 잊은 거죠. 사람들이 그걸 모른다니까……"

얼마 후, 길을 가로질러 흐르는 시냇물이 나타났다. 두 사람은 말들에게 물을 먹이기 위해 그곳에 멈추고는 말안장에서 내려와 굳어진 몸을 풀고자 잠시 주위를 걸었다.

오르티츠가 말을 건넸다. "중위, 요새에서 제일 중요한 게 뭔지 압니까?" 그러고는 즐거운 듯 웃었다.

"뭡니까, 대위님?"

"조리실이에요. 곧 요새에서 어떻게 먹고들 사는지 보게 될 겁니다. 조리실 검열이 잦은 것도 그 이유지요. 보름마다 장군이 와서 확인을 해요."

드로고는 예의상 웃었다. 오르티츠 대위가 바보라서 이러는지, 아니면 뭔가를 숨기고 있는 건지, 혹은 그저 아무 생각 없이 이런 얘기를 하는 건지 도무지 알 수가 없었다.

"훌륭하네요. 벌써 배가 고픕니다!" 조반니가 대답했다.

"오, 이제 얼마 남지 않았어요. 저기 자갈 얼룩이 있는 둔덕 보입니까? 그래, 바로 그 뒤예요."

다시 길을 나선 두 장교는 자갈 얼룩이 있는 둔덕 바로 뒤편, 완만한 오르막 형태의 평지 가장자리로 나왔고, 그들이 있는 곳에서 불과 몇백 미터 앞에 요새가 나타났다.

요새는 전날 저녁에 봤던 모습과 비교해 정말 작아 보였다. 중앙 요새는 창문이 몇 개 없는 병영과 비슷했고, 총안이 나 있는 나지막한 성벽 두 개를 기점으로 양옆에 두 개씩 세워진 보루와 연결되어 있었다. 성벽은 그런 방식으로 대략 500미터쯤 되는 높고 가파른 절벽 사이의 넓은 산길 전체를 허술하게 방어하고 있었다.

오른편에는 산기슭 바로 아래 지대가 일종의 분지처럼 움푹 꺼져 있는데, 그곳에 난 오래된 산길이 성벽까지 이어졌다.

요새는 고요했고, 정오의 강렬한 햇살에 잠겨 그림자라곤 찾아볼 수 없었다. 누렇게 바랜 성벽이(정면은 북쪽을 향해 있어서 보이지 않았다) 적나라하게 노출된 채 요새를 둘러싸고 있었다. 굴뚝에서는 엷은 연기가 피어올랐다. 중앙의 건물과 성벽 그리고 보루의 성곽을 따라가다보니 어깨에 소총을 멘 십여 명의 경비병들이 보였다. 그들은 각자 약간의 시간차를 두고 질서정연하게 위아래로 순찰중이었다. 흡사 추의 움직임과 비슷한 그들의 걸음은 거대한 고독의 마법을 깨는 일 없이 시간의 단계적인 흐름을 따라 규칙적으로 움직였다.

요새 오른쪽과 왼쪽에 보이는 산들은 가닿을 수 없어 보이는 험준한 산맥을 이루며 지평선 저 끝까지 이어져 있었다. 산들 역시 그 시간만은 누르스름하고 빠짝 마른 빛을 띠었다.

본능적으로 조반니 드로고는 말을 멈춰 세웠다. 천천히 눈길을 돌려 침울한 성벽에 시선을 고정시킨 그는 뭐라 형언하기 어려운 감정을 느꼈다. 그가 요새를 바라보며 떠올린 것은 어느 감옥이나 버려진 궁전이었다. 가벼운 미풍에 나부끼고 있던 요새 위 깃발은 처음엔 언뜻 안테나인가 헷갈릴 정도로 흐늘흐늘 늘어져 있었다. 어디선가 나팔소리가 희미하게 들려왔다. 경비병들은 천천히 도보를 계속했다. 요새의 정문 앞 광장에는 (거리가 멀어 군인들인지는 확실하지 않은) 서너 명의 남자들이 마차에 짐을 싣고 있었다. 하지만 모든 게 알 수 없는 무기력 속에서 멈춰 있는 듯했다.

오르티츠 대위 역시 말을 세우고 요새 건물을 바라봤다.

"자, 여기예요." 설명할 필요가 전혀 없는데도 그는 굳이 일러주었다.

드로고는 생각했다. '이제 내게 요새의 첫인상이 어떠냐고 묻겠지.' 사실 그는 그곳이 꺼림칙했다. 그러나 대위는 아무 말도 없었다.

나지막한 성벽에 둘러싸인 바스티아니 요새는 규모가 크지도 않았고, 아름답지도, 그렇다고 그림 같은 탑과 보루를 갖추고 있지도 않았다. 주변의 황량함을 달래주고 삶의 달콤한 면들을 상기시킬 만한 것이라고는 전혀 찾아볼 수 없었다. 하지만 전날 저녁만 해도 협곡 아랫녘에서 드로고는 요새의 모습에 매료되어 넋을 놓고 바라보고 있었고, 그의 마음속에서는 설명하기 어려운 환희가 일어나지 않았던가.

그런데 저 뒤에는 무엇이 있을까? 사람이 거주하기 힘들어 보이는 저 건물과 흙벽, 포대와 탄약고 뒤에는 어떤 세계가 펼쳐져 있을까? 아무도 지나쳐간 적 없다는 돌투성이 사막의 북쪽 왕국은 어떠할까? 어렴풋이 기억하건대, 지도에서 국경선 너머 광활한 지역에는 몇 안 되는 지명이 표시되어 있었다. 하지만 요새의 높이 정도라면 몇몇 마을이나 초원, 하다못해 집이라도 보이지 않을까? 아니면 오직 사람이 살지 않는 황무지의 황량함뿐일까?

그는 문득 홀로 남겨진 기분을 느꼈고, 지금까지 그토록 자연스레 지녀온 군인으로서의 자신감이 얼마나 부질없는지 실감했다. 안정된 주둔지와 편안한 집, 항상 곁에 있었던 밝고 유쾌한 친구들, 사관학교 야간 정원에서 감행했던 소소한 모험들로 이뤄진 평온한 체험들 속에서 의기양양했던 그의 자신감은 갑자기 온데간데없이 사라져버렸다. 그에게 요새는 그 안에 소속되어 살아가리라고 단 한 번도 진지하게 생각해본 적 없는 미지의 세계였다. 그 세계를 혐오해서가 아니라 그의 일상과는 완전히 동떨어진 곳이었기 때문이다. 의무만이 강요되는 세계, 엄격한 규율만이 남아 어떤 영광도 찾아볼 수 없는 세계였다.

오, 다시 돌아갈 수 있다면! 요새 입구에 발조차 내딛지 않고 다시 그가 떠나온 평야로, 그의 도시로, 익숙한 옛 생활로 내려갈 수만 있다면! 요새를 처음 본 드로고의 생각은 그랬다. 그런 나약함이 군인에게는 수치와 다를 바 없다는 사실은 중요하지 않았다. 만약 필요하다면 상관들이 그를 당장 돌려보낼 수 있게끔 자신의 생각을 솔직히 고백할 준비까지 되어 있었다. 하지만 보이지 않는 북쪽 지평선에서 짙은 구름이 태양이 비치는 산봉우리 아래로 산비탈을 타고 서서히 올라왔다. 순찰중인 경비병들은 기계처럼 위아래로 걸어다녔다. 드로고의 말이 큰 소리를 내며 울었다. 그러고는 다시 깊은 고요 속으로 돌아갔다.

마침내 조반니는 요새에서 시선을 거두었고, 자기 옆에 있는 대위가 다정한 말이라도 건네주길 바라면서 그를 바라보았다. 오르티즈 역시 부동자세로 노란 성벽을 뚫어지게 쳐다보고 있었다. 그랬다. 그곳에서 십팔 년을 살아온 그 또한, 마치 어떤 불가사의한 존재를 다시 만난 양 넋을 잃고 성벽을 바라보고 있었다. 지치지도 않는 듯 그 광경을 바라보고 또 바라보는 그의 얼굴에는 기쁨과 슬픔이 섞인 엷은 미소가 서서히 번져가고 있었다.

3

요새에 도착하자마자 드로고는 부관인 마티 소령에게로 향했다. 카를로 모렐이라는 이름의 넉살 좋고 친절한 당직사관이 요새 중심부를 가로질러 그를 안내했다. 인적 없는 큰 뜰이 내다보이는 현관 입구에서, 두 사람은 끝이 보이지 않는 널찍한 복도로 들어섰다. 천장은 어둑한 그늘에 가려져 있었는데, 이따금씩 작고 좁은 창문을 통해 가느다란 빛줄기가 새어들어왔다.

위층에 올라가서야 그들은 서류 뭉치를 들고 있는 군인 한 명과 마주쳤다. 헐벗고 축축한 벽, 정적, 그리고 음산한 조명. 거기에 있는 모든 것들은 세상 어딘가에 꽃들이 있고 즐겁게 웃는 여인들이 있고 밝고 아늑한 집들이 존재한다는 걸 잊은 듯했다. 이곳의 모든 건 체념에 가까웠다. 대체 누구를 위해, 또 어떤 수수께끼 같은 선의를 위해서란 말인가? 이제 그들은 사층으로 올라와 정확히 이층과 똑같은 긴 복도를 따라 걸었다. 어느 벽 너머에서 웃음소리가 멀찍이 들려왔다. 드로고에게는 거짓말처럼 믿기지 않는 웃음이었다.

마티 소령은 퉁퉁한 체격에, 지나치게 선량한 모습으로 미소를 짓고 있었다. 그의 집무실은 굉장히 컸는데, 역시 큼직한 책상은 정리된 서류들로 넘쳐났다. 한쪽에는 왕의 채색 초상화와 함께 소령의 사브르가 전용 나무못에 걸려 있었다.

드로고는 차렷 자세로 자기소개를 한 뒤 서류를 내밀고는 자신이 요새 배치와 관련해서 어떤 요청도 하지 않았던 상황을 설명하기 시작했다(그는 가능한 한 빨리 다른 부대로 이동하기로 결심한 터였다). 하지만 마티 소령이 도중에 그의 말을 끊었다.

"여러 해 전에 중위의 아버님을 알고 지냈어요. 신사의 전형이셨죠. 물론 중위도 아버지에 대한 유덕을 따르고 싶어하리라 믿습니다. 내 기억이 맞는다면 고등법원장이셨지요?"

"아닙니다, 소령님." 드로고가 말했다. "제 아버지는 의사였습니다."

"아, 그래, 의사이셨죠. 세상에, 내가 혼동을 했군요. 의사였어요. 맞아." 마티 소령은 잠시 당황한 듯했다. 드로고는 그가 자꾸 왼손으로 옷깃의 얼룩 하나를 숨기려고 애쓰는 걸 눈치챘다. 제복 가슴 부분에 묻어 있는 그것은 기름기 있는 둥근 얼룩으로, 생긴 지 얼마 안 된 것이 틀림없었다.

곧이어 소령이 다시 말을 꺼냈다. "이곳에서 만나게 되어 반갑군요." 그의 말이 이어졌다. "피에트로 3세 각하께서 뭐라 말씀하셨는지 압니까? '바스티아니 요새는 내 왕관을 지키는 근위병이다'라고 하셨어요.

이야말로 우리에게 내려진 큰 영예라고 덧붙이고 싶군요. 안 그런가요, 중위?"

소령은 그 이야기를 기계적으로 쏟아냈다. 마치 오래전에 익힌 표어처럼 필요할 때마다 꺼내는 이야기 같았다.

"물론입니다. 소령님." 조반니가 대답했다. "옳으신 말씀입니다. 하지만 솔직히 고백하자면 적잖이 놀랐습니다. 제 가족이 도시에 사는 터라 가능하면 그곳에 머물고 싶은……"

"아, 그러니까 중위는 아직 짐을 풀기도 전에 여길 떠나고 싶다, 이 말인가요? 그렇다면 유감이군요. 정말 유감이에요."

"사실 제가 원한 일이 아니었습니다. 항의하려는 것이 아니라…… 말씀드리자면……"

"알았습니다." 소령은 마치 그의 말이 케케묵은 얘기라는 듯, 또 그 일을 안타깝게 여긴다는 듯 한숨을 내쉬었다. "알겠어요. 중위는 이 요새를 다르게 상상했고, 지금은 실제 모습에 조금 놀랐다는 거로군요. 그래도 생각해보세요. 고작 몇 분 전에 도착한 사람이 솔직히 어떤 판단을 내릴 수 있겠습니까?"

드로고가 말했다. "소령님, 저는 요새에 아무런 거부감이 없습니다. 다만 도시에, 아니면 그 근처에서라도 머물고 싶을 뿐입니다. 소령님을 신뢰해서 드리는 말씀입니다. 제 말을 이해하시리라 믿습니다. 너그럽게 양해해주시기를 청합니다……"

"물론이지요. 물론입니다!" 마티 소령은 짧게 웃으며 외쳤다. "우리가 여기 있는 이유도 그겁니다! 우리는 그 누구도 억지로 복무하는 걸 원치 않아요. 가장 최근에 후임으로 온 경비병이라도 예외가 아니지요.

다만 유감스럽군요. 중위는 훌륭한 군인 같아 보이는데⋯⋯."

소령은 좋은 해결책을 생각해내려는 듯 잠시 침묵했다. 그 순간 드로고는 고개를 살짝 왼쪽으로 돌려 뜰을 향해 열려 있는 창문으로 시선을 옮겼다. 다른 성벽과 마찬가지로 엷은 황색에 햇빛이 내리쬐는 벽이 눈에 정면으로 들어왔다. 벽에는 검은 직사각형 창문이 드문드문 달려 있었다. 거기에는 또 두시를 가리키는 시계가 있었고, 꼭대기 노대에는 어깨에 총을 멘 경비병 한 명이 위아래를 오가며 순찰중이었다. 한편 저멀리 요새 성곽 너머에는 한낮의 태양빛 사이로 암벽 봉우리가 우뚝 솟아 있었다. 꼭대기 지점만 겨우 보일 뿐, 특별할 건 전혀 없었다. 그럼에도 불구하고 조반니 드로고는 그 암석 덩어리에서 바스티아니 요새를 위협했던 전설의 왕국이 있는 북쪽 땅의 이미지를 처음으로 떠올렸다. 어떤 모습으로 남았을까? 천천히 피어오르는 안개 사이로 나른한 햇빛이 북쪽 방향에서 흘러들었다. 그때 소령이 다시 말을 시작했다.

"말해봐요." 그가 드로고에게 물었다. "중위는 당장 돌아가길 원합니까? 아니면 몇 달 기다려도 괜찮습니까? 다시 말하지만 우리로서는 어떻게 하든 상관없어요⋯⋯ 그러니까 공식적인 입장에서 말이지요. 무슨 얘긴지 알겠지요." 그는 자신의 얘기가 불쾌하게 들리지 않도록 덧붙였다.

"지금 돌아가고 싶습니다." 조반니는 전혀 어려움 없이 일이 진행된 것에 놀라며 기쁘게 대답했다. "당장 돌아가겠습니다. 제 생각에는 그편이 확실히 더 나을 듯합니다."

"그래요, 그렇지요." 소령은 그를 안심시켰다. "이제 설명을 좀 해야겠군요. 중위가 즉시 떠나길 원한다면 질병을 이유로 드는 게 좋겠어요. 의무실에 가서 며칠 진찰을 받으면, 군의관이 증명서를 만들어줄 겁니다. 아닌 게 아니라, 이 고도에서는 버티질 못하는 군인들이 많으니……"

"반드시 환자라고 해야 합니까?" 드로고는 거짓으로 꾸미는 게 내키지 않아서 물었다.

"꼭 그래야 하는 건 아니에요. 하지만 그렇게 하면 모든 게 간단하게 처리되지요. 안 그러면 중위는 이동 요청서를 작성해서 최고사령부에 보내야 합니다. 그럼 최고사령부의 답변이 필요한데, 그게 적어도 이 주 정도는 걸리죠. 무엇보다 대령님께서 처리를 해주셔야 합니다만 그 일은 내가 피하고 싶군요. 이러한 사항들이 결국 대령님을 힘들게 합니다. 말 그대로 괴로워하시죠. 마치 요새가 해를 입은 것처럼 괴로워하십니다. 그러니 내가 중위 입장이라면 솔직히 그것만은 피하고 싶은……"

"소령님, 죄송합니다만," 드로고가 자기 생각을 털어놓았다. "그런 줄은 몰랐습니다. 만일 이곳을 떠나는 결정이 제게 해가 된다면 그건 또 다른 문제입니다."

"전혀요, 중위. 내 말을 이해하지 못했군요. 어떤 경우에도 중위의 경력에는 피해가 가지 않을 겁니다. 다만 뭐랄까, 좀 미묘한 문젠데…… 물론 대령님께 이 일을 즉시 보고드리면 그분은 이 사태를 달가워하지 않으시겠죠. 하지만 중위의 결정이 정 그렇다면……"

"아, 아닙니다." 드로고가 말했다. "소령님 말씀대로라면 의사의 진단서가 더 나을 듯합니다."

"만약에……" 마티 소령은 말하기를 주저하면서 뭔가를 내비치는 듯한 미소를 지어 보였다.

"만약에요?"

"중위가 여기서 넉 달을 머무른다면 최선의 해결책이 될 겁니다."

"넉 달요?" 금방이라도 떠날 수 있으리라 기대했던 드로고는 그 말에 벌써 실망감이 들었다.

"넉 달." 마티 소령은 분명하게 대답했다. "절차는 훨씬 순조롭습니다. 설명을 하자면 이래요. 일 년에 두 번 전체 군인들을 대상으로 건강 검진이 시행됩니다. 규정이 그렇죠. 다음 검진은 넉 달 뒤에 있을 겁니다. 중위한테는 가장 좋은 기회가 아닐까 싶군요. 그리고 검진 결과는 부정적으로 기록될 텐데, 원한다면 내가 맡아서 잘 처리하도록 하지요. 그러니 마음놓아도 됩니다."

"게다가," 소령은 잠시 멈췄다가 말을 이었다. "게다가 넉 달은 짧지 않은 시간이지요. 개인적인 친분을 쌓기에 충분합니다. 대령님이 잘 해결해주시리라 확신해도 좋아요. 알겠지만 중위의 경력에도 그만한 가치가 될 거고요. 하지만 찬찬히 잘 생각해봅시다. 이건 어디까지나 내 조언이니까. 선택은 전적으로 중위의 자유입니다……"

"네, 소령님." 드로고가 말했다. "무슨 말씀인지 잘 알겠습니다."

"여기 군복무는 그다지 힘들지 않습니다." 소령이 강조했다. "거의 항상 수비근무지요. 신축한 산 정상 보루 감시가 좀 중요하긴 한데, 중위야 부임 초기니 분명 그곳 소임은 내려오지 않을 겁니다. 수고로운 건 전혀 없으니 걱정 마세요. 기껏해야 지루한 정도지……"

그러나 드로고의 귀에는 마티 소령의 설명이 거의 들어오지 않았다.

창문 너머의 풍경에 이상하게 마음이 끌렸던 것이다. 정면에 보이는 성벽 위로 우뚝 솟아오른 암벽 봉우리가 시야에 잡히자 알 수 없는 묘한 감정이, 어쩌면 바보 같고 터무니없는 느낌이며 근거 없는 환상일 무언가가 그의 마음에 스며들었다.

그와 동시에 그는 어느 정도 안도를 느꼈다. 여전히 떠나고 싶은 욕망이 그를 다그쳤지만, 조금 전과 같은 불안은 없었다. 오히려 도착해서 느꼈던 두려움이 부끄러워질 정도였다. 혹시 그가 다른 장교들보다 부족한 걸까? 이제 생각해보니, 도착하자마자 다시 떠나는 건 군인으로서 열등감의 고백이나 마찬가지일지도 몰랐다. 그의 자부심이 오래되고 친숙한 삶을 원하는 내면의 욕망과 싸우고 있었다.

"소령님." 드로고가 말했다. "조언 감사합니다. 하지만 내일까지 생각할 시간을 주십시오."

"좋습니다." 마티 소령은 흡족한 얼굴로 말했다. "그럼 오늘 저녁에는 어떻게 할 건가요? 식당에서 대령님을 뵐 생각인가요? 아니면 나중 기회로 미루고 싶은가요?"

"글쎄요." 조반니가 대답했다. "모습을 보이지 않는 건 옳지 않은 행동 같습니다. 더구나 넉 달을 머물러야 한다면 더욱 그렇고요."

"잘 생각했어요." 소령이 말했다. "그러면서 기운이 날 겁니다. 장교들이 얼마나 정이 많은지도 알게 되겠지요. 모두 일류 장교들입니다."

마티 소령은 미소를 지었고, 드로고는 자리를 떠날 때가 되었음을 깨달았다. 하지만 먼저 소령에게 물었다.

"소령님." 그는 한결 평온한 목소리로 입을 열었다. "북쪽 땅을 한번 살펴볼 수 있습니까? 성벽 너머에 무엇이 있는지 볼 수 있을까요?"

"성벽 너머라고요? 중위가 풍경에 관심이 있는지 몰랐군요." 소령이 대답했다.

"그저 한번 보고 싶어서요, 소령님. 호기심 때문입니다. 이곳에 사막이 있다고 들었는데, 저는 사막을 한 번도 본 적이 없거든요."

"그럴 필요 없어요, 중위. 지루하고 단조로운 풍경일 뿐이고 아름다운 것이라곤 전혀 찾아볼 수 없지요. 내 말 믿고, 그런 생각은 접어요!"

"고집을 피우는 건 아닙니다만, 소령님." 드로고가 반박했다. "별로 어렵지 않은 일이라고 생각했는데요."

마티 소령은 마치 기도라도 하는 것처럼 자신의 뭉툭한 손가락 끝을 한데 모았다.

"중위의 요청은……" 그가 말했다. "바로 내가 허락할 수 없는 유일한 사안입니다. 성벽 위나 수비 지역에는 그곳에 근무하는 군인들만이 갈 수 있어요. 암구호를 알아야 하죠."

"하지만 예외적인 경우가 있지 않을까요? 장교 한 명뿐이잖습니까?"

"장교 한 명이라도 안 됩니다. 도시 출신 장교들에게 이런 사소한 일들쯤은 우스워 보인다는 거 잘 알아요. 저 아래 세상에서는 암구호가 대단한 비밀이 아니라는 것도요. 하지만 여기서는 다른 얘기입니다."

"제가 억지를 부리는 거라면 죄송합니다, 소령님. 하지만……"

"말해봐요, 중위."

"혹시, 그곳을 바라볼 수 있는 총안이나 창문조차 없습니까?"

"유일하게 한 군데 있어요. 대령님 집무실에만 있지요. 그러나 호기심 때문에 망루에 올라가려는 생각을 한 사람은 아무도 없었습니다. 사실 그럴 필요가 없어요. 다시 말하지만 볼 가치가 전혀 없는 경관이니까요. 중위가 여기 남기로 결정한다면 아마 그 전망에 아주 넌더리가 날 겁니다."

"알겠습니다, 소령님. 다른 지시 사항이 있습니까?" 그런 뒤 그는 차렷 자세로 경례했다.

마티 소령은 친근하게 손짓하며 말했다.

"또 봅시다, 중위. 볼품없는 풍경 따위는 생각하지 말아요. 내가 장담하는데, 아주 형편없는 풍경입니다."

하지만 그날 저녁, 수비근무를 마친 모렐 중위가 사막을 볼 수 있게 드로고를 성벽 끝으로 몰래 데려갔다.

드문드문 등이 켜진 아주 긴 복도는 한쪽 끝에서 다른 통로 끝까지 성벽의 모든 진영과 연결되어 있었다. 이따금씩 창고나 작업장, 위병소 등으로 통하는 문이 보였다. 그들은 세번째 보루 입구까지 대략 150미터쯤 걸어갔다. 그곳에는 무장한 경비병이 입구를 지키고 있었다. 모렐 중위는 수비대를 지휘하는 그로타 중위에게 전할 얘기가 있다고 구실을 댔다.

그렇게 그들은 규율을 무시하고 안으로 들어갔다. 조반니는 좁은 통로에 들어섰다. 벽에 걸린 등불 아래 근무병들의 이름이 적힌 게시판이 있었다.

"여기, 이쪽으로 오게." 모렐이 드로고에게 말했다. "서두르는 게 좋겠어."

드로고는 그를 따라 비좁은 계단을 올라갔다. 바깥 공기와 빛에 노출된 보루의 경사면으로 이어지는 통로였다. 때마침 그 부근을 가로지르던 경비병에게 모렐 중위는 절차가 무슨 대수냐는 듯 짐짓 눈짓을 했다.

조반니는 금세 총안이 있는 외곽 흉벽을 마주했다. 그의 눈앞에, 석양에 물든 골짜기가 어둠 속으로 가라앉고 있었다. 또 그의 눈앞에, 북쪽 지역의 비밀들이 펼쳐져 있었다.

꼼짝도 않고 그곳을 응시하는 드로고의 얼굴에 어딘가 창백한 기운이 드리워졌다. 가까이 있던 경비병은 부동자세로 서 있었고, 저물어가는 노을 사이로 거대한 침묵이 내려앉는 듯했다. 잠시 후 드로고는 시선을 움직이지 않은 채 물었다.

"그럼 저 뒤는? 저 암벽 봉우리들 뒤는 어떤가? 전부 다 이런 식인가?"

"난 본 적이 없네." 모렐이 대답했다. "그곳을 보려면 저 아래 봉우리 꼭대기에 있는 산 정상 보루로 가야 하지. 거기서는 그 앞에 펼쳐진 평야 전체가 보인다더군. 사람들 얘기로는……" 그러고서 그는 입을 다물었다.

"사람들 얘기로는?…… 뭐라고 하던가?" 이렇게 묻는 드로고의 목소리에 이상한 불안감이 묻어났다.

"사람들 얘기로는 전부 돌투성이 땅이라네. 일종의 사막인 셈이지. 마치 눈이 온 것처럼 흰 돌멩이들이 깔려 있다고 하더군."

"전부 돌뿐이라고? 그게 다인가?"

"그렇다고 하네. 그리고 습지가 몇 군데 있다던데."

"하지만 그 끝은 어떤가? 북쪽으로 뭔가가 보이나?"

"그냥 안개가 낀 지평선이야." 모렐의 말투에서는 지금까지의 과한 친절은 찾아볼 수 없었다. "북쪽에 안개가 있어서 아무것도 보이지 않는다네."

"안개라!" 드로고는 믿기지 않았다. "하지만 항상 안개가 끼어 있는 건 아니겠지. 가끔은 지평선이 훤히 드러날 텐데."

"그런 일은 거의 없네. 겨울에도 마찬가지야. 하지만 본 적이 있다고 말하는 사람들이 있긴 하지."

"본 적이 있다고? 무엇을 말인가?"

"꿈을 꾼 게야. 틀림없어. 군인들 얘기를 믿게. 어떤 사람은 이 얘기를 하고 또 어떤 사람은 다른 얘기를 하거든. 하얀 탑들을 보았다는 이들이 있는가 하면, 연기를 뿜어내는 화산이 있다고 하는 사람도 있다네. 거기서 안개가 나온다고 말이야. 심지어 오르티츠 대위님도 뭘 보았다고 확신하신다네. 벌써 오 년쯤 된 일이지. 그분 얘기로는, 검고 긴 얼룩처럼 생긴 지대가 있는데 숲이 틀림없어 보인다더군."

이내 그들은 침묵했다. 어디선가 그 세계를 본 적이 있었던가? 혹시 꿈에서 보았던 걸까? 아니면 옛 전설을 읽다가 생각해낸 세계였을까? 허물어진 나지막한 절벽, 나무도 풀도 없는 구불구불한 골짜기, 가파른 벼랑, 그리고 바위들이 숨김없이 드러나는 황량한 삼각지대를 드로고는 알 것만 같았다. 그의 내면 가장 깊숙한 곳에 있던 메아리들이 되살아났고, 그는 도무지 그 의미를 이해할 수 없었다.

이제 드로고는 북쪽 세계를 응시했다. 사람들이 한 번도 가본 적 없다는 버려진 황무지를 조용히 바라보았다. 적이 온 적도, 전쟁이 일어난 적도 없는 곳. 결국 아무 일도 일어나지 않았던 곳이었다.

"이렇다네." 모렐은 다시 쾌활한 어투로 돌아와 물었다. "그래, 마음에 드나?"

"글쎄!……" 드로고는 그 말밖에 할 수 없었다. 원인 모를 두려움과
함께 혼란스러운 욕망들이 그의 마음속에서 소용돌이쳤다.

그때 어딘가 알 수 없는 곳에서 나팔소리가, 자그맣게 울리는 나팔
소리가 들렸다.

"그만 가는 게 좋겠어." 모렐 중위가 얼렀다. 그러나 조반니는 떠오르
는 생각들 속에서 무언가를 찾느라 몰두해서 그 말을 듣지 못한 듯했
다. 저녁의 마지막 햇살은 서서히 약해지고, 땅거미에서 올라온 바람이
요새의 기하학적인 건축물을 따라 불어왔다. 경비병은 몸을 덥히기 위
해 다시 걷기 시작했다. 그러면서 낯선 인물인 조반니 드로고에게 이따
금씩 시선을 던졌다.

"이제 가야 해." 모렐은 대답 없는 동료의 팔을 붙잡으며 다시 한번
말했다.

4

그는 자주 혼자였다. 어린아이였을 때도 그랬기에 시골에서는 길을 잃곤 했고, 도시에서는 한밤중 범죄가 끊이지 않는 거리를 헤매곤 했다. 하물며 어젯밤만 해도 길에서 잠이 들지 않았는가. 하지만 이제는 아주 다른 얘기였다. 여행의 흥분이 가시고 새로운 동료들은 벌써 잠들어 있는 지금, 그는 희미한 램프 빛이 있는 자기 방에서 슬프고도 길 잃은 기분이 되어 침대 가장자리에 앉아 있었다. 이제야 그는 고독이 무엇인지를 진심으로 이해했다(방은 나쁘지 않았다. 전체가 나무로 장식되어 있었고, 큰 침대와 책상, 조금 거치적거리는 소파, 그리고 옷장이 하나씩 놓여 있었다). 모두들 친절했고, 식당에서 그의 부임을 축하하는 뜻으로 술병을 열기도 했지만, 이제는 그에게 아무런 관심이 없었다. 이미 그는 까맣게 잊힌 사람이었다(침대 위에는 나무십자가가 달려 있고, 반대편 벽에는 낡은 종이인쇄물이 걸려 있었다. 거기에는 첫 문구만 겨우 알아볼 수 있는 긴 문장이 적혀 있었는데, 내용은 이러했다: Humanissimi Viri Francisci Angloisi virtutibus*). 누구도 밤중에 그를 찾아오지 않을 것이다. 온 요새를 통틀어 그를 생각하는 사람은 아무도 없을 것이며, 요새만이 아니라 아마 이 세상 전체에서도 드로고를 생각하는 영혼은 없을 것이다. 모두들 자기만의 관심사가 있고, 저마다 자기 자신만 생각하기에도 바쁘다. 어쩌면 그의 어머니도 그럴지 몰랐다. 이 순간에도 어머니는 다른 생각을 하시지 않을까. 자식은 그만이 아니었으므로, 하루종일 조반니를 생각했다 해도 이제는 다른 자식들 생각으로 고개가 돌아갔을 것이다. 다행히 조반니 드로고는 원망없이 현실을 받아들였다. 하지만 여전히 그는 요새의 방안 침대 가장자리에 앉아 있었다(그제야 나무벽에 새겨진 사브르 한 자루의 형상이 눈에 들어왔다. 실물 크기 그대로에 놀라운 인내심을 발휘하여 색을 입힌 사브르는, 언뜻 진짜 사브르가 아닌가 착각이 들 정도였다. 어느 장교가 세심하게 작업한 것으로 보이는 그 작품이 얼마나 오래전에 완성된 것인지는 알 수 없었다). 어쨌거나 그는 머리를 조금 앞으로 숙이고 등을 구부린 채, 무표정하고 무거운 시선으로, 삶에서 한 번도 경험한 적 없는 고독을 느끼며 침대 가장자리에 앉아 있었다.

이윽고 드로고는 기운을 차리고 일어나 창문을 열고 밖을 내다보았다. 뜰을 향해 난 창 너머 달리 보이는 건 아무것도 없었다. 그러나 남쪽이 보이는 위치여서, 조반니는 요새에 도착하느라 가로질러왔던 산

---

* '가장 문명화된 인간은 덕을 겸비한 프란치시 앙글로이시다.' 프랑스인이든 영국인이든 누구든 덕을 지닌 자가 진정한 인간(문명인)임을 말하는 경구.

맥을 밤의 어둠 속에서 가늠해보려고 애썼다. 산들은 앞에 있는 성벽에 가려져 더 나지막해 보였다.

오직 창문 세 곳만이 불을 밝히고 있었지만, 그의 방과 같은 방향이어서 방안은 보이지 않았다. 그들 방에서 새어나오는 불빛과 드로고 방의 불빛이 성벽에 닿아 더 큰 빛 모양을 새기고 있었다. 그중 한 창문에서 그림자가 어른거렸는데, 아마 어느 장교가 잠자리에 들기 전에 옷을 갈아입는 모양이었다.

그는 창문을 닫고 옷을 벗은 후 침대로 들어가, 나무로 된 천장에 시선을 고정한 채 잠시 생각에 잠겼다. 깜박 잊고 읽을거리를 가져오지 않았지만, 그날 밤은 너무나 졸음이 몰려와 크게 상관이 없었다. 램프를 끄자 어둠 속에서 빛에 비친 사각 창문틀이 조금씩 모습을 드러냈다. 그리고 드로고는 밝게 빛나는 별들을 보았다.

갑작스럽게 찾아든 나른함이 잠으로 그를 끌어당기는 듯했다. 하지만 의식은 너무나 또렷했다. 꿈처럼 한데 뒤섞인 어지러운 이미지들이 눈앞을 지나갔고, 새로운 이야기를 만들어내기 시작했다. 하지만 얼마 지나지 않아 그는 자신이 다시 깨어 있음을 깨달았다.

광막한 침묵에 휘둘려 그는 아까보다 더 정신이 또렷했다. 아주 멀리 떠나왔다는 게 사실일까? 갑자기 기침이 올라왔다. 잠시 후 가까이에서, "꾸르륵" 하는 물소리가 벽 사이로 희미하게 퍼져갔다. (꼼짝도 않은 채 그가 지켜보던) 작고 푸른 별 하나가 한밤중의 여행을 떠나고 있었다. 창문 끄트머리에 거의 닿은 그 별은 곧 사라져버릴 터였지만 어두운 침대 가장자리를 잠깐이나마 비춰주었고, 이내 자취를 감췄다. 드로고는 머리를 앞으로 움직여 그 별을 조금 더 따라가보고 싶었다.

바로 그때, 두번째 "꾸르륵" 소리가 들렸다. 어떤 물건이 물에 가라앉는 소리 같았다. 한번 더 들릴까? 그는 귀를 쫑긋 세우고 지하나 습지, 아니면 폐가에서 들릴 법한 그 소리가 다시 들려오길 기다렸다. 시간이 조용히 흘러갔고, 주변을 감싼 절대적인 침묵이 마침내 요새의 명실상부한 주인이 된 듯했다. 그리고 다시 머나먼 삶의 무의미한 이미지들이 그의 주변으로 몰려들었다.

"꾸르륵!" 다시 한번 거슬리는 그 소리가 들려왔다. 드로고는 자리에서 일어나 앉았다. 그것은 확실히 반복적인 소음이었다. 나중에 들린 소리가 처음 소리보다 작진 않았다. 그러니 어디선가 물이 다 새어버린 데서 스며나오는 물소리일 리는 없었다. 이런 상황에서 어떻게 잠을 잘 수 있을까? 침대 옆에 매달린 줄에 생각이 미쳤다. 어쩌면 호출 벨에 연결된 것일 수도 있었다. 시험 삼아 줄을 잡아당기자 아주 멀리 떨어진 건물 어느 복도에서 들릴락 말락 한 짧은 신호음이 들려왔다. 바보같이! 문득 드로고는 사소한 일로 사람을 불렀다는 생각이 들었다. 과연 누가 올 것인가?

얼마 지나지 않아 복도 바깥에서 걸음소리가 들려왔고, 점점 가까워지는가 싶더니, 누군가 그의 방문을 두드렸다. "들어오세요!" 드로고가 말했다. 병사 한 명이 손에 조명등을 들고 나타났다. "시키실 일이라도요, 중위님?"

"젠장, 여기서 잠을 잘 수가 없군!" 드로고는 차갑게 화를 내며 말했다. "이 듣기 싫은 소음은 뭐지? 어디 수도관이 터졌나본데 가서 멈춰보게. 이대로는 절대로 잠을 잘 수 없어. 정 안 되면 걸레라도 받쳐놓든가."

"저수조 소리입니다." 아주 익숙한 일인 양 병사는 곧바로 대답했다.
"저수조입니다, 중위님. 멈출 수 있는 방법이 없습니다."

"저수조라고?"

"네, 중위님." 병사가 설명했다. "저 성벽 바로 뒤에 있는 저수조입니
다. 모두들 소음 때문에 불평하지만 해결할 도리가 전혀 없습니다. 여
기서만 들리는 게 아닙니다. 가끔 폰차소 대령님도 그 때문에 화를 내
시는데 어찌할 방법이 없습니다."

"알았으니 가보게." 드로고가 말했다. 문이 닫히고 병사의 걸음소리
가 멀어졌다. 다시 무거운 침묵이 드리워지고 창문 너머로는 별들이 빛
났다. 조반니의 머릿속에 이번에는 경비병들이 떠올랐다. 그와 불과 몇
미터를 사이에 두고 자동기계처럼 숨 돌릴 틈 없이 위아래로 걸어다니
던 그들의 모습이 생생했다. 그가 침대에 누워 있는 동안, 모든 게 잠의
세계로 빠져든 듯 보이는 동안에도 수십 명에 달하는 여러 군인이 깨
어 있었다. 드로고는 생각했다. 그 수십 명의 군인들은 누구를 위해, 그
리고 무얼 위해 그런 수고를 마다않는가? 요새의 군사체계가 광기 어
린 걸작을 만들어낸 것 같았다. 아무도 지나가지 않을 산길을 지키는
수백 명의 군인들이라니. 떠나자, 되도록 빨리 떠나자. 이 대기, 안개 낀
이 수수께끼 같은 세계에서 벗어나 떠나자. 조반니는 다짐했다. 아, 소
박한 고향집에 있다면. 이 시간이면 어머니는 분명 주무시고 계실 테
고, 집안의 불은 전부 꺼져 있을 것이다. 잠깐이라도 어머니가 다시 그
를 생각하고 계신 게 아니라면, 물론 그러고 계실 만도 하지만. 그가 익
히 아는바, 어머니는 아주 사소한 일에도 걱정에 사로잡혀 밤새 쉬지
못하고 침대에서 이리저리 뒤척이곤 했다.

다시 한번 저수조에서 꾸르륵거리는 소리가 들렸고, 또다시 사각 창문틀로 별 하나가 지나가며 계속해서 지상에 빛을 비추었다. 별빛은 요새의 층계와 긴장한 경비병들의 눈동자에도 내려앉았다. 하지만 조반니 드로고만은 예외였으니, 잠을 청하던 그는 이제 불길한 생각들로 괴로웠다.

만일 마티 소령의 능란한 태도가 전부 꾸며낸 연극이라면? 실제로 넉 달이 지나도 그를 떠나지 못하게 내버려둔다면? 규정을 들먹이며 그럴싸한 핑계로 그가 도시로 돌아가는 걸 방해한다면? 그래서 여러 해가 지날 때까지 이 방과 쓸쓸한 이 침대에 남아 젊음을 허비해야 한다면? 어리석은 상상이라는 생각에 드로고는 터무니없는 가정이라며 혼잣말을 해보았으나 불안한 생각들이 그를 뒤쫓았고, 고독한 밤의 보호 아래 그 생각들은 금세 돌아와 그를 꾀어냈다.

왠지 모르게, 그를 붙잡으려고 애쓰는 어두운 음모가 점점 커져가는 느낌이 들었다. 아마도 마티 소령과는 상관없는 음모이리라. 그곳에 있는 병사들이나 대령, 그리고 다른 장교들은 그에게 털끝만큼의 관심도 없었다. 그가 남든 떠나든, 그들에게는 전혀 상관없는 일이었다. 그러나 알 수 없는 힘이 도시로의 귀환을 막기 위해 움직이고 있었다. 어쩌면 그가 깨닫지도 못한 사이에 그의 내면에서 흘러나온 생각일지도 몰랐다.

잠시 후 그는 어느 건물의 로비를, 하얀 길 위에 있는 말 한 마리를 보았고, 자신의 이름을 부르는 소리가 들리는가 싶더니, 곧 잠이 그를 낚아채갔다.

5

이틀이 지난 뒤, 조반니 드로고는 처음으로 제3보루에서 복무하게
되었다. 오후 여섯시에 일곱 명의 수비병들이 뜰에 정렬했다. 그중 셋
은 요새, 나머지 넷은 보루 측면의 감시를 맡았다. 산 정상 보루를 맡은
여덟번째 파견병은 갈 길이 꽤 멀었기 때문에 먼저 출발한 뒤였다.

요새의 터줏대감인 트롱크 상사는 제3보루를 수비하는 스물여덟 명,
정확히는 나팔수를 포함해 스물아홉 명의 병사들을 이끌어온 인물이
었다. 전부 오르티츠 대위가 통솔하는 제2부대 소속으로, 조반니 역시
같은 소속이었다. 지휘권을 갖게 된 드로고가 칼을 뽑아들었다.

일곱 명의 수비병들은 일렬로 대열했고, 사령관인 대령은 관습에 따
라 창가에서 그들을 지켜보고 있었다. 뜰의 황색 땅에 보기 좋게 파견
대의 검은 그림자가 져 있었다.

바람이 불어 맑게 갠 하늘은 일몰의 태양빛이 비스듬히 드리운 성벽 위에서 눈부시게 빛났다. 9월의 저녁이었다. 부지휘관 니콜로시 중령이 사령부 출입문을 열고 밖으로 나왔다. 오래전에 부상을 입어 다리를 절게 된 그는 긴 칼에 몸을 의지하고 있었다. 그날 근무자인 거인 같은 몬티 대장이 쉰 목소리로 순찰 명령을 내리자, 병사들은 일사불란하게 칼이 부딪치는 강렬한 소리를 내며 저마다 무기를 내보였다. 그러고는 묵직한 정적이 흘렀다.

잠시 후, 일곱 수비병들의 일곱 나팔이 관례에 따른 후렴구를 연주했다. 큼직한 문장에 적색과 황금색 비단리본이 달린, 바스티아니 요새의 유명한 은나팔들이었다. 나팔소리의 맑은 선율은 하늘을 향해 오르다, 부동자세를 취한 총검의 울타리 안에서 희미한 종소리와 함께 울려 퍼졌다. 조각상처럼 멈춰 있는 병사들의 얼굴은 군인답게 무표정했다. 아니, 물론 단조로운 수비 임무에 임하는 자세는 아니었다. 그들의 영웅적인 눈빛은 적군에 대항하러 가는 사람들의 그것 같았다.

은나팔의 마지막 울림이 멀리 떨어진 성벽에 메아리치며 오래도록 공중에 머물렀다. 병사들의 총검은 짙고 푸른 하늘에 대비되어 잠시 눈부시게 빛나다가 일순간 사그라들며 부대원들의 품으로 사라졌다. 대령은 창가에서 모습을 감추었다. 미로 같은 요새를 지나 각자의 성벽을 향해 가는 일곱 수비병들의 행진 소리가 다시 시작되었다.

한 시간 뒤, 조반니 드로고는 제3보루의 정상 부스에 도착했다. 전날 밤 그가 바라봤던 북쪽 방향 지점과 같은 위치였다. 어제는 지나가는 여행자처럼 호기심에 들렀다면, 오늘은 지휘관 신분이었다. 스물네 시간 동안 보루 전체와 100여 미터에 이르는 성벽 수비가 오직 그에게 달려 있었다. 그의 수하에 있는 포병 네 명은 보루 내부에 배치되어 골짜기 끝을 겨냥하는 대포 두 대를 책임졌다. 경비병 셋은 보루 주변으로 분산되었고, 나머지 넷은 성벽을 따라 일정한 간격, 그러니까 성벽 오른편으로 한 명당 25미터씩 맡아 배치되었다.

근무를 마친 경비병들의 교대는 트롱크 상사가 지켜보는 가운데 빈틈없이 정확하게 이뤄졌다. 그는 규칙의 대가였다. 요새에서 이십이 년을 보낸 트롱크는, 이제 부대 이동 허가가 떨어져도 그곳을 떠나지 않을 작정이었다. 그처럼 요새의 구석구석을 훤히 꿰뚫고 있는 사람은 아무도 없었다. 한밤중에 장교들은 칠흑 같은 어둠 속에서 최소한의 조명도 없이 요새를 순찰하러 다니는 그와 종종 마주치곤 했다. 그가 근무할 때면 경비병들은 잠시도 소총을 내려놓지 않았고, 벽에 기대어 있지도 않았으며, 심지어 가만히 서 있는 일조차 피했다. 왜냐하면 부동 행위는 예외적인 경우에만 허용되었기 때문이다. 트롱크 상사는 밤새도록 잠을 자지 않았고, 조용한 걸음으로 성큼성큼 도보 순찰을 하러 돌아다녔다. "거기 누굽니까, 누가 가는 겁니까?" 경비병들이 소총을 겨누고 이렇게 물으면 그는 "그로타"라고 대답했고, 경비병은 "그레고리오"라고 답했다.

사실, 수비근무중인 장교들과 하사관들은 자기가 맡은 성벽 가장자리를 규율에 구애받지 않고 돌아다녔다. 병사들한테 그들은 한눈에 잘 파악되었기에, 암구호 교환은 불필요하고 우스꽝스럽게 여겨졌다. 그렇지만 유독 트롱크에게만은 정해진 규칙 그대로를 따랐다.

그는 키가 작고 마른 체격이었으며, 나이보다 더 들어 보이는 얼굴에 민머리였다. 동료들하고도 거의 얘기가 없을 만큼 말수가 적었고,

휴식시간은 대개 혼자서 음악을 공부하며 보냈다. 음악에 대단한 열정을 지닌 그에게 친구라고 해봤자 군악대의 지휘자인 에스피나 준위가 유일했을 것이다. 그는 멋진 아코디언을 소유하고 있었고, 연주 실력이 굉장히 뛰어나다는 소문이 나돌았지만, 그것을 연주하는 일은 극히 드물었다. 화성학을 연구한 트롱크는, 사람들 말로는 군대행진곡을 여럿 작곡했다고 하나 정확한 사실은 아무것도 없었다.

트롱크는 쉬는 시간이면 습관처럼 휘파람을 불었는데 근무중에는 어림도 없는 일이었다. 게다가 그는 북쪽 협곡을 살펴보면서 성벽 총안을 따라 혹시 모를 위험을 찾아나서곤 했다. 이제는 그가 드로고 옆에서 짐승들이 다니는 길을 가리키고 있었다. 경사가 급한 산등성이를 따라 산 정상 보루로 이어지는 길이었다.

"저기, 하산하는 경비병이 보이는군요." 트롱크가 오른손 검지로 손짓하며 말했다. 하지만 일몰의 어스름 속에서 드로고는 경비병을 분간할 수 없었다. 상사는 고개를 저었다.

"무슨 일인가?" 드로고가 물었다.

"제가 늘 얘기하지만, 근무를 저런 식으로 하는 건 미친 짓입니다." 트롱크가 말했다.

"그게 무슨 소리지?"

"저렇게 근무하면 안 됩니다." 트롱크는 반복해서 말했다. "산 정상 보루에서는 경비병 교대가 먼저 이뤄져야 합니다. 하지만 대령님께서 원치 않으시죠."

조반니는 깜짝 놀라 그를 바라봤다. 트롱크가 대령을 비난하다니, 이게 가능한 일인가?

"대령님께서는," 그는 진지하고 확신에 찬 어조로 말을 이어갔지만, 마지막에 내뱉은 말을 정정하려는 의도는 아닌 것 같았다. "대령님 관점에서 보면 완벽하게 옳으십니다. 다만, 어느 누구도 그분께 이곳의 위험을 설명해드리지 않았다는 게 문제입니다."

"위험?" 드로고가 물었다. 요새에서 산 정상 보루까지 이동하는 데 대체 무슨 위험이 있을 수 있단 말인가? 그토록 황량한 지역의 오르기 쉬운 산길에서?

"위험이지요." 트롱크가 반복해서 말했다. "언젠간 이 어둠 때문에 무슨 일이 일어날 겁니다."

"무슨 일 말인가?" 드로고는 다정하게 물었다. 그가 하는 모든 이야기가 꽤나 흥미로웠던 것이다.

"예전에," 상사는 자신이 생각하는 바를 밝힐 수 있어서 매우 기쁜 듯했다. "예전에 산 정상 보루에서는 요새에서보다 두 시간 일찍 경비병 교대가 있었습니다. 겨울에도 항상 낮에 교대가 이뤄졌지요. 통행 암구호도 단순했습니다. 보루에 들어갈 때의 암호와 경비병이 일과 후에 요새로 돌아올 때 쓰는 새로운 암호, 이렇게 두 개면 충분했지요. 경비병이 하산하여 요새로 돌아가는 길이거나, 새로 교대하는 이곳 경비병이 아직 산꼭대기에 오르지 못했을 때는 그전의 암호가 유효했습니다."

"그렇지. 무슨 말인지 알겠네." 드로고는 그의 얘기를 따라가다 말고 대꾸했다.

"하지만 이후에," 트롱크는 이야기를 계속했다. "다들 덜컥 겁을 먹었습니다. 신중하지 못했다고요. 국경 밖에서도 많은 군인들이 암구호를 알고 있다는 소문이 돌았습니다. 저로선 모를 소리지만, 병사 쉰 명 중

하나가 장교 한 명보다 부정한 수를 쓰기가 더 쉽다고들 하더군요."

"그렇지." 드로고가 동의했다.

"그래서 그들은 생각했습니다. 지휘관만이 유일하게 암구호를 알고 있는 게 좋겠다고 말이지요. 그래서 지금은 경비병들이 교대시간보다 사십오 분 먼저 요새에서 나옵니다. 오늘도 그렇죠. 전체 교대는 여섯시에 이뤄졌습니다. 산 정상 보루의 경비병은 여기서 다섯시 십오분에 출발했고, 정확히 여섯시에 그곳에 도착했지요. 요새에서 나갈 때는 부대가 행진하기 때문에 암호가 필요 없습니다. 보루에 들어갈 때는 어제의 암호를 말해야 하지요. 이 암호는 오로지 장교님만이 알고 계시고요. 보루에서 교대가 이뤄지면 오늘의 암호가 시작됩니다. 이것 역시도 오직 장교님만이 알고 계십니다. 새로운 경비병이 교대하러 올 때까지 그렇게 스물네 시간 지속되다가, 내일 저녁 병사들이 요새로 귀대할 때 (돌아가는 길은 덜 힘들기 때문에 여섯시 반에는 도착할 겁니다) 암호는 또 한번 바뀝니다. 그래서 세번째 암호가 필요하지요. 장교님은 세 개의 암호를 아셔야 합니다. 갈 때 필요한 암호, 교대근무중에 쓰일 암호, 그리고 귀대할 때 사용될 세번째 암호가 그것입니다. 이렇게 복잡한 건 병사들이 이동중일 때 암호를 알지 못하게 하려는 목적이지요."

"그래서 전 이런 생각이 들더군요." 그는 드로고가 자기 얘기를 잘 듣고 있는지 신경도 쓰지 않은 채 계속해서 말했다. "만일 암호를 장교님만이 알고 계신다면, 그런데 그분이 길에서 아프시기라도 하면, 병사들은 어떡합니까? 장교님께 암호를 말씀하시라고 강요할 수 없는 노릇이지요. 그럴 때 병사들은 자기들이 떠나온 곳으로 되돌아갈 수도 없습니다. 왜냐하면 그사이 그곳에서도 암호가 바뀌니까요. 이런 부작용을 생각하지 않는 걸까요? 보안에 그토록 신경쓰는 그분들은 지금의 방식으로는 두 개 대신 세 개의 암호가 필요하다는 걸, 그리고 하루 뒤에 요새로 다시 들어갈 때 사용되는 세번째 암호가 스물네 시간 이전에 노출될 수밖에 없다는 걸 모르는 걸까요? 돌아올 때를 위해 그 세번째 암호를 알아야 하지 않습니까. 그렇지 않으면 경비병은 더이상 요새로 되돌아갈 수 없으니까요."

"하지만," 드로고가 이의를 제기했다. "요새 입구에서 그들을 단번에 알아볼 게 아닌가? 하산한 경비병이라는 걸 알겠지!"

트롱크는 우쭐한 기색으로 중위를 바라보며 말했다. "그건 불가능합니다, 중위님. 요새의 규율상 암호 없이는 어느 누구도 북쪽 지대를 드나들 수 없습니다. 그게 누구라도 상관없지요."

"그렇다면," 드로고는 비상식적인 엄격함에 화가 나서 말했다. "산 정상 보루에서 사용할 특수 암호를 만드는 게 가장 간단하지 않겠나? 우선 교대를 먼저 하고, 출입을 위한 암호는 장교만 알고 있는 식으로. 그렇게 하면 병사들은 아무것도 모르겠지."

"물론 그렇죠." 상사는 반론의 때를 기다렸다는 듯이 의기양양하게 말했다. "아마도 그게 가장 좋은 해결책이 아닐까 싶습니다. 하지만 규정을 바꿔야 하고 관련된 법도 필요할 겁니다. 이런 식으로요. (그는 목소리를 설명조로 바꿨다). '암호는 경비병 교대가 이뤄진 시점에서 스물네 시간 동안 유효하다. 요새와 그에 소속된 부대원들에게는 단 하나의 암호만이 유효하다.' 정확히 '그에 소속된 부대원들'이라고 명시하는 겁니다. 그러면 간단하죠. 어떤 속임수도 통하지 않습니다."

"그렇지만 예전에는," 시작부터 그의 얘기를 흘려들었던 드로고가 입을 열었다. "산 정상 보루에서 교대가 먼저 행해지지 않았나?"

"바로 그 애깁니다!" 트롱크는 이렇게 외쳤다가 얼른 고쳐 말했다. "네, 중위님, 이렇게 된 건 겨우 이 년 전부터입니다. 그전이 훨씬 나았습니다."

상사는 입을 다물고 침묵했다. 드로고는 놀란 표정으로 그를 바라봤다. 요새에서 스물두 해의 세월을 보낸 뒤, 이 병사에게 남은 건 무엇일까? 세상 어딘가에 그와 비슷한, 그러나 군복을 입지 않은 수백만 명의 사람들이 존재한다는 사실을 트롱크 상사는 여전히 기억하고 있는 걸까? 그들이 자유롭게 도시를 배회하고 밤이면 마음껏 잠자리에 들거나 식당 혹은 극장에 간다는 사실을 알고 있을까? 아니었다. (그를 바라보면 그 점을 쉽게 알아차릴 수 있었는데) 트롱크는 다른 사람들을 잊은 지 오래였다. 그에게는 지긋지긋한 규율로 무장한 요새만이 존재할 따름이었다. 젊은 여자들의 부드러운 목소리가 어떻게 들리는지, 정원들은 어떻게 생겼는지는 물론, 강에 대해서도, 요새 주변에 드문드문 자라는 마른 덤불이 아닌 다른 나무들에 대해서도, 트롱크는 더이상 기억하지 못했다. 그랬다. 트롱크는 북쪽 땅을, 그러나 드로고가 느꼈던 심정과는 다른 마음으로 바라보았다. 그는 산 정상 보루로 이어진 산길과 웅덩이, 그리고 성 외벽에 시선을 고정시킨 채 진입로들을 샅샅이 살피긴 했으나, 야생의 절벽이라든가 수수께끼 같은 들판의 삼각지대, 이미 어두워진 밤하늘에 흘러가는 흰구름 따위는 그에게는 관심 밖이었다.

그렇게 어둠이 내려오는 동안, 드로고는 다시금 도망치고 싶은 충동이 일었다. 왜 당장 떠나지 않았단 말인가? 그는 스스로를 원망했다. 왜 마티 소령의 달콤한 술책에 넘어갔을까? 이제는 넉 달, 그러니까 백이십 일이라는 기나긴 나날이 지나가기를 기다려야 했고, 그중 절반은 성벽 수비를 하며 보내야 할 터였다. 그는 어느 낯선 땅, 고되고 불모지인 세계에서 다른 종족의 인간들 틈에 있는 기분이었다. 그는 주위를 바라봤다. 트롱크는 꼼짝도 않은 채 경비병들을 감시하고 있었다.

6

밤은 벌써 깊었다. 드로고는 보루의 허름한 방안에 앉아 있었다. 그는 편지를 쓰기 위해 종이와 잉크와 펜을 꺼냈다.

'사랑하는 어머니'라고 쓰기 시작하자 곧바로 어린아이였던 시절로 돌아가는 기분이었다. 집과 익숙하고 좋은 모든 것으로부터 멀리 떨어진 낯선 요새의 심장부에서, 아무도 보는 이 없이 등불 아래에 홀로 있는 이 순간이야말로 그가 마음을 온전히 열 수 있는 위로처럼 느껴졌다.

물론 다른 사람들, 특히 동료 장교들과 있을 때는 남자답게 보여야만 했고, 그들과 어울려 군대와 여자들에 관한 허풍스러운 이야기들을 늘어놓으며 웃고 떠들어야 했다. 어머니에게 진실을 털어놓을 수 없다면 그 누구에게 말할 수 있겠는가? 그날 저녁 드로고가 털어놓으려는 진실은 뛰어난 군인이 지닐 법한 진실이 아니었다. 어쩌면 엄격한 요새와 어울리지 않는, 동료들이 사실을 알면 비웃음을 보낼 만한 얘기일 수 있었다. 여행의 피로와 우울한 성벽에서 느껴지는 압박감, 그리고 철저히 혼자라는 고립감이 바로 그 진실이었다.

'길에서 이틀을 보낸 후에 지친 몸으로 이곳에 도착했어요.' 그는 이렇게 쓸 작정이었다. '도착하고 나서, 원하면 도시로 돌아갈 수 있다는 걸 알았어요. 요새는 너무 우울하고 근처에 가까운 마을도 없어요. 어떤 오락거리도, 아무런 기쁨도 없어요.' 이것이 그가 쓰려던 내용이었다.

그러나 드로고는 어머니를 떠올렸다. 이 시각 그녀는 분명히 그를 생각하고 있을 테고, 아들이 괜찮은 친구들과 혹시 모를 너그러운 상사 밑에서 즐겁게 생활해가고 있으리란 생각에 위안을 얻을 것이었다. 틀림없이 어머니는 그가 만족하고 평온한 상태라고 믿고 있을 터였다.

'사랑하는 어머니께,' 그는 손으로 글을 써내려갔다. '저는 여정을 아주 잘 마치고 그제 도착했어요. 요새의 규모는 정말 굉장해요……' 오, 성벽의 음울함이며 형벌과 유배가 뒤섞인 모호한 분위기, 낯설고 부조리한 사람들에 대해 어떻게든 털어놓고 싶었다. 하지만 그는 다음과 같이 적었다. '여기 장교들은 다정하게 저를 맞아주었어요. 제가 만난 부관도 무척 친절했고, 원하면 언제든지 도시로 돌아갈 수 있게 배려해줬어요. 하지만 저는……'

어쩌면 그 순간 어머니는 그가 떠나온 방을 살펴보고 있을 수도 있었다. 서랍을 열어보고, 그의 오래된 옷과 책과 책상을 정리하고 있을지 몰랐다. 이미 여러 차례 정리해놓은 것들이지만, 그렇게 해야 아들의 살아 있는 온기를 조금이라도 되찾은 듯 느끼시리라. 그가 평상시처럼 점심 전에 집에 돌아오기라도 할 것처럼 말이다. 누군가에게는 늘 조바심으로 비칠 어머니의 불안하고 익숙한 걸음소리가 그의 귀에 들리는 듯했다. 어떻게 그녀의 마음을 아프게 할 수 있겠는가? 만일 그가 어머니 곁에 있고, 방안의 낯익은 등불 아래 함께 둘러앉게 된다면, 조바니는 어머니에게 모든 걸 말할 수 있을 것이었다. 그가 옆에 있는데다 고통스러운 과거는 이미 지나갔으므로, 어머니 또한 쉽게 울적해지지는 않을 것이었다. 하지만 지금처럼 멀리 떨어져 편지로만 얘기를 전한다면 어찌될 것인가? 정든 옛집의 평온한 분위기 속에서 어머니와 난로 앞에 앉아 있는 상황이라면, 마티 소령과 그의 계략적인 감언이설이나 트롱크 상사의 광기를 얼마든지 얘기할 수 있을 텐데! 바보같이 넉 달 머물라는 제안을 받아들인 경위까지도 말할 수 있겠지. 그럼 아마 두 사람 다 실소를 터뜨리리라. 하지만 이토록 멀리 떨어진 곳에서는 어쩔 도리가 없었다.

'하지만 저는,' 드로고는 계속해서 적었다. '저를 위해서나 경력을 위해서 이곳에 얼마간 남아 있는 편이 좋겠다고 생각했어요…… 게다가 상사가 매우 좋은 분이고, 맡은 일도 수월하니 힘들지 않아요.' 거기에 더해, 그의 방과 저수조 소음, 오르티츠 대위와의 만남, 그리고 황량한 북쪽 땅까지 얘기해야 할까? 수비대의 엄격한 규정이나 그가 있는 허름한 보루에 대해서는 설명할 필요가 없을까? 아니, 어머니에게 그런 사정을 솔직하게 말할 수는 없었다. 그를 편안히 내버려두지 않는 어두운 불안과 걱정을 어머니한테 고백할 수는 없는 노릇이었다.

지금쯤 도시에 있는 그의 집에서 시계는 차례대로 소리를 내며 밤

열 시를 가리킬 터였다. 시계 종소리에 찬장에 있는 컵들은 가볍게 흔들리고, 부엌에서는 웃음소리가 새어나오며, 길 맞은편에서는 피아노 연주 소리가 들려오리라.

드로고는 자신이 앉아 있던 자리에서 총안처럼 생긴 작고 좁은 창문 너머로 북쪽 골짜기, 그 슬픈 땅을 향해 시선을 던졌다. 하지만 그 순간에는 어둠 말고는 아무것도 보이지 않았다. 펜은 종이 위에서 조금 더 사각거렸다. 밤이 온 세상을 장악하고 있었지만 보루를 에워싼 방어벽 사이로 바람이 불어오기 시작하며 뜻 모를 메시지를 전해주었다. 보루 안에는 짙은 어둠이 밀도를 더했고 공기마저 습하고 불쾌했지만, 조반니 드로고는 '모든 면에서 저는 아주 만족하며 잘 지내요'라고 적어내려갔다.

밤 아홉시부터 새벽녘까지, 성벽이 끝나는 지점인 산길 오른쪽 끝에 있는 제4보루에서 삼십 분마다 종이 울렸다. 작은 종이 울리면 그 즉시 마지막 경비병이 가장 가까운 동료를 부르러 갔다. 이 경비병에서 다음 병사로, 그렇게 계속 나아가 반대편 성벽 끝까지, 보루에서 보루로, 역시 성벽을 따라 요새를 가로지르며 경계 소집은 밤새도록 이어졌다. "경계 태세, 경계 태세!" 경비병들의 외침에는 어떤 긴장감도 흐르지 않았다. 그들은 이상한 음색으로 그 말을 기계처럼 반복했다.

옷도 벗지 않고서 간이침대에 누운 조반니 드로고는 점점 깊어지는 무력감에 빠진 채 멀리서 간헐적으로 들려오는 외침소리를 듣고 있었다. "경계…… 경계…… 경계……"라는 소리만이 겨우 들렸다. 어느덧 그 소리는 점점 더 커지더니 그의 위를 지나치며 강하게 요동치고는 다른 편으로 멀어져갔다. 소리는 조금씩 줄어들다가 이내 아무런 자취

도 남기지 않았다. 얼마 후에 그 소리는 재확인이라도 하듯이 왼쪽 첫
번째 요새 성곽에서 다시 시작되어 돌아왔다. 드로고는 점점 가까워지
는 외침을 들었다. 느리고 일정한 걸음을 따라 "경계…… 경계…… 경
계……"라는 소리가 그의 머리 위로 다가왔다. 근무중인 경비병들이
반복해서 외친 덕분에 마침내 그는 그 말을 정확히 알아들을 수 있었
다. 하지만 "경계 태세!"라는 외침은 여전히 어떤 탄식의 소리, 마지막
경비병이 있는 절벽 언저리에 가서야 끝나는 탄식처럼 들렸다.

조반니는 경계 소집이 네 번 도착하고, 그 소리가 시작된 지점까지
요새 가장자리를 따라 다시 네 번 내려가는 걸 들었다. 다섯번째 외침
은 짧은 전율을 일으키는 모호한 울림만으로 그의 의식에 남았다. 문득
수비 장교에게는 취침이라는 게 썩 어울리지 않는다는 생각이 들었다.
규정상 군복을 벗지 않는다는 조건하에 수면이 허용되긴 했지만, 요새
의 거의 모든 장교는 고상한 자만심 때문인지 뜬눈으로 밤을 꼬박 새
우곤 했다. 대부분 책을 읽거나 담배를 피우기도 하고, 그 틈을 이용해
다른 장교들을 방문하거나 카드놀이를 하며 시간을 보냈다. 조반니가
먼저 이런저런 정보를 물었을 때, 트롱크는 불침번이 좋은 규율이라는
점을 이해시켰다.

어른거리는 석유램프 불빛에서 벗어나 간이침대에 누워 있던 조반
니 드로고는, 자신의 삶을 곱씹다가 어느 순간 잠이 들어버렸다. 그리
고 바로 이날 밤—오, 그가 그 사실을 알았다면 잠 같은 건 달아나버렸
을 것이다—바로 이날 밤, 그에게서 시간의 돌이킬 수 없는 도주가 시
작되었다.

그때껏 그는 아무 걱정 없는 청년기를 보내왔다. 어린 시절부터 영

원할 것만 같은 어떤 길이었다. 그 길에서는 세월이 천천히 그리고 가벼운 걸음으로 걸어가기 때문에 아무도 그 출발을 알아차리지 못한다. 그리고 사람들은 호기심에 차 주위를 둘러보며 조용히 걷는다. 서두를 필요가 전혀 없고, 어느 누구도 뒤에서 떠밀지 않는다. 기다리는 사람은 아무도 없다. 함께 길을 걷는 친구들 역시 장난을 치느라 자주 멈춰서며 아무런 생각 없이 그 길을 따른다. 집에서, 대문에서 어른들은 다정하게 인사하고, 활짝 핀 미소로 지평선을 가리킨다. 그래서 심장은 영웅적이고 관대한 야망들로 뛰기 시작한다. 우리보다 앞서 기다리고 있는 놀랍고 환상적인 일들을 미리 맛본다. 아직 그 일들은 보이지 않지만 언젠가 우리가 그것에 다다르리라는 것은 틀림없으며 절대적으로 확실하다.

그것이 멀리 있느냐고? 아니, 저 아래 강을 건너기만 하면 되고, 저 푸른 언덕을 넘어가기만 하면 된다. 아니, 어쩌다 벌써 도착한 것은 아닐까? 이 나무들과 초원, 이 하얀 집이 우리가 찾고 있던 게 아닐까? 잠시 그런 것 같은 느낌이 들어서 거기에 머물기를 바랄 수도 있다. 그러면 이런 말이 들려올 것이다. 가장 좋은 것은 더 멀리 있으니 괴로워 말고 다시 길을 떠나라.

그리하여 신뢰에 찬 기다림 속에서 걸음은 계속된다. 하루하루 날은 길고 평온하다. 태양은 다시 하늘에서 높이 빛나고, 결코 석양으로 저물지 않을 것만 같다.

하지만 어떤 시점에서 우리는 거의 본능적으로 뒤를 돌아본다. 그러면 등뒤에, 돌아갈 길이 막힌 채 빗장이 질린 철문이 보인다. 그 순간 무언가 변했음을 느낀다. 태양은 더이상 그 자리에 머물러 있지 않

고 빠르게 이동한다. 아, 태양은 벌써 지평선 경계 쪽으로 기울어서 그
것을 바라볼 시간조차 없다. 넓고 푸른 하늘에서 구름은 더이상 고요히
흐르지 않고 서로 포개어지며 도망쳐간다. 구름은 너무나 급히 사라진
다. 그러면 우리는 시간이 흘러 어느 날 길은 끝날 수밖에 없다는 사실
을 깨닫는다.

어느 순간 뒤에 있던 무거운 철문이 닫히고, 눈 깜짝할 새에 빗장이
걸린다. 돌아가기에는 너무 늦어버렸다. 하지만 바로 그 순간 조반니
드로고는 아무것도 모르고 잠에 빠진 채 아이처럼 꿈을 꾸며 미소 짓
고 있었다.

무슨 일이 벌어졌는지 그가 알아차리기도 전에 그의 나날들은 지나
갈 것이다. 그제야 어떤 깨달음이 일어, 그는 못 미더운 눈으로 주위를
살펴보고, 이어 뒤에서 들려오는 소란스러운 발소리를 느끼게 되리라.
자기보다 일찍 몽상에서 깨어난 사람들이 숨을 헐떡이며 달려오는 모
습을 보게 되리라. 먼저 도착하기 위해 그를 따라잡으려는 사람들이다.
그는 삶을 맹렬하게 재는 시간의 고동소리 또한 듣게 될 것이다. 이제
창가에는 웃는 얼굴 대신 무표정하고 무관심한 얼굴들이 고개를 내밀
것이다. 만일 그가 길이 얼마나 남았는지 묻는다면, 그들은 여전히 지
평선을 가리키겠지만 어떤 선량함이나 기쁨도 찾아볼 수 없을 것이다.
한편 그는 친구들도 볼 수 없게 될 것이다. 누군가는 지쳐서 뒤에 남는
다. 또 누군가는 일찌감치 앞질러 가는데, 그는 고작 지평선에 있는 작
은 점에 불과하다.

사람들은 말할 것이다. 저 강을 지나 10여 킬로미터쯤 더 가면 도착
할 거라고. 그러나 길은 결코 끝나지 않고, 하루하루의 날들은 점점 짧

아진다. 여행의 동반자들은 더욱 드물어지고, 창가에는 고개를 내젓는 창백하고 냉담한 얼굴들만이 보인다.

드로고가 온전히 혼자 남을 때까지, 어두운 납빛에 물결도 없는 광활한 바다의 가냘픈 흔적이 지평선에 나타날 때까지 그럴 것이다. 어느덧 그는 지칠 테고, 거리에 있는 집들의 거의 모든 창문은 닫혀 있을 것이며, 간혹 드물게 보이는 사람들은 슬픔에 잠긴 몸짓으로 그에게 대답할 것이다. 좋은 것은 뒤에, 아주 뒤에 있는데, 그가 모른 채 그 앞을 지나쳐버렸다고. 오, 되돌아가기에는 이제 너무 늦었고, 뒤에서는 그를 쫓아오는 무리의 웅성거림이 점점 크게 들려온다. 하지만 텅 빈 하얀 길 위에서, 그들의 모습은 아직 보이지 않는다.

조반니 드로고는 지금 제3보루 내부에서 자고 있다. 그는 꿈을 꾸며 웃고 있다. 마지막으로, 완벽하게 행복한 세계의 달콤한 이미지들이 밤이면 그를 찾아온다. 그가 자기 자신을 볼 수 있으면 좋으련만. 언젠가 그 길이 끝나는 곳에서, 납빛 바다가 앞에 있고 하늘은 온통 흐린 잿빛인 그 아래, 주변에는 집도 사람도 나무도, 심지어 풀 한 포기조차 없이, 태곳적부터 모든 것이 그러한 곳에서 멈춰 서게 될 자신을.

7

마침내 도시에서 드로고 중위의 옷이 담긴 상자가 도착했다. 특히 그중에는 굉장히 근사한 새 망토도 들어 있었다. 드로고는 망토를 걸치고 방에 있는 작은 거울에 여기저기 조금씩 비추어보았다. 망토가 그에게는 자신이 떠나온 세계와의 생생한 연결고리처럼 느껴졌다. 그는 모두가 자신을 쳐다볼 생각에 만족스러웠다. 그토록 멋진 망토를 자부심 가득한 휘장처럼 두른 그를 다들 부러워할 터였다.

그는 요새에서 복무할 때, 특히 눅눅한 성벽 사이에서 수비를 보는 밤에는 망토를 입지 말아야겠다고 생각했다. 일부러 망토를 훼손시킬 필요는 없지 않은가. 게다가 처음 망토를 걸치고 그곳에 오른다는 건 불길한 징조이기도 했다. 앞으로 더 나은 일들이 없으리라는 사실을 받아들이는 행위나 마찬가지였다. 그는 망토 입은 모습을 보이지 못하는 것이 못내 아쉬웠다. 추운 날씨는 아니었지만 적어도 요새에 있는 재봉사한테 갈 때까지만이라도 그 옷을 걸치고 싶었다. 거기서 다른 평범한 종류의 망토를 구입할 생각이었다.

그는 방을 나와 계단을 내려갔다. 그러면서 불빛을 받아 바닥에 드리운 망토의 우아한 그림자를 눈여겨보았다. 그러나 요새의 중심부로 내려갈수록, 망토는 처음에 지녔던 빛을 어딘지 모르게 잃어가는 것 같았다. 더욱이 드로고는 자신이 그것을 자연스럽게 두르지 못했다는 걸 깨달았다. 망토가 너무나 눈에 띄는 이상한 물건처럼 보였다.

그래서 그는 계단과 복도가 거의 텅 비어 있음을 다행으로 여겼다. 결국 어떤 대위와 마주치긴 했지만, 그는 드로고의 인사에 대답하면서도 그에게 눈길조차 주지 않았다. 드물게 보이는 군인들 역시 그를 주목하거나 시선을 돌리지 않았다.

그는 성벽 중심부를 깎아 만든 나선형의 좁은 계단을 내려갔다. 그의 걸음소리가 마치 다른 종족이 내는 소리처럼 위아래로 울려퍼졌다. 소중한 망토 자락이 휘날리며 벽에 핀 흰 곰팡이를 쓸었다.

마침내 드로고는 건물 지하에 도착했다. 재봉사 프로스도치모의 작업실이 바로 그곳 지하창고에 자리잡고 있었다. 날씨가 좋은 날에나 지층에 난 조그만 창문으로 빛이 겨우 내려오는 곳이지만, 그날 밤에는 이미 불이 켜져 있었다.

"안녕하세요, 중위님." 그곳에 들어서기 무섭게 부대의 재봉사인 프로스도치모가 인사를 건넸다. 널찍한 방에는 빛에 비친 몇 개의 작은 실루엣만이 보였다. 조그마한 노인이 책상에서 뭔가를 적고 있었고, 세 명의 젊은 조수들은 작업대에서 일하고 있었다. 그 주위로는 온통 수십

수백 벌의 군복과 외투, 그리고 망토들이 교수형에 처해진 사람들의 불길한 유품처럼 힘없이 축 늘어진 채 걸려 있었다.

"안녕하십니까." 드로고가 대답했다. "망토를 좀 보고 싶군요. 아주 비싸지 않은, 넉 달 정도 입으면 충분한 것으로요."

"어디 볼까요." 재봉사는 경계심과 호기심이 뒤섞인 미소를 띠며 말하고는, 드로고의 망토 자락을 불빛 가까이로 잡아당기면서 만져봤다. 그는 준위 계급에 속했지만, 아이러니하게도 이 수석 재봉사의 성품은 상관들과 비슷한 일면을 지닌 듯했다. "아주 좋은 직물이군요. 훌륭해요…… 보아하니 꽤 많은 돈을 지불하셨겠습니다. 도시에서는 장난이 아니지요." 그러고서 전문가다운 눈길로 찬찬히 훑어보던 그는 볼이 빨개지도록 고개를 흔들었다. "저런, 안타깝네요……"

"뭐가 안타깝다는 거죠?"

"깃이 너무 낮은 게 안타까워요. 군용으로 보기는 어렵습니다."

"지금 이렇게 입고 있잖습니까." 드로고가 상급자다운 태도로 대꾸했다.

"낮은 깃이 유행일지 모르지만," 재봉사가 말했다. "우리 군인들한테 유행이 무슨 상관입니까. 복장은 규정을 따라야 하고, 규정대로라면 이렇죠. '망토 깃은 목에 딱 맞아야 하며, 7센티미터 높이여야 한다.' 아마 중위님은 제가 이런 곳에 있어서 어설픈 재봉사라고 생각하시겠지요."

"왜 그런 말씀을 하시죠?" 드로고가 말했다. "그건 전혀 아닙니다."

"제가 실력이 부족한 재봉사라고 생각하실 겁니다. 하지만 많은 장교님들이 저를 신뢰하시고, 도시에서도 마찬가집니다. 상급 장교님들도 알아주시지요. 저는 어디-까지나 임-시-로 이곳에 있는 겁니다."

그는 마지막 말에서 두 군데를 대단히 중요한 진술처럼 또박또박 힘주어 말했다.

드로고는 뭐라 할 말이 없었다.

"언제고 떠날 날을 기다리고 있지요." 프로스도치모가 계속해서 말했다. "저를 보내기 싫어하시는 대령님만 아니라면…… 그런데 너희들은 뭐가 그렇게 우습냐?"

실제로 드로고는 어둑한 공간에서 조수들 셋이 웃음을 참는 소리를 들었다. 이제 그들은 바삐 일하는 척하느라 고개를 푹 숙이고 있었다. 자그마한 노인도 계속 뭔가를 기입하며 자기 일에 몰두해 있었다.

"뭐가 그렇게 우스웠지?" 프로스도치모가 되물었다. "뻔뻔한 녀석들 같으니. 언젠가 그 뻔뻔함 때문에 큰코다치게 되겠지."

"그러게요." 드로고가 말했다. "뭐가 그리 우스웠을까?"

"멍청한 녀석들입니다." 재봉사가 말했다. "신경쓰지 마십시오."

그때 계단을 내려오는 걸음소리가 들리더니 병사 한 명이 나타났다. 위에서 군복 담당 준위가 프로스도치모를 호출했다는 것이었다. "죄송합니다, 중위님." 재봉사가 운을 뗐다. "업무상 볼일이 생겼습니다. 잠시 후에 곧 돌아오지요." 그러고는 병사를 따라 위로 올라갔다.

드로고는 기다릴 채비를 하면서 자리에 앉았다. 조수들 셋은 주인이 자리를 비우자 하던 일을 멈췄다. 노인이 마침내 서류에서 눈을 떼고 일어나더니 다리를 절뚝이며 조반니에게 다가왔다.

"저 사람 얘기 들으셨지요?" 노인은 밖으로 나간 재봉사를 가리키는 몸짓을 하며 이상한 억양으로 그에게 물었다. "들으셨지요? 그가 이 요새에서 몇 년째 있는지 아십니까, 중위님?"

"글쎄요, 모르겠습니다……"

"십오 년입니다, 중위님. 빌어먹을 십오 년의 세월을 보냈습죠. 그러면서 늘 똑같은 얘기를 되풀이하지요. '나는 여기 임시로 있는 거다. 언제고 떠날 날을 기다린다……'라고 말입니다."

작업대에 있는 조수들 중 누군가가 웃음을 터뜨렸다. 그들에겐 이 얘기가 일상적인 비웃음거리임이 분명했다. 노인은 개의치 않고 말을 이었다.

"하지만 절대로 떠나지 않을 겁니다. 사령관이신 대령님과 다른 많은 군인들은 죽을 때까지 여기에 남을 거예요. 일종의 병이지요. 중위님도 조심하십시오. 갓 부임하셨으니 시간이 있을 때 조심하셔야 합니다……"

"무얼 조심하라는 거죠?"

"가능하면 빨리 떠나세요. 그들의 광기에 물들면 안 됩니다."

드로고가 대꾸했다. "전 이곳에 넉 달만 있을 겁니다. 남아 있을 생각은 전혀 없어요."

노인이 말했다. "그래도 조심하십시오, 중위님. 필리모레 대령님이 운을 떼기 시작하셨습니다. 큰일이 일어날 거라고 말이에요. 분명히 그러셨어요. 앞으로 십팔 년이 걸릴 거라더군요. 예, '큰일'이라고 하셨습니다. 이건 그분 말씀이지요. 그분은 이 요새가 다른 어떤 곳보다 훨씬 더 중요하고, 도시 사람들이 그 사실을 전혀 이해하지 못한다고 생각하십니다."

노인은 천천히 한마디씩 내뱉었고, 그 사이사이로 정적이 흘러들었다.

"요새가 매우 중요하고, 그래서 뭔가 일어나야 한다는 생각에 사로잡혀 있지요."

드로고는 미소를 띠었다. "뭐가 일어나야 한다는 거죠? 전쟁을 뜻합니까?"

"그야 모르죠. 전쟁일 수도 있겠지요."

"사막 지역에서 전쟁이라?"

"사막 지역, 아마 그럴 겁니다." 노인이 확인하듯 되풀이했다.

"그렇다면 누가? 누가 내려온다는 겁니까?"

"저야 알 도리가 없지요. 하지만 아무도 오지 않으리란 건 다들 압니다. 하지만 사령관이신 대령님이 배운 카드점에 따르면, 아직까지 타타르인들이 남아 있다고 합니다. 옛 부대에서 잔류한 타타르 병사들이 여기저기에 뿔뿔이 흩어져 있다고 말이지요."

어둑한 그늘 속에서 조수 셋이 키득거리는 소리가 들렸다.

"그래서 그분들은 여기서 계속 타타르인들을 기다리고 있는 겁니다." 노인이 계속해서 말했다. "대령님, 스티치오네 대위님, 오르티츠 대위님, 그리고 중령님을 보십시오. 그분들은 마음 편히 쉴 수 있을 때까지 늘 그런 식으로 해마다 뭔가가 일어나길 기다리지요." 그는 갑자기 이야기를 멈추더니 뭔가에 귀를 기울이는 듯 한쪽으로 고개를 기울였다. "걸음소리가 들리는 것 같은데요." 하지만 어떤 소리도 들리지 않았다.

"내 귀엔 아무것도 안 들리는군요." 드로고가 말했다.

"프로스도치모도 마찬가집니다." 노인이 말했다. "한낱 준위요 부대 소속 재봉사에 불과하지만, 알고 보면 그들과 한패지요. 그 역시 기다

리고 있는데, 그 세월이 벌써 십오 년이나 흘렀습니다. 하지만 중위님
은 믿지 않으시지요. 제 눈엔 그게 보입니다. 그저 말없이 모든 정황을
생각하고 계시는군요." 그는 거의 애원하는 투로 덧붙였다. "제발 조심
하십시오. 중위님도 결국 마음을 빼앗겨서 끝까지 이곳에 머물게 될 테
니까요. 눈빛만 봐도 알 수 있어요."

드로고는 아무 대답도 하지 않았다. 그토록 초라한 노인과 서로 마
음을 터놓는 일이 장교로서 부적절하게 느껴졌다.

"그럼 당신은 여기에 왜 있죠?" 드로고가 말했다.

"저요?" 노인이 대꾸했다. "저는 형입니다. 그와 일하느라 이곳에 있
지요."

"형? 재봉사의 형이라고요?"

"그렇습니다." 노인이 미소를 띠며 말했다. "큰형이지요. 저도 한때는
군인이었습니다. 한쪽 다리가 부러져서 이런 처지가 됐지만요."

그 순간 지하의 정적 속에서 드로고는 격렬하게 요동치는 심장의 고
동을 느꼈다. 그러니까 지하창고에서 붙박이처럼 계산 일을 하는 이 노
인 역시 영웅적인 운명을 기다리고 있단 말인가? 음울하고 초라한 이
피조물도 예외가 아닌 것인가? 조반니가 그를 뚫어지게 쳐다보자 노인
은 침울하게 고개를 살짝 흔들었다. 마치 사실이 그러하며, 뚜렷한 해
결책이 없음을 의미하는 듯한 몸짓이었다. 우리는 이런 모습이며, 결코
나아지지 않을 거라고 말이다.

계단 어딘가에 문이 열려 있었는지 이제는 벽을 통해 멀리서 그 출
처가 불분명한 사람들의 목소리가 들려왔다. 이따금씩 공백을 두고 잦
아들었다가 잠시 후면 다시 이어지곤 했는데, 그 소리는 요새가 내뱉는

느린 호흡처럼 이리저리 옮겨다녔다.

이제 마침내 드로고는 깨달았다. 그는 걸려 있는 군복들이 조명의 진동에 따라 드리우는 여러 겹의 그림자에 시선을 고정했다. 바로 이 시간 대령은 비밀스러운 집무실의 북쪽 창문을 열겠지, 드로고는 생각했다. 깊은 어둠과 가을이 만나는 그토록 슬픈 시간에 요새의 사령관은 북쪽을, 그리고 어두운 골짜기의 깊은 심연을 바라보고 있으리라 드로고는 확신했다.

그들의 행운과 모험, 그리고 적어도 각자가 한 번쯤은 경험할 기적 같은 시간이, 저 북쪽 사막으로부터 올 것이다. 시간이 지날수록 점점 더 불분명해지는 이 막막한 우연을 위해, 군인들은 인생의 전성기를 요새에서 소모하고 있었던 것이다.

그들은 일반적인 삶과도, 평범한 사람들이 누리는 기쁨과 무난한 운명과도 어울리지 않는 사람들이었다. 모두 똑같은 희망을 품고 모여 살면서도 그 희망을 결코 입 밖에 내지 않았는데, 이는 그들이 그에 대해 달리 생각을 하지 않아서거나, 단순히 군인정신에서 비롯된 투철한 자제심을 지닌 군인들이었기 때문일 것이다.

어쩌면 트롱크도 그럴지 모른다. 트롱크는 규정 조항들과 세부 규율을 철저히 따랐고, 강한 책임감에서 오는 자부심을 추구했다. 그리고 그것으로 충분하다고 스스로를 속이고 있었다. 만약 누군가 그에게 살아 있는 동안 끝까지 아무것도 바뀌는 게 없을 거라고 말해주었더라면, 그 역시 정신을 차렸을 것이다. 어쩔 수 없다고 그는 말했으리라. 이미 다 끝났다 해도 뭔가 다른 일, 진실로 가치 있는 무슨 일인가가 닥쳐올 수밖에 없을 것이라고 말했으리라.

드로고는 그들의 단순한 비밀을 이해했고, 자신은 거기에 속하지 않는 무관한 방관자라는 걸 다행으로 여겼다. 하늘에 감사하게도 넉 달 후면 그들 곁에서 영영 떠날 수 있을 터였다. 낡은 요새의 음울한 마력은 우스꽝스럽게도 풀려버렸다. 그렇게 그는 생각했다. 하지만 어째서 노인은 계속해서 그를 바라보며 모호한 표정을 지었을까? 왜 드로고는 휘파람을 불고 싶다는, 포도주를 마시고 싶다는, 밖으로 나가고 싶다는 욕망을 느꼈을까? 혹시 그 자신이 정말로 자유롭고 평온하다는 걸 스스로에게 증명하기 위해서였을까?

8

드로고에게 새로운 친구들이 생겼다. 같은 중위 출신인 카를로 모렐, 피에트로 안구스티나, 프란체스코 그로타, 막스 라고리오가 그들이다. 그들은 드로고와 함께 식당이 비는 시각 자리를 잡고 앉았다. 그곳에는 하인 한 명만이 남아 멀리 떨어진 문기둥에 기대어 있고, 벽에 나란히 걸린 역대 대령들의 초상화들은 어둠 속에 잠겨 있다. 저녁식사를 마친 어수선한 테이블에는 빈 술병 여덟 개가 놓여 있다.

포도주 탓인지 밤이라서 그런지 모두들 다소 흥이 오른 상태다. 그들이 내는 목소리가 잦아들자 밖에서 비 오는 소리가 들린다.

그들은 이 년 동안의 요새 복무를 마치고 다음날 떠나는 막스 라고리오 백작을 축하하고 있다.

라고리오 중위가 말했다. "안구스티나, 자네도 나간다면 기다리지."

그는 언제나처럼 농담조였지만 다들 그 말이 진심임을 알고 있었다.

안구스티나 중위 역시 이 년 복무를 마쳤지만 떠나길 원치 않았다. 안구스티나는 창백한 얼굴을 한 채 줄곧 주위와 동떨어진 듯한 분위기로 앉아 있었다. 마치 그들에게 전혀 관심이 없으며, 순전히 어쩌다 그곳에 있기라도 한 모습이었다.

"안구스티나." 취기가 오른 라고리오가 거의 고함을 치듯이 그를 불렀다. "자네도 나가면 기다리겠다고. 사흘 정도 기다릴 용의가 있어."

안구스티나는 아무런 대답 없이 지그시 가벼운 미소를 지어 보였다. 햇빛에 바랜 그의 하늘색 군복은 다른 군복들 사이에서 뭐라 설명할 수 없는 우아함을 드러내고 있었다.

라고리오는 모렐과 그로타, 그리고 드로고에게로 시선을 돌렸다. "자네들이 얘기 좀 해주게." 그러고는 안구스티나의 어깨에 오른손을 올렸다. "도시에 오는 게 그에게 좋을 거라고 말이야."

"나한테 좋을 거라고?" 호기심이 이는지 안구스티나가 물었다.

"도시에서 더 잘 지낼 거야. 자네들 모두 그럴걸."

"난 아주 잘 지내고 있어." 안구스티나가 성마른 목소리로 대답했다. "치료 같은 건 필요 없다고."

"자네한테 치료가 필요하다고 말하진 않았어. 자네에게 좋을 거라고 했지."

그렇게 말하고서 라고리오는 바깥뜰에 내리는 빗소리를 들었다. 안구스티나는 두 손가락으로 짧은 콧수염을 매만졌는데 그 모습이 무척 지루해 보였다.

라고리오가 다시 말문을 열었다. "자네 어머니와 가족들은 생각 안하는 건가······ 어머니를 생각해보라고······"

"어머니는 적응하셨을 거야." 안구스티나가 쌀쌀맞은 투로 딱 잘라 말했다.

라고리오는 안 되겠다 싶었는지 서둘러 화제를 바꿨다. "이봐, 안구스티나, 모레면 클라우디나에게 갈 수 있다고 생각해봐. 자넬 못 본 지 이 년이나 되지 않았나······"

"클라우디나······" 안구스티나가 마지못해 대답했다. "클라우디나가 누구지? 난 기억 안 나."

"어떻게 기억이 안 나! 오늘 자네랑은 아예 얘기가 안 통하는군. 대체 무슨 소리야? 자네가 매일 그녀랑 함께 지낸 걸 모두가 아는데."

"아," 안구스티나가 예의를 차리며 말했다. "이제야 기억이 나는군. 그래, 클라우디나 말이지. 걱정 마. 내가 존재하는지도 기억하지 못할 테니까······"

"터무니없는 소리. 여자들이 전부 자네한테 흠뻑 빠져 있는 거 다들 잘 알고 있어. 겸손 떨지 말라고!" 그로타가 외쳤다. 안구스티나는 눈썹 하나 까딱 않고 그를 쳐다봤다. 그토록 단호한 친구의 태도에 흠칫 놀란 것 같았다.

그들은 침묵에 잠겼다. 바깥에서는 한밤의 가을비 속에서 경비병들이 걷고 있었다. 테라스 위로 쏟아진 비가 처마를 따라 졸졸 흘러 성벽 아래로 떨어져내렸다. 어느새 밖은 깊은 밤이었고, 안구스티나는 얕은 기침을 했다. 그렇게 우아한 젊은이가 귀에 몹시 거슬리는 소리를 내뱉을 수 있다는 게 이상하게 여겨졌다. 하지만 그는 기침을 할 때마다 고개를 숙이면서 현명하게 대처했다. 마치 자신은 기침을 막을 수 없으며, 이것이 예의상 참고 견딜 수 있는 성질의 것이 아니라는 사실을 알리는 듯했다. 기침은 점점 억지로 꾸민 듯한 일종의 기이하고 변덕스러운 버릇 같은 것으로 변해갔다.

드로고는 무거운 침묵을 깰 필요를 느꼈다.

"이봐, 라고리오." 그가 질문을 던졌다. "내일 몇시에 떠나나?"

"열시쯤으로 알고 있어. 더 일찍 떠나고 싶었지만 아직 대령님의 제대 명령이 남아 있어서."

"대령님은 다섯시에 기상하셔. 여름이나 겨울이나 항상 다섯시지. 시간 낭비는 안 시키실 걸세."

라고리오가 웃었다. "정작 나는 다섯시에 일어나지 않거든. 적어도 마지막 아침은 느긋하게 보내고 싶어. 누가 뒤쫓아오는 것도 아니니까."

"그럼 모레엔 도착하겠군." 모렐이 시기 어린 말투로 덧붙였다.

라고리오가 말했다. "나로선 불가능해 보이기까지 해, 정말로."

"뭐가 불가능하다는 거지?"

"이틀 후면 도시에 있으리라는 것." 그는 잠시 멈추었다가 말을 이었다. "그리고 영원히 그러리라는 것도."

안구스티나는 창백한 얼굴로, 이제 콧수염을 매만지다 말고 자기 앞에 드리운 어둠을 응시하고 있었다. 어느새 밤의 감상적인 분위기가 식당 안을 가득 메웠다. 낡은 벽에 갇혀 있던 두려움이 밖으로 나오고 불행이 달콤해지는 시간, 잠들어버린 인류애 위로 영혼이 힘찬 날갯짓을 하는 시간이었다. 대형 초상화 속 대령들의 무표정한 시선이 비장한 기운을 내비치고 있었다. 그리고 바깥에는 여전히 비가 내렸다.

"상상이 돼?" 라고리오가 다짜고짜 안구스티나에게 물었다. "모레 저녁 이 시간에 아마 난 콘살비에 가 있을 거야. 음악과 아름다운 여자들이 있는 멋진 세계지." 그가 늘 해오던 농담이었다.

"좋은 취향이군." 안구스티나는 쌀쌀맞게 대답했다.

"아니면." 라고리오는 어떻게든 친구를 설득해보려고 최선을 다했다. "아, 더 좋은 생각이 있어. 자네 친척 어른인 트론 댁에 가는 거야. 다정한 사람들이 있고, 자코모* 말마따나 '점잖게 어울려 노는' 곳이잖아."

"아, 참 좋겠어." 안구스티나가 말했다.

"아무튼," 라고리오가 말했다. "모레면 나는 재밌게 놀고 있을 테고 자네는 근무를 서겠지. 난 즐겁게 도시를 돌아다니고(그 생각에 웃음을 보이며), 자네는 순찰 나온 대위를 맞이하고. '새로운 소식은 없습니다. 경비병 마르티니의 몸 상태가 좋지 않습니다'라는 보고를 받겠지. 그런 후 중사가 '중위님, 순찰시간입니다' 하면서 새벽 두시에 자넬 깨울 거야. 똑같은 시간에 나는 로사리아와 침대에 있겠지……"

그 말은 모두에게 익숙하다시피 라고리오의 분별없고 경솔한 농담에 지나지 않았다. 하지만 그의 말 저편으로, 머나먼 도시의 이미지가 동료들 앞에 나타났다. 고풍스러운 건물들과 대성당들, 성당 돔이 바라다보이는 구역들, 강을 따라 늘어선 낭만적인 길들이 그들 앞에 펼쳐졌다. 그들은 생각했다. 이즈음 도시엔 옅은 안개가 끼어 있고, 가로등은 희미한 노란 불빛을 비추겠지. 커플들은 어둠 속에서 한적한 거리를 배회하고, 오페라극장의 북적이는 유리문 앞에서는 마부들의 고함소리

---

* 19세기 초반 이탈리아 시인 자코모 레오파르디를 가리킨다.

가, 부유한 저택의 어둑한 정문에서는 바이올린과 웃음 소리가 여자들 목소리와 함께 뒤섞여 나오겠지. 미로 같은 도시의 지붕들 속에서 믿기지 않을 정도로 높이 솟은 환한 창문들까지도, 청춘의 꿈과 아직 펼쳐지지 않은 모험들로 가득한 매력적인 도시 풍경이었다.

이제 모두들 자기도 모르게 안구스티나의 얼굴을 바라봤다. 그의 얼굴에는 차마 말도 못하게 극심한 피로가 엄습해 있었다. 그 시각 그들은 떠나는 라고리오를 축하하기 위해 남아 있는 게 아니었다. 사실상 혼자 남게 될 안구스티나에게 인사를 고하는 자리나 다름없었다. 라고리오를 시작으로 한 사람씩 차례대로 순서가 돌아가니, 나머지 친구들인 그로타와 모렐, 그리고 이제 막 넉 달 근무를 맡은 신임 조반니 드로고도 그 자리를 떠나게 될 것이었다. 그러나 안구스티나는 남아 있을 작정이었는데, 다들 그 이유를 이해하지는 못할지언정 잘 알고 있었다. 이번에도 그가 야심 차게 자기 신조만 따라서 막막한 기분을 느꼈으나, 더는 그의 방식을 시기할 여력이 없었다. 실상 그들에게는 부조리한 광기로만 보였다.

안구스티나, 저 저주받은 속물은 도대체 왜 지금도 여전히 미소를 짓고 있는가? 왜 그토록 병들었음에도 짐을 챙겨 떠날 준비를 하지 않는가? 그러기는커녕 왜 자기 앞의 어둠을 응시하고 있는가? 대체 무얼 생각하는가? 어떤 비밀스러운 교만이 그를 요새에 붙잡아두고 있나? 결국 그 역시도 그럴 것인가? 라고리오, 그를 보라. 시간이 허락할 때까지 당신 친구인 그를 잘 봐두기를! 오늘밤에 본 모습 그대로의 그를 마음에 새기기를. 가는 코와 무표정하고 나른한 시선, 기분을 거스르는 미소까지. 언젠가는 그가 왜 당신의 방식을 따르고 싶어하지 않았는지,

그리고 그의 단단한 이마 안에 담겨 있는 생각이 무언지 알게 될 테니.

라고리오는 다음날 아침 출발했다. 그의 두 마리 말이 요새 성문 앞에서 부하 병사와 함께 그를 기다리고 있었다. 하늘은 구름에 가려 있었고 비는 내리지 않았다.

라고리오는 만족스러운 얼굴이었다. 그는 뒤도 돌아보지 않고 미련 없이 자기 방을 나섰다. 밖에서 요새를 바라볼 때도 마찬가지였다. 그의 위로 요새의 성벽은 어둡고 차가운 모습으로 펼쳐져 있었고, 부동자세를 한 성문 경비병한테서는 광활한 평지의 살아 있는 영혼이라곤 찾아볼 수 없었다. 요새에 딸려 있는 막사에서 망치 소리가 박자에 맞추어 새어나왔다.

안구스티나가 떠나는 동료에게 작별인사를 하러 내려왔다. 그가 말을 어루만지며 말했다. "언제 봐도 아름다운 짐승이야." 라고리오는 요새를 떠나, 그와 친구들의 도시로, 편안하고 즐거운 삶으로 돌아가려는 참이었다. 반면 안구스티나는 남기로 했다. 속내를 알 수 없는 눈빛으로 말 주위를 서성이는 친구를 바라보며 그는 애써 미소를 지었다.

"떠난다는 게 도무지 믿기질 않아." 라고리오가 말문을 열었다. "이 요새는 내게 올가미나 마찬가지였어."

"도착하면 내 가족들에게도 안부를 전해주게." 안구스티나는 그를 보지 않고 말했다. "내가 잘 지낸다고 어머니께 말해줘."

"걱정 마." 라고리오가 대답했다. 그는 잠시 머뭇거리더니 덧붙여 말했다. "어제저녁 일은 유감이야. 알고 있나? 우리는 너무 다른 사람이야. 사실 자네 생각을 도무지 이해하지 못하겠더군. 내겐 다 광기로만 보인다고. 잘 모르지만, 어쩌면 자네가 옳을지 모르지."

"난 다 잊었어." 안구스티나는 말 옆구리에 오른손을 댄 채 땅을 쳐다보면서 말했다. "물론 화가 났던 것도 아니야."

그들은 지성과 교양 면에서는 거리가 먼 자들로, 서로의 다른 점을 사랑하는 다른 두 사람이었다. 둘이 늘 함께 있는 모습만 봐도 놀라웠는데, 누가 봐도 안구스티나가 더 뛰어났던 것이다. 그래도 그들은 친구였다. 모든 사람들 가운데 오직 라고리오만이 본능적으로 그를 이해했고, 오직 그만이 친구를 걱정했으며, 그의 앞에서 떠나는 것이 보기 흉한 과시라도 되는 듯 부끄러워 어찌할 바를 몰랐다.

"만약에 클라우디나를 만나면," 안구스티나가 굳은 목소리로 말했다. "안부를…… 아니, 아무 말 안 하는 게 좋겠어."

"아, 하지만 그녀가 날 보면 물을 거야. 자네가 여기 있는 걸 알고 있으니 말이야."

안구스티나는 입을 다물었다.

"자," 부하 병사와 함께 짐가방을 싣고 난 뒤 라고리오가 말했다. "이제 가는 게 좋겠어. 안 그러면 늦을 것 같군. 그럼, 잘 있게."

그는 친구와 악수를 하고는 우아한 움직임으로 말안장에 올랐다.

"안녕, 라고리오." 안구스티나가 외쳤다. "여행 잘 해!"

라고리오는 안장에 바로 앉아서 그를 바라봤다. 자신이 아주 똑똑한 사람은 아니었지만, 마음속으로 아마도 그들이 다시는 만나지 못할 거라고 말하는 그 친구의 구슬픈 목소리가 들렸다.

몇 번 박차를 가하자 말이 움직였다. 그러자 안구스티나는 오른손을 살짝 들어 친구를 부르는 손짓을 했다. 잠깐만 멈추라고, 마지막으로 할말이 있다고 말하는 듯했다. 시야에 그 손짓이 잡히자 라고리오는 20여 미터쯤 멀어진 곳에서 멈춰 섰다. "무슨 일이야?" 그가 물었다. "말하고 싶은 게 있었어?"

하지만 안구스티나는 손을 내렸고, 다시 예의 무심한 자세로 돌아갔다. "아무것도 아니야." 그가 대답했다. "왜 멈췄나?"

"아, 나는……" 어리둥절해진 라고리오가 대답했다. 그러고는 달리는 말안장 위에서 흔들거리며 평야를 가로질러 멀어져갔다.

9

요새 테라스들이 온통 새하얘졌다, 남쪽 골짜기와 북쪽 사막도. 눈은 성벽 보루를 전부 뒤덮고, 총안이 있는 방호벽의 구멍을 따라 금방이라도 사라질 테두리를 만들어놓았으며, 처마에서는 조금씩 녹아 떨어지고 있었다. 이따금씩 절벽 옆에 쌓인 눈이 이렇다 할 이유 없이 떨어지기도 했고, 무시무시하게 큰 눈덩이들이 협곡에서 눈구름을 일으키며 큰 소리를 내기도 했다.

첫눈은 아니고 세번째, 혹은 네번째 눈이었다. 눈 상태를 보면 내린 지 이미 여러 날이 지났음을 알 수 있었다. "요새에 도착한 게 바로 어제 같은데." 드로고가 말했다. 정말 그랬다. 어제 같기만 한 시간이 모든 사람한테 똑같이 일정한 리듬으로 그렇게 사라져갔다. 행복한 사람이라고 해서 더 느리게 흐르지도, 불운한 사람이라고 해서 더 빠르게 흐르지도 않았다.

더디지도 빠르지도 않게 석 달이 지나갔다. 크리스마스는 벌써 멀어졌고, 짐짓 새해가 사람들에게 잠시 낯선 희망을 안겨주며 다가오고 있었다. 조반니 드로고는 벌써 떠날 채비를 했다. 아직 의사의 진단서가 필요했지만, 마티 소령이 약속했던 대로 그것만 챙기면 그는 갈 수 있었다. 그는 저 눈이 행복의 전조라고, 도시에서는 편안하고 즐거우며 행복할지도 모르는 삶이 그를 기다리고 있을 거라고 계속해서 되뇌었다. 그런데도 도무지 기쁘지가 않았다.

1월 10일 아침, 그는 요새 맨 꼭대기 층에 있는 의무실로 들어갔다. 의사의 이름은 페르디난도 로비나였다. 나이는 쉰 살이 훌쩍 넘어 보였고, 유약하고 지적인 얼굴에 피로가 배어든 모습에, 군복 대신에 법복 같은 짙은 색의 긴 겉옷을 걸치고 있었다. 그는 앞에 책 여러 권과 서류가 놓인 책상에 앉아 있었다. 그러나 안에 들어서는 순간 드로고는 그가 아무것도 하지 않고 있음을 곧바로 눈치챘다. 그저 뭔지 모를 생각에 잠겨 꼼짝 않고 앉아 있을 뿐이었다.

뜰로 난 창문을 통해 박자에 맞춘 군인들의 발걸음소리가 올라왔다. 벌써 저녁 시간이라 경비병 교대가 시작된 터였다. 창밖으로 성벽 일부와 이상하리만치 고요한 하늘이 보였다. 두 사람은 서로 인사를 나눴고, 조반니는 의사가 자기 분야에 매우 훤한 인물이라는 사실을 금세 알아차렸다.

"까마귀들이 둥지를 틀고, 제비들은 떠나가는군요." 로비나는 농담조로 말을 건넨 뒤 서랍에서 서식이 인쇄된 서류 한 장을 꺼냈다.

"아마 선생님은 모르시겠지만, 제가 여기 온 건 어떤 착오 때문입니다." 드로고가 말했다.

"다들 착오 때문에 이곳에 오지요, 젊은 중위님." 의사는 비장한 표정으로 대꾸했다. "남아 있는 군인들도 더하든 덜하든 사정은 같습니다."

드로고는 이해가 잘 되지 않았지만 그냥 미소로 넘겼다.

"오, 그걸 나무라는 건 아닙니다! 젊은이들이 이 요새에서 썩지 않기로 한 건 잘한 거예요." 로비나는 계속해서 말했다. "저 아래 도시에는 다른 기회들이 꽤 있지요. 나도 가끔은 떠날 수만 있다면 어떨까 하는 생각을……"

"왜죠?" 드로고가 물었다. "이동할 수 없습니까?"

의사는 엄청난 말이라도 들은 것처럼 손사래를 쳤다.

"이동이라고요?" 그러고는 재미있다는 듯 웃었다. "제가 여기서 지낸 지 이십오 년이나 됐는걸요. 너무 늦었어요, 젊은 양반. 그전에 생각했어야 했어요."

어쩌면 드로고가 다시 한번 반박해주기를 바랐을지 모르지만, 젊은 중위가 침묵을 지켰기에 의사는 본론으로 들어갔다. 그는 조반니에게 앉으라고 청하고는 그의 이름과 성을 물어 규정 서식의 해당 칸에 적어넣었다.

"좋아요." 그가 결론을 내렸다. "당신은 심장계에 어떤 문제를 겪고 있어요, 맞습니까? 당신의 신체기관이 이 고도를 견디지 못해요, 맞습니까? 이렇게 할까요?"

"그렇게 하시죠." 드로고가 동의했다. "선생님이 이 일의 최고 결정자시니까요."

"요양 휴가를 허락하는 처방전을 쓰지요. 그럼 되겠죠?" 그러고서 의사는 짐짓 눈짓을 했다.

"감사합니다." 드로고가 말했다. "하지만 제 상태를 부풀리고 싶지는 않습니다."

"원하는 대로 하세요. 허가서 없이는 떠날 수 없으니까. 나로 말하자면, 당신 나이 때 그런 망설임은 없었지요."

조반니는 일어나 창가로 다가가서는 흰 눈 위에 정렬한 군인들 모습에 이따금씩 눈길을 던졌다. 태양이 막 저문 터라 성벽에는 푸르스름한 그림자가 번져 있었다.

"중위님처럼 젊은 군인들 절반 이상은 서너 달 만에 떠나고 싶어하죠." 의사는 쓸쓸한 분위기로 말하면서 자리에서 일어났다. 의사 역시 일몰의 그림자에 휩싸여 그가 뭐라고 적었는지 알 수 없었다. "나도 시간을 되돌릴 수 있다면 당신들처럼 했을 거예요…… 하지만 모든 게 안타까울 뿐이지요."

드로고는 창밖을 내다보느라 그의 말을 무심결에 흘려들었다. 그 순간 뜰의 노란 성벽이 투명한 하늘을 향해 높이 치솟은 듯 보였다. 그리고 그 너머로 더 높은 곳에, 예전에 결코 알아차리지 못했던 외따로이 떨어져 있는 탑들과 비스듬히 기울어진 눈 덮인 거대한 성벽이, 공중에 흰히 드러난 보루와 작은 요새들이 보였다. 서쪽 방향에서 태양의 밝은 빛이 아직 비추는 가운데, 그것들은 불가해한 생명력으로 신비하게 반짝이고 있었다. 요새가 그토록 복잡하고 거대한지 드로고는 미처 깨닫지 못했었다. 믿기지 않을 만큼 높은 위치에 골짜기 방향으로 열린 어느 창문(아니면 총안일까?)이 보였다. 그 아래에는 분명 그가 모르는 사람들이 있었는데, 어쩌면 친구가 될 수도 있을 다른 장교들인지도 몰랐다. 성채와 성채 사이의 깊은 심연이 기하학적인 그림자를 드리운 게 그의 눈에 들어왔다. 지붕 사이에 걸쳐진 간이 다리들, 성벽과 수평을 이루어 빗장을 채운 이상한 문들, 폐쇄된 옛 돌출회랑, 세월에 구부러져버린 긴 마룻대도 보였다.

검푸른 뜰을 배경으로 등불과 횃불 사이에 소총으로 무장한 장신의 용맹한 군인들이 보였다. 밝은색 눈 위에서 그들은 강철로 만들어진 듯 검은 전열을 이루고 꼼짝도 없이 서 있었다. 그들은 무척 아름다웠고, 돌처럼 굳건했다. 그러는 동안 나팔이 연주되기 시작했다. 날카로운 나팔소리는 생기 있고 빛나는 대기로 퍼져나갔다가 마음에 곧장 파고들었다.

"한 사람씩 다들 떠나는군요." 로비나가 어슴푸레한 미광 속에서 중얼거렸다. "결국 우리 노인들만 남겠어요. 올해……"

나팔은 아래 뜰에서 연주되고 있었다. 인간의 목소리와 금속이 결합된 순수한 음이었다. 그 소리가 다시 한번 전투적으로 비약하며 고동쳤다. 그러고는 이내 잦아들면서 의무실에까지 형언할 수 없는 마력을 남겼다. 얼어붙은 눈 위를 서걱서걱 지나는 걸음소리가 들릴 정도로 주위가 고요해졌다. 직접 경비병에게 인사를 하러 내려온 대령의 발소리였다. 지독히 아름다운 나팔소리 세 차례가 하늘을 갈랐다.

"다른 중위들은 또 누가 있을까요?" 의사는 비난하듯 말을 이었다. "남을 사람은 안구스티나 중위가 유일하군요. 모렐 중위도 내년에는 도시로 치료받으러 갈 게 확실해요. 장담하는데 그 사람 역시 병에 걸려서 떠나게 될 겁니다……"

"모렐요?" 그의 얘기를 듣고 있다는 걸 드러내기 위해서라도 드로고는 대답하지 않을 도리가 없었다. "모렐이 병에 걸렸나요?" 의사의 마지막 표현이 무슨 뜻인지 미처 알아차리지 못한 채 그가 물었다.

"아니요." 의사가 말했다. "일종의 은유지요."

창문이 닫혀 있었는데도 대령의 발걸음소리가 쩌렁쩌렁 울렸다. 석양 속에서 총검들의 대열은 흡사 은의 향연이었다. 아득히 멀리서 나팔소리가 메아리쳐왔다. 어쩌면 미로 같은 성벽에 부딪혀 되돌아온 첫 연주음이었을까?

의사는 아무 말이 없었다. 잠시 후 그가 일어나서 말했다. "자, 여기 증명서예요. 이제 사령관님께 서명을 받으러 가겠습니다." 그는 종이를 접어 서류철에 넣고는, 옷걸이에서 외투와 털베레모를 집었다. "중위님도 가시겠습니까?" 그가 물었다. "뭘 그렇게 바라보고 있죠?"

새 경비병들이 무기를 내려놓고 한 명씩 차례대로 요새의 여러 초소를 향해 이동중이었다. 보조를 맞춘 그들의 걸음소리는 눈에 파묻혔지만, 그 위로 팡파르 음악이 날아다니고 있었다. 이어, 더없이 비현실적이리만치, 밤에 포위된 성벽이 어둠의 정점을 향해 서서히 그 윤곽을 드러냈다. 눈이 소복이 쌓인 성벽 꼭대기에서는 백로 모양의 흰구름이 우주 공간을 향해 유유히 떠나가기 시작했다.

고향 도시의 기억이 창백한 이미지로 드로고의 마음속을 스쳐갔다. 비 내리는 소란스러운 도로, 석고상들, 병영의 축축한 습기, 초라한 종들, 피곤하고 지친 얼굴들, 끝없이 이어지는 오후, 먼지로 더럽혀진 천장들이 그의 내면에 떠올랐다.

하지만 요새에서는 광대한 산맥마다 밤이 깊어지고 있었다. 이곳에는 요새 위로 흐름을 재촉하는 구름과 믿기지 않을 만큼 신비로운 풍경이 있었다. 그리고 성벽 뒤의 보이지 않는 북쪽 땅으로부터, 드로고는 자기 앞에 놓인 운명의 힘을 느꼈다.

"의사 선생님, 의사 선생님." 드로고가 거의 더듬다시피 그를 불렀다. "저는 건강합니다."

"알아요." 의사가 대답했다. "아닌 줄 알았습니까?"

"전 건강해요." 드로고는 자기 목소리가 어떤지조차 알아차리지 못한 채 재차 말했다. "전 건강하고, 이곳에 남길 원합니다."

"요새에 남겠다고요? 떠나고 싶지 않은 겁니까? 무슨 일이 생긴 거죠?"

"모르겠습니다." 조반니가 말했다. "하지만 떠날 수 없습니다."

"오, 농담이 아니라면 저는 정말 대만족입니다." 로비나가 그에게 다가오면서 외쳤다.

"농담 아닙니다. 전혀요." 드로고는 자신의 흥분이 행복에 가까운 기묘한 고통으로 변하는 것을 느끼며 말했다. "의사 선생님, 그 서류는 던져버리십시오."

10

일어나야만 했던 일이다. 어쩌면 오래전부터 정해져 있었을지 모른다. 드로고가 평지 가장자리에서 오르티츠 대위를 처음 마주했던 그날, 정오의 강렬한 햇빛 아래로 요새가 나타났던 까마득한 그날부터였을 것이다.

드로고는 요새에 남기로 결정했다. 어떤 욕망에 이끌린 결정이었지만 단순히 비장한 마음 때문만은 아니었다. 이 순간 그는 어떤 고귀한 일을 해냈다고 믿으며 자신한테 생각지도 못한 선의가 있다는 것을 발견하고는 깜짝 놀란다. 다만 겨우 몇 달만 지나도 지난 시절을 돌이켜보며 요새를 떠나지 못하도록 그의 발목을 붙들던 비참한 것들을 인식하게 될 것이다.

나팔소리가 울리고 군가가 들리고 북쪽에서 전쟁을 암시하는 메시지가 오고 했더라면, 만약 그것뿐이었더라면, 드로고는 처음의 결심대로 요새를 떠났을 것이다. 하지만 그의 내면에, 이미 무감각하게 길든 습관들이, 군인으로서의 다소 과한 자부심과 이제 일상이 된 성벽을 향한 가족 같은 애정이 자리잡은 터였다. 단조로운 리듬으로 이어진 군복무는 넉 달 만으로도 충분히 그를 유혹하고 남았다.

처음에는 견디기 힘든 고역 같던 수비교대 근무도 어느새 그에게는 습관이 되었다. 그는 요새의 규칙과 말하는 방식은 물론, 상관들의 압박과 보루의 지형, 경비병들의 위치, 바람이 불지 않는 사각지대, 그리고 나팔 신호까지 조금씩 훌륭하게 소화해나갔다. 병사들과 부사관들의 사기가 상승하는 걸 보면서 맡은 소임의 지휘권자로서 특별한 기쁨을 얻기도 했다. 심지어 트롱크까지도 드로고가 얼마나 진지하고 신중한지 알아차렸고, 그에게 거의 충성하다시피 했다.

또한 그가 이제 잘 알고 지내는 동료들과의 생활 역시 익숙한 습관이 되었다. 비록 가장 세밀한 속내를 털어놓는 사이는 아니었지만 말이다. 저녁마다 그들은 도시에서 일어난 일들을 소재로 오랜 시간 함께 이야기꽃을 피우곤 했다. 멀리 떨어져 있는 만큼이나 도시의 소식은 그들에게 끝없는 관심을 불러일으켰다. 맛있는 음식이 나오는 편안한 식당과 밤낮으로 늘 켜놓는 대기실의 아늑한 벽난로, 그곳의 유능한 당번병인 제로니모의 친절한 태도 역시 익숙한 습관이 되었다. 제로니모 또한 서서히 드로고의 특별한 열망을 깨달아갔다.

가끔 모렐 중위와 멀지 않은 지역을 돌아다니는 가벼운 여행도 하나의 습관이 되었다. 말을 타고 두 시간 정도면 좁은 골짜기를 가로지르기에 충분했다. 이제 그는 여관도 한 곳 알게 되었다. 새로운 얼굴들을 볼 수 있고, 성대한 식사가 마련되며, 사랑을 나눌 수 있는 젊은 여인들의 상쾌한 웃음소리가 들려오는 곳이었다.

오후 휴식시간이면 요새 뒤편 평지에서 말을 타고 빠르게 질주하며 용맹함을 겨루는 것도 습관이 되었다. 그리고 저녁에는 인내심이 필요한 체스게임이 벌어져 늦은 밤까지 계속되었다. 승리는 종종 드로고에게 돌아갔다. (하지만 오르티츠 대위는 그에게 이런 말을 했다. "언제나 그래. 신참들이 항상 이기지. 모두에게 똑같이 일어나는 일인데, 자기가 정말 대단하다고 착각하기 쉽네. 하지만 문제는 새로운 방식일 뿐이야. 결국 다른 사람들도 그 방식을 따라 배우게 되고, 언젠가는 꼼짝없이 지고 마는 거지.")

그의 방, 조용하고 평온한 밤의 독서, 침대에서 보면 터키인 머리처럼 보이는 천장 틈새, 저수조에서 나는 물 빠지는 소리, 시간이 흐르면서 친숙해진 것들, 그의 몸에 눌려 푹 꺼진 매트리스, 처음에는 그토록 꺼려졌지만 지금은 편안하게 마련된 이불들, 석유램프를 끄거나 책상에 책을 놓아두기 위해 거리에 딱 맞게 거의 본능적으로 일어나는 움직임, 이 모든 것이 드로고에게는 습관이 되었다. 이제 그는 아침에 거울 앞에서 면도를 할 때면 어떻게 위치를 잡아야 하는지도 알았다. 마치 세숫대야에 물이 넘치지 않도록 조심해서 붓거나 고장난 서랍 자물쇠를 열 때 열쇠를 살짝 아래로 구부려가며 돌리듯이, 그는 알맞은 각도에서 빛이 그의 얼굴을 비추게 했다.

우기에 문을 두드리는 빗소리, 평소 창문 안으로 달빛이 비쳐드는 지점과 시간에 따라 천천히 이동하는 그 움직임, 매일 밤 정확히 한시 반에 아랫방에서 들려오는 니콜로시 중령의 뒤척임도 그에게는 습관이 되었다. 그 시간이면 중령은 오른쪽 다리에 입은 오래전 상처의 통증이 이상하게 되살아나 잠에서 깨어나곤 했던 것이다.

이 모든 일상이 지금은 그의 것이 되었고, 그것들을 포기하는 건 고통스러울 것 같았다. 한데 이제 드로고는 요새를 떠나려면 얼마나 안간힘을 써야 하는지, 또 요새의 삶이 하루하루 별반 다르지 않은 나날들을 얼마나 어지러운 속도로 삼키게 될 것인지는 짐작하지 못했다. 어제는 그제와 똑같았고, 그는 그날들을 더는 구분할 수 없을 것이었다. 사흘 전 일이든 열이틀 전에 일어난 일이든 똑같이 까마득하게 여겨질 터였다. 그렇게 그가 깨닫지 못하는 사이 시간은 도피하고 있었다.

그러나 한결 과감하고 홀가분해진 그는, 투명하게 얼어붙은 겨울밤 제4보루에 있었다. 추위 때문에 경비병들은 쉼없이 계속해서 걸었고, 그들의 발소리는 얼어붙은 눈 위에서 서걱거렸다. 크고 하얀 달이 세상을 비추고 있었다. 요새, 절벽, 북쪽의 돌투성이 계곡 위로 아름다운 달빛이 흘러넘쳐 북쪽 끝에 드리운 안개 장막까지 빛이 났다.

그 아래 보루의 내부, 근무중인 장교의 방에는 램프가 켜져 있었다. 불꽃이 그림자를 움직이면서 가볍게 흔들렸다. 드로고는 막 편지 한 통을 쓰기 시작한 참이었다. 친구인 베스코비의 여동생 마리아에게 답장을 보내야 했다. 훗날 그의 아내가 될지 모를 여인이었다. 하지만 두 줄 정도를 쓴 뒤에 그는 자리에서 일어났다. 그조차도 이유를 알 수 없었다. 그는 망을 보기 위해 지붕으로 올라갔다.

그곳은 요새에서 가장 낮은 지대로, 골짜기 산길에서 가장 움푹 들어간 곳과 동일한 고도였다. 성벽의 그 지점에는 두 국가가 접하는 문이 있었다. 크고 묵직한 철제 장갑문들은 아득히 오래전부터 폐쇄되어 있었다. 그래서 산 정상 보루의 경비병은 매일 한 사람이 겨우 지나갈 정도 너비에 보초병 한 명이 지키고 있는 보조 문으로 드나들어야 했다.

처음으로 제4보루의 수비를 맡은 드로고는 밖으로 나오자마자 오른쪽에 우뚝 솟아 있는 절벽을 바라보았다. 그것은 온통 얼음으로 덮여 달빛 아래 빛나고 있었다.

갑작스러운 돌풍이 하늘에 작고 흰 구름을 실어오기 시작하며 드로고의 망토를 뒤흔들었다. 그에게 많은 것을 의미하는 새 망토였다.

그는 절벽이 이룬 장벽과 가늠할 수 없을 만큼 먼 거리의 북쪽 땅을, 그리고 거칠게 휘감기면서 깃발처럼 펄럭이는 망토 자락을 가만히 응시했다. 그날 밤 테라스 가장자리에서 바람에 휘날리는 멋진 망토를 걸친 자기 모습이 자부심 넘치는 군인다운 아름다움을 풍기는 것만 같았다. 그의 곁에 있는 트롱크로 말하자면 품이 넓은 외투를 걸치고 있어서 아예 군인으로 보이지도 않았다.

"얘기 좀 해보게, 트롱크." 조반니가 걱정하는 척 물었다. "내가 느낀 인상이 그런가, 아니면 오늘밤 달이 평상시보다 유독 큰 건가?"

"더 큰 것 같진 않습니다, 중위님." 트롱크가 말했다. "요새에서는 늘 그런 느낌이 들지요."

대기가 유리로 변해버리기라도 한 양 그들의 목소리는 크게 메아리쳤다. 중위가 다른 할말이 없어 보이자 트롱크는 계속해서 자신의 병역 임무 관리를 위해 테라스 끝자락을 따라 자리를 떠났다.

드로고는 홀로 남았고, 실제로 행복감을 느꼈다. 요새에 남기로 한 결정이 자랑스러웠다. 그는 오래도록 지속될 커다란 선의를 위해 소소

하되 확실한 기쁨을 포기했다는 쓸쓸함을 자부심 어린 마음으로 음미했다(어쩌면 언제든 적당한 때에 떠날 수 있으리라는 생각이 그에게 위로를 주었을지 모른다).

고귀하고 위대한 일들에 대한 예감이—아니면 단순히 희망이었을까—그를 요새에 남게 했다. 하지만 그의 선택은 그저 보류에 불과할 수도 있었고, 결국 예정된 건 아무것도 없었다. 시간은 많았다. 어떤 행운이 그를 기다리고 있을지 모를 일이었다. 그러니 걱정할 필요가 뭐가 있겠는가? 여인들, 먼 곳에 있는 사랑스러운 그 존재들도 삶의 평범한 순리에 따라 확실히 약속된 행복처럼 눈앞에 떠올랐다.

그의 앞에 놓인 그 시간이라니! 단 일 년도 그에게는 영원처럼 여겨졌고, 인생의 좋은 시기는 이제 막 시작된 참이었다. 바닥이 드러날 리 만무한 기나긴 시절, 아직까지 보물이 고스란히 간직된, 싫증내기에는 너무나 위대한 시절이 가고 있는 듯했다.

그에게 '조심해, 조반니 드로고!'라고 말해주는 사람은 아무도 없었다. 벌써 청춘은 저물어가기 시작했건만 삶은 그에게 지칠 줄 모르는 집요한 환영으로 나타났다. 드로고는 시간에 대해 알지 못했다. 신들이 그렇듯이, 눈앞에 수백 년의 젊음이 있다 하더라도 그 역시 불행일 수 있었다. 더구나 그는 단순하고 평범한 삶, 인간다운 짧은 청춘, 고통스러운 은총의 소유자였으니, 모두 열 손가락으로 세기에 충분하고 미처 알기도 전에 사라져버릴 것들이었다.

앞에 놓인 그 시간이라니! 그는 생각했다. 듣기로는 어느 시점에서 죽음을 기다리기 시작하는 사람들이 있다고들 하지만, 익히 잘 알려진 이 부조리한 죽음은 그에게 영향을 미칠 수 없었다. 그런 생각을 하면서 드로고는 미소를 지었다. 그러고는 추위에 못 이겨 걷기 시작했다.

성벽은 그 지점에서 골짜기 경사면을 따라 복잡한 테라스 계단과 발코니 통로를 이루며 이어졌다. 저 아래쪽으로는 눈에 대비되어 너무나 검어 보이는 경비병들이 달빛 속에서 끊임없이 움직이고 있었고, 그들의 규칙적인 걸음은 얼어붙은 표면 위에서 삐걱거리는 소리를 냈다.

10여 미터 떨어진 가장 가까운 아래쪽 테라스가 다른 곳에 비해 덜 추웠다. 거기서 그는 등을 벽에 기댄 채 그대로 꼼짝하지 않았는데, 누가 보면 아마 잠이 들었나보다고 했으리라. 그런데 드로고의 귀에 낮은 목소리로 불평하는 목소리가 들렸다.

단조로운 분위기로 끝없이 연결된 (드로고로서는 알아들을 수 없는) 말들이 계속 이어졌다. 임무중에 말을 하는 것, 혹은 그보다 나쁜 노래 부르기는 엄격히 금지되어 있었다. 조반니는 그런 행위를 처벌해야 했지만 추위와 그날 밤의 고독을 생각하자 마음에 연민이 일었다. 그래서 그는 테라스로 이어지는 짧은 계단을 내려와 작은 기침소리로 경비병에게 주의를 주었다.

경비병은 고개를 돌렸고, 장교를 보자 자세를 고쳤다. 하지만 볼멘 목소리는 여전히 멈추지 않았다. 드로고는 분노에 사로잡혔다. 설마 이들이 날 조롱하고도 무사하리라 생각하는 건가? 뭔가 혹독한 맛을 단단히 보여줘야 했다.

경비병은 드로고의 태도가 심상치 않음을 즉시 알아차렸다. 오랜 동안 암묵적인 합의하에 경비병들과 지휘관 사이의 암구호 절차는 생략되어온 터였지만, 경비병은 신중을 기했다. 그는 소총을 집어들면서 요새에서 사용되는 아주 특이한 억양으로 드로고에게 물었다. "거기 누구요? 거기 누굽니까?"

드로고는 혼란을 느끼며 갑자기 멈췄다. 5미터도 떨어지지 않은 곳의 환한 달빛 아래로 경비병의 얼굴이 아주 또렷하게 보였고, 그의 입은 닫혀 있었다. 하지만 볼멘소리는 멈추지 않았다. 도대체 이 소리는 어디에서 나오는 걸까?

그 이상한 일을 생각하던 조반니는 병사가 여전히 대기상태로 있는 것을 보고 기계적으로 암호 "기적"을 말했다. 경비병은 "비참"이라고 대답하고는 다시 소총을 발에 내려놓았다.

거대한 침묵이 뒤를 이었고, 흥얼대는 듯한 볼멘소리는 아까보다 더 강하게 그 안을 떠돌았다.

마침내 드로고는 그 정체를 깨달았고, 그러자 어떤 전율이 천천히 그의 등을 타고 올라왔다. 그건 물이었다. 절벽의 가파른 경사면을 따라 먼 곳에서 흘러내리는 폭포 소리였다.

바람이 길게 내려오는 물줄기를 흔들고, 메아리가 수수께끼 같은 놀이를 벌이는가 하면, 물이 바위에 부딪혀 서로 다른 소리가 나면서 끊임없이 말하는 인간의 목소리를 만들어냈다. 언제나 이해를 갈구하지만 결코 그에 도달하지 못한, 우리 삶의 말들이었다.

그러니까 경비병이 흥얼거리는 소리가 아니었다. 추위나 처벌에, 사랑에 예민한 사람이 아니라, 적대적이고 거친 산의 소리였다. 얼마나 서글픈 오해인가, 드로고는 생각했다. 어쩌면 모든 게 이런 식일지 모른다. 주위에 우리와 비슷한 존재가 있다고 믿지만, 사실은 이상한 언어를 말하는 얼음과 바위밖에 없는 것이다. 우리는 친구에게 인사를 하려 하지만 팔은 힘없이 떨어지고 미소는 사라져버린다. 우리가 철저히 혼자임을 깨닫게 되므로.

바람이 드로고 중위의 눈부신 망토에 부딪힌다. 눈 위에 어른거리는 푸른 그림자도 깃발처럼 나부낀다. 경비병은 부동자세로 서 있다. 달은 천천히, 그러나 한순간도 놓치지 않고 밤길을 걸어가며 새벽을 재촉한다. '쿵쿵.' 조반니 드로고의 가슴에서는 심장이 뛴다.

11

이 년 가까이 흐른 어느 날 밤, 조반니 드로고는 요새에 있는 자기 방에서 잠이 들어 있었다. 새로운 일이라곤 전혀 없이 스물두 달이 지났다. 삶이 그에게는 특별히 너그럽고 관대하기라도 한 듯, 그는 다가올 일들을 기다리며 그 자리에 멈춰 있었다. 하지만 스물두 달은 긴 시간이요, 많은 일이 일어날 수 있는 시간이다. 새로운 가정을 꾸리고, 아이들이 태어나 말까지 할 수 있는 시간이고, 풀밭에 불과했던 땅에 커다란 집이 생겨날 수 있는 시간이며, 아름다운 여인이 늙어버려 더는 아무도 그녀를 원하지 않게 될 수 있는 시간이다. 또 (당사자는 이 사실을 모른 채 별다른 걱정 없이 지내지만) 오랫동안 앓게 될 질병이 진행되어 육체를 천천히 잠식하고, 언뜻 짧게나마 호전되는 듯 보였다가, 다시 병이 깊어지면서 마지막 희망을 앗아가고, 결국은 죽은 이가 묻힌 뒤 잊히고도 남을 시간, 이후 그의 아들이 다시 웃을 힘을 되찾아 저녁마다 여자들을 데리고 아무 생각 없이 묘지 울타리를 따라 거리를 돌아다니게 되고도 남을 긴 시간인 것이다.

그러나 드로고의 존재는 멈춰 있었다. 똑같은 일들을 반복하는 변함없는 일과가 한 발짝도 앞으로 나아감 없이 몇백 번이나 되풀이되었다. 시간의 강은 요새 위로 흘러가면서 성벽에 균열을 일으키고 그 아래 먼지와 돌멩이 조각들을 끌어모았으며 계단과 사슬들을 낡게 했지만, 드로고에게는 무의미하게 지나갔다. 그는 여전히 도망치듯 사라지는 시간을 붙잡아두지 못했다.

만일 드로고가 어떤 꿈을 꾸지 않았다면, 그날 밤도 다른 날들과 마찬가지였을 것이다. 꿈에서 다시 어린아이로 돌아간 그는 한밤중 어떤 창턱에 앉아 있었다.

집의 가장 구석진 곳 저편으로는 달빛에 빛나는 화려하고 우아한 대저택의 정면이 보였다. 어린 드로고의 관심은 대리석 천개로 장식된 그 저택의 높고 우아한 창문에 쏠렸다. 달빛이 창유리를 통해 안으로 들이쳐 카펫과 꽃병 그리고 작은 상아조각상들이 놓인 테이블을 비췄다. 눈에 보이는 이 몇 가지 사물이 그의 상상을 불러일으켰다. 저 뒤편 어둠 속에서 웅장한 거실의 비밀이 밝혀지고, 진귀한 것들로 가득한 무한한 세계의 첫 모습이 드러나리라는 상상, 부유하고 행복한 사람들의 집에 깃들어 있는 완전하고 유혹적인 수면 상태에서 저택 전체가 잠들어 있는 상상이었다. '너무나 황홀하군.' 드로고는 생각한다. '저런 거실에서 살고, 항상 새로운 보물들을 발견하면서 몇 시간이고 돌아다닌다면 얼마나 좋을까.'

그가 마주한 창문과 아름다운 궁전은 20여 미터 떨어져 있었는데, 그 사이로 요정을 닮은 연약한 생명체들이 달빛에 빛나는 벨벳옷자락을 끌며 공중에 떠다니기 시작했다.

꿈에 나타난 그와 같은 생명체를 현실세계에서는 단 한 번도 본 적이 없지만, 드로고는 놀라지 않았다. 그들은 우아한 창문을 끊임없이 스치면서 대기의 느린 소용돌이 속을 부유했다.

그들은 그 본질상 대저택에 속해 있는 듯 보였지만, 드로고에게는 전혀 관심을 기울이지 않았다. 그의 집에는 결코 다가오지 않아 그를 부끄럽게 만들었다. 저 요정들은 자신들을 쳐다보지도 않고 비단천개 아래서 무관심하게 잠들어 있는 행복한 이들에게만 신경을 쓰느라 평범한 아이들을 멀리하는 것일까?

"흠…… 흠……" 드로고는 환영들의 관심을 끌기 위해 수줍게 두세 번 소리를 냈다. 하지만 마음속으로는 아무 소용 없으리라는 걸 잘 알고 있었다. 실제로 그 생명체는 전혀 듣지 못한 듯했고, 아무도 그가 앉아 있는 창턱 쪽으로는 단 1미터도 가까이 오지 않았다.

대신 그 마법 같은 생명체들 중 하나가 맞은편 창문 가장자리에 매달리더니 팔처럼 생긴 형체로 마치 누군가를 부르듯 조심스럽게 유리를 두드렸다.

얼마 지나지 않아, 연약한 형상이 유리 뒤에서 모습을 드러냈다. 오, 크고 화려한 창문에 비해 얼마나 작은 존재인가. 드로고는 그가 안구스티나임을 알아봤다. 그 역시 어린아이의 모습이었다.

안구스티나는 특유의 창백한 얼굴로, 옷깃에 하얀 레이스가 달린 벨벳옷을 입고 있었다. 그는 조용한 세레나데가 전혀 만족스럽지 않은 듯 보였다.

드로고는 친구가 예의상으로라도 자신을 환영들과의 놀이에 초대해주리라 생각했다. 하지만 아니었다. 안구스티나는 친구인 그를 알아보지 못하는 것 같았다. 조반니가 "안구스티나! 안구스티나!"라고 부를 때조차 시선을 그에게 주지 않았다.

안구스티나는 지친 모습으로 창문을 열고는 창턱에 매달린 작은 요정을 향해 고개를 숙였다. 마치 요정과 친숙한 사이인 듯 뭔가 이야기를 나누려는 것 같았다. 이어 작은 영혼이 어떤 신호를 보냈고, 그 몸짓의 방향을 따라 드로고의 시선은 어느 큰 광장으로 향했다. 여러 집 앞에 자리한 광장은 완전히 텅 비어 황량했다. 그 광장 위, 지상에서 10여 미터쯤 떨어진 허공에서, 다른 영혼들의 작은 행렬이 가마를 끌며 나아갔다.

영혼들과 동일한 요소로 이루어진 듯 보이는 가마는 베일과 깃털로 뒤덮여 있었다. 안구스티나는 특유의 무관심하고 지루한 표정으로 가마가 다가오는 모습을 바라봤다. 가마는 그를 위해 오고 있음이 분명했다.

그 부당함이 드로고의 마음을 아프게 했다. 왜 모든 것이 안구스티나에게 돌아가고 그에게는 아무것도 없는가? 하지만 이번에도 안구스티나는 변함없이 오만하고 거만한 모습이었다. 드로고는 혹시라도 자기편을 들어줄 만한 누군가가 있는지 보려고 다른 창문들을 쳐다봤으나 아무도 눈에 띄지 않았다.

드디어 도착한 가마는 창문 바로 앞에서 흔들리며 멈췄다. 그러자 모든 환영이 뛰어들어 진동하는 원을 그리면서 그 주위에 무리를 이루었다. 환영들은 이제 공손하기는커녕, 오히려 탐욕스러운 호기심으로 안구스티나에게로 향했다. 가마는 보이지 않는 실에 매달린 것처럼 덩그러니 공중에 남겨졌다.

갑자기 드로고는 그를 향한 모든 시기심을 버렸다. 그 순간 벌어지고 있는 일의 실체를 깨달았기 때문이다. 안구스티나는 창턱에 서 있었고, 그의 시선은 가마에 쏠려 있었다. 그랬다, 그날 밤 요정 사절들은 어떤 소식을 전하러 그에게 온 것이다! 가마가 온 것도, 그가 긴 여행을 떠나야 하기 때문이었다. 그는 동이 터도 돌아오지 않을 터였다. 다음날 밤도 그다음날 밤도, 영원히. 대저택의 거실은 헛되이 어린 주인을 기다릴 테고, 여인의 두 손은 떠난 이가 열어놓은 창문을 조용히 닫을 것이며, 다른 창문들 역시 빗장이 채워진 채 어둠 속에서 눈물과 탄식에 잠기리라.

그러니까, 사랑스럽게만 보였던 환영들은 달빛에 노닐러 온 게 아니었다. 그들은 향기로운 정원에서 나온 순진한 창조물들이 아니라 지옥에서 온 존재들이었다.

다른 아이들 같으면 울음을 터뜨리고 어머니를 불렀겠지만 안구스티나는 두려움 없이, 확실히 해둘 필요가 있는 어떤 상황을 확인하듯 영혼들과 담담하게 이야기를 나누었다. 포말의 물결처럼 창문 주위에 모여든 영혼들은 어린아이를 압박하며 서로 층층이 포개어졌다. 그는 '좋아, 좋아. 전부 다 동의해'라고 하듯이 고개를 끄덕였다. 마침내, 맨 처음 창턱에 매달렸던 대장으로 보이는 요정이 작고 단호한 몸짓을 취했다. 안구스티나는 여전히 지겹다는 기색으로 창턱에서 뛰어내렸고 (그는 벌써 환영들처럼 가벼워진 듯했다), 가마에 앉아 귀족처럼 다리를 포개었다. 이어 환영들의 무리가 펄럭이는 베일처럼 진영을 이루자 마법의 가마는 부드럽게 움직이며 출발했다.

행렬이 시작되었고, 환영들은 집들 사이사이 구석진 곳에서 반원형을 이루었다. 달 방향으로, 하늘로 오르기 위해서였다. 가마 역시 반원을 그리며 드로고의 창문을 아주 가까이 지나쳐갔다. 드로고는 팔을 휘저으며 마지막 인사를 외쳤다. "안구스티나! 안구스티나!"

그러자 죽은 친구가 마침내 고개를 조반니 쪽으로 돌려 잠시 그를 바라봤다. 드로고는 그에게서 어린아이치고는 너무나 진지한 표정을 엿본 듯했다. 그러다가 안구스티나의 얼굴에 서서히 공모자 같은 묘한 미소가 번져갔다. 마치 드로고와 그만은 환영들이 모르는 많은 것을 이해할 수 있다고 말하는 것 같았다. 지독한 농담이라도 하는 양, 안구스티나 자신은 어느 누구의 동정도 필요로 하지 않음을 보여주는 마지막 기회인 양, 자신의 죽음이 그저 평범한 일일 뿐 놀라울 건 없다고 말하는 듯했다.

가마가 그를 데리고 올라가자 안구스티나는 드로고에게서 시선을 떼고 행렬을 향해 고개를 앞으로 돌렸다. 그는 즐거움과 회의가 뒤섞인 호기심으로 가득차 있었다. 마치 조금도 관심이 없었지만 예의상 거절할 수 없었던 장난감을 처음으로 접하는 사람 같았다.

그는 인간이 아닌 듯한 고귀한 모습으로 한밤중에 멀리 사라져갔다. 자신의 궁전이나 지상의 광장에 남아 있을 누군가는 물론, 다른 집들이나 그가 살았던 도시조차 돌아보지 않았다. 행렬은 하늘을 향해 느릿느릿 곡선을 그리며 점점 더 높이 올라갔다. 그러면서 희미한 자취로 변하더니 아주 작은 안개구름이 되어 이내 시야에서 사라졌다.

창문은 열려 있었고, 달빛은 여전히 잠들어 있는 테이블과 꽃병, 그리고 작은 상아조각상들을 비추었다. 집안의 다른 방에는 촛불이 어른거리는 침대 위에 숨을 거둔 이의 작은 육체가 누워 있으리라. 안구스티나를 닮은 그는 틀림없이 레이스와 커다란 깃이 달린 벨벳옷을 입은 채, 온기가 가신 하얗고 창백한 입술 위에 미소를 띠고 있었을 것이다.

12

다음날 조반니 드로고는 산 정상 보루의 수비대를 지휘했다. 외따로 떨어진 이 작은 보루는 요새에서 사십오 분 길을 가야 하는데, 암벽 봉우리 정상에 서면 타타르족 평야가 마주 보였다. 가장 중요한 주둔지이자 온전히 고립된 이 보루는, 적의 위협이 다가오면 즉시 경보를 발령해야 하는 곳이었다.

드로고는 저녁에 일흔 명가량의 병사들을 거느리고 요새를 나섰다. 포병 두 명을 빼고도 경비병을 배치해야 하는 지점이 열 군데나 되었기 때문에 많은 병사가 필요했다. 그가 산길을 걸어서 보루에 가는 건 그날이 처음이었다. 사실상 그들은 국경을 벗어나 있는 셈이었다.

임무에 대한 책임감이 머릿속에 자리하고 있었지만, 무엇보다 조반니는 안구스티나가 등장한 간밤의 꿈에 대해 곰곰 생각하지 않을 수 없었다. 그 꿈이 그의 마음에 굉장히 깊은 인상을 남긴 터였다. 그가 특별히 미신을 믿지 않는다 해도, 그 꿈은 틀림없이 미래의 일과 어둡고 부정적인 연관성이 있는 것만 같았다.

드로고와 병사들은 산 정상 보루로 들어섰다. 경비병들의 교대가 이뤄졌고, 임무를 마친 수비대는 그곳을 떠났다. 노대 가장자리에서 드로고는 큰 자갈길을 거쳐 멀어져가는 수비대를 지켜봤다. 그곳에서 바라본 요새는 대단히 긴 성벽처럼, 그 뒤에 아무것도 존재하지 않는 평범한 벽처럼 보였다. 거리가 너무 멀어 요새의 경비병들은 알아보기 어려웠다. 간혹 바람에 펄럭이는 깃발만 눈에 띌 뿐이었다.

스물네 시간 동안, 드로고는 외따로이 떨어진 보루의 유일한 지휘관이었다. 어떤 일이 발생해도 그들은 외부에 도움을 요청할 수 없었다. 적이 쳐들어온다 해도 보루는 저 혼자의 힘으로 맞서야 했다. 왕이라 해도, 이 스물네 시간 동안만큼은 드로고보다는 그 책임감이 가벼울 것이다.

조반니는 밤이 오길 기다리면서 북쪽 평야를 바라봤다. 요새에서 볼 때는 산맥이 앞을 가려 작은 세모 형태의 땅만이 보였다. 그러나 보루에서는, 평소 안개 장벽이 펼쳐지는 지평선의 가장 먼 경계들까지 평야 전체를 훤히 볼 수 있었다. 그 땅은 돌로 덮이고 여기저기 먼지를 뒤집어쓴 키 작은 덤불이 드문드문 보이는 사막이었다.

오른편으로 아주 멀리, 검은 줄무늬처럼 보이는 지역은 아마도 숲일 가능성이 높았다. 평야 양옆으로는 산맥의 거친 줄기가 뻗어 있었다. 아득히 봉우리로 이어지는 산등성이와 가을에 내린 첫눈이 쌓인 산 정상이 어우러진 풍경은 무척 아름다웠다. 그런 모습마저 없다면 아무도 그 땅을 바라보지 않았으리라. 드로고와 병사들 모두 본능적으로 북쪽 땅을, 신비하지만 별 의미는 없는 황량한 평야를 바라보곤 했다.

오로지 혼자서 보루를 통솔한다는 생각 때문인지, 사람이 살지 않는 땅을 관찰해서인지, 아니면 꿈속의 안구스티나에 대한 기억 때문인지, 밤이 깊어지면서 드로고는 영문 모를 불안이 자신의 주변에서 점점 커져가는 것을 느꼈다.

날씨가 변덕스러운 10월의 어느 저녁이었다. 일몰의 붉은빛이 땅 여기저기에 얼룩처럼 흩어지고, 어디에서 비쳐드는지 모를 납빛의 땅거미가 점차 사위를 집어삼켰다.

해질녘이 되자, 여느 때처럼 드로고의 마음에는 시적인 감흥과 생기가 일었다. 그 순간은 희망의 시간이었다. 그리고 그는 다시 환상적인 영웅담을 떠올리기 시작했다. 그 이야기들은 주로 수비 임무가 길게 이어질 때 만들어져 매일 새로운 세부 내용이 끼어들면서 완전한 골격을 갖추어갔다. 보통은 그 자신이 직접 이끄는 절망적이고 비장한 전투를 상상했는데, 주로 소수의 군인들이 헤아릴 수 없이 많은 적의 세력에 대항하는 내용이었다. 예컨대 그날 밤 산 정상 보루가 수천 명의 타타르 병사들에게 포위당한다거나 하는 이야기였다. 상상 속에서 그는 여러 날 동안 적에 대항했고, 거의 모든 동료가 전사하거나 부상당했다. 그 역시 적이 발사한 무기에 공격당해 중대한 부상을 입었지만 심각하지는 않아서 여전히 계속 지휘해나갈 수는 있었다. 그 상황에서 탄약은 거의 떨어져가고, 그는 마지막 남은 적들의 우두머리를 향해 돌격을 시도한다. 그런 그의 이마에는 붕대가 감겨 있다. 마침내 지원군들이 도착하고 적군은 흩어져 도망치는 와중에, 그는 피로 물든 칼을 쥔 채로 정신을 잃고 쓰러진다. 그때 누군가가 그를 부른다. "드로고 중위, 드로고 중위." 미지의 인물은 그가 의식을 되찾도록 몸을 흔들며 이름을 부른다. 그러면 드로고는 천천히 눈을 뜬다. 왕이다. 왕이 몸소 그에게 허리를 숙이고, 훌륭하다고 말한다.

일몰은 희망의 시간이었고, 그는 영웅담을 상상했다. 아마도 현실에서는 결코 증명해 보일 수 없을 이야기들이지만 인생에 용기를 북돋아준다는 쓸모가 있었다. 때로 그는 영웅과는 매우 거리가 먼 상황에 만족했고, 오직 자신만이 영웅이 되려는 생각을 포기하기도 했다. 전쟁에서 입은 부상을 포기하고, 왕이 그에게 훌륭하다고 말하는 대목까지 포기한 경우도 있었다. 심지어 단순한 전투에, 단 한 번이지만 진지하게 벌어진 전투에 만족하기도 했다. 멋진 군복을 입고 수수께끼 같은 적의 얼굴을 향해 돌진하면서 미소를 지을 줄 아는 대담함만 있으면 그걸로 됐다고, 그런 다음에는 평생토록 행복할지 모른다고 말이다.

그날 저녁에는 스스로를 영웅으로 느끼기가 쉽지 않았다. 어둠이 벌써 세상을 감싸 북쪽 평야는 모든 색깔을 잃었다. 하지만 불길한 무언가가 생겨나려는 것처럼 그 땅은 아직 잠들지 않았다.

어느덧 저녁 여덟시, 하늘은 온통 구름으로 가득했다. 그 순간 드로고의 눈에 평야에서 무언가가 불쑥 나타난 듯 보였다. 보루 바로 아래쪽, 오른쪽으로 조금 치우친 곳에서 작고 검은 얼룩이 움직였다. '눈이 피곤한가보군.' 그는 생각했다. '자세히 바라보느라 눈이 피곤해진 거야. 얼룩이 보이네.' 예전에도 그런 일이 있었다. 소년 시절, 밤에 공부하다가 겪은 일이었다.

그는 잠시 눈을 감았다. 그런 뒤 주변의 사물들을 둘러보았다. 노대를 청소할 때 쓰는 양동이, 벽에 걸린 쇠갈고리, 그에 앞서 임무를 수행한 장교가 앉아 있느라 가져다놓은 작은 의자가 보였다. 몇 분쯤 지나, 그는 조금 전 검은 얼룩이 나타난 듯 보였던 지점을 다시 내려다봤다. 얼룩은 여전히 그 자리에서 느리게 움직이고 있었다.

"트롱크!" 드로고는 흥분한 말투로 그를 불렀다.

"명령 내리시겠습니까, 중위님?" 그의 대답은 드로고가 흠칫 놀랄 만큼 매우 가까운 곳에서 즉시 들려왔다.

"아, 여기 있었나?" 그는 안도의 숨을 내쉬며 말했다. "트롱크, 잘못된 판단을 하고 싶지는 않지만, 내가…… 저 아래 평야에서 뭔가가 움직이는 걸 본 것 같네."

"네, 중위님." 트롱크는 군기가 들어간 목소리로 대답했다. "저도 벌써 몇 분 동안이나 그걸 지켜보는 중입니다."

"뭐라고?" 드로고가 말했다. "자네도 그걸 봤다고? 무엇이 보이나?"

"움직이는 물체입니다, 중위님."

드로고는 피가 거꾸로 솟는 기분이었다. '드디어 이렇게 됐군. 올 것이 온 거야. 지금 뭔가 수상한 일이 벌어지고 있어.' 그는 용맹한 군인의 영웅담은 까맣게 잊은 채 생각했다.

"아, 자네도 봤다고?" 그는 상대가 부정해줬으면 하는 헛된 희망을 품으며 다시 질문했다.

"네, 중위님." 트롱크가 대답했다. "십 분쯤 됐을 겁니다. 대포 청소 상태를 점검하러 내려갔다가 다시 여기로 올라왔을 때부터 봤습니다."

잠시 두 사람에게 침묵이 흘렀다. 트롱크에게도 이상하고 불안한 일임이 틀림없었다.

"저게 뭐인 것 같나, 트롱크?"

"도무지 모르겠습니다. 너무 느리게 움직여서요."

"너무 느리게라니, 무슨 뜻인가?"

"그러니까, 혹시 갈대 수풀이 아닐까 생각했습니다."

"수풀? 무슨 수풀 말인가?"

"저 아래 구석진 곳에 갈대밭이 있습니다." 그는 오른쪽을 가리켰지만 어둠 속이라 아무것도 보이지 않았기 때문에 소용이 없었다. "지금 계절에 풀들은 검은 수풀로 변합니다. 때때로 이 풀이 바람에 꺾여 날리면 그게 작은 연기처럼 보이기도 하는데…… 하지만 갈대일 리는 없습니다." 그는 잠시 숨을 고르더니 덧붙여 말했다. "그건 더 빠르게 움직이니까요."

"그럼 뭔 것 같은가?"

"모르겠습니다." 트롱크가 대답했다. "사람이라면 이상한 일입니다. 다른 방향에서 올 테니까요. 게다가 계속해서 움직이는데, 전혀 알 수가 없군요."

"경보! 경보!" 그 순간 가까이 있던 경비병이 외쳤다. 그러자 다른 경비병이, 그리고 또다른 경비병이 계속해서 외쳤다. 그들 또한 검은 얼룩을 알아본 것이다. 당번을 안 서는 보루 내부의 병사들도 즉시 알아차리고 호기심과 약간의 두려움을 느끼며 보루 난간에 모여들었다.

"저거 안 보여?" 한 병사가 말했다. "그래, 바로 저 아래 말이야. 지금 멈췄어."

"아마 안개일 거야." 또다른 병사가 말했다. "안개에 구멍이 생길 때가 있는데, 그러면 그 너머 뒤편에 있는 게 보이거든. 누군가가 움직이는 것 같지만 사실은 안개 구멍인 거지."

"그래그래, 지금 보이네." 계속 말하는 소리가 들렸다. "근데 저 검은 건 계속 저기 있는데. 뭔가 했더니 검은 돌이군."

"돌은 무슨 돌! 계속 움직이는 거 안 보여? 눈멀었어?"

"분명히 돌이야. 항상 봐왔다고. 수녀처럼 보이는 검은 돌이지."

누군가가 웃었다. "자, 다들 여기서 떨어져. 즉시 안으로 돌아가." 병사들이 수군거리는 소리가 중위의 신경을 거스르리라 짐작한 트롱크가 미리 제지에 나섰다. 병사들은 마지못해 안으로 다시 들어갔고, 그곳에는 다시 정적이 감돌았다.

"트롱크." 드로고는 혼자 결정을 내리지 못해 그에게 물었다. "자네라면 경보를 발령할 텐가?"

"요새로 말입니까? 발포를 말씀하시는 겁니까, 중위님?"

"글쎄, 나도 모르겠네. 자네가 보기에 경보를 발령할 만한 사안인가?"

트롱크는 고개를 저었다.

"저라면 좀더 지켜보겠습니다. 만약 요새에 발포를 한다면 큰 혼란이 일어날 겁니다. 나중에 아무것도 없다면 어떻게 하시려고요?"

"그건 그렇지." 드로고도 동의했다.

"더군다나 규정에 어긋날 수도 있습니다. 규정상 경보가 필요한 경우는 오직 적의 위협이 있을 때입니다. 내용은 정확히 이렇습니다. '적의 위협이나, 군대가 출현한 경우, 그리고 의심스러운 자가 성벽 경계에서 100미터 이내로 접근한 모든 경우.'"

"맞아." 조반니는 동의했다. "이번 경우, 100미터는 넘겠지. 안 그런가?"

"제 생각도 그렇습니다." 트롱크가 맞장구를 쳤다. "게다가 사람이라고 어떻게 단정짓겠습니까?"

"그럼 뭐라고 생각하나? 귀신?" 드로고는 어딘가 모르게 화가 나서 물었다.

트롱크는 대답하지 않았다.

끝없는 밤에 내맡겨진 사람들처럼, 드로고와 트롱크는 타타르족의 평야가 시작되는 지점에 시선을 고정한 채 난간에 기대어 있었다. 정체불명의 얼룩은 잠들어 있는 듯 움직임이 없었다. 점점 시간이 지날수록, 조반니는 정말 거기에 어느 수녀와 비슷한 검은 돌만 있을 뿐 아무것도 없는 게 아닐까 생각하기 시작했다. 그의 눈이 별다른 이유도 없이 약간의 피로 때문에 어리석은 착각에 속아넘어갔다는 생각이 들었다. 이제는 진한 쏨쓸함마저 느껴졌다. 운명의 중요한 순간들이 우리에게 다가오지도 않은 채 눈앞에서 지나가버리는 순간, 그래서 우리가 수북이 쌓인 낙엽 사이에 홀로 남겨져 잃어버린 일생일대의 기회를 생각하며 슬퍼하는 동안 그 찰나의 울림이 멀리 사라져가는 순간에 선 기분이었다.

그런데 밤이 깊어가면서 어두운 골짜기에서 두려움의 숨결이 올라왔다. 짙어가는 어둠 속에서, 드로고는 점점 작고 외로워지는 기분이었다. 친구로 삼기에 트롱크는 그와 너무 다른 사람이었다. 아, 단 한 명이라도 가까이에 동료들이 있었다면 달랐을 텐데. 드로고는 농담할 기분을 되찾았을 테고, 새벽을 기다리기가 지금처럼 괴롭지는 않았을 것이다.

검은 대양 위의 희미한 섬들 같은 평야에서는 안개의 혀들이 만들어지며 주위로 퍼져나갔다. 그 혀들 가운데 하나가 수수께끼 같은 물체를 감춘 채 정확히 보루 발밑까지 뻗어왔다. 공기는 습했고, 드로고의 어깨에 걸쳐진 망토는 힘없이 늘어져 무거웠다.

얼마나 긴 밤이었던가. 하늘이 옅어지기 시작하고, 차디찬 돌풍이 머지않은 새벽을 알릴 무렵, 드로고는 밤이 언젠가 끝나리라는 희망을 잃은 상태였다. 그 순간 놀랍게도 졸음이 쏟아졌다. 테라스 난간에 기대어 서 있던 드로고는 두 번이나 고개를 떨어뜨렸고 두 번이나 깨어서 머리를 바로 세웠지만, 결국 머리는 힘없이 늘어지고 눈꺼풀은 잠의 무게에 굴복했다. 새로운 날이 시작되고 있었다.

누가 그의 팔을 건드려 잠에서 깼다. 그는 밝은 빛에 놀라 천천히 꿈에서 빠져나왔다. 트롱크의 목소리가 들렸다. "중위님, 말입니다."

그의 머릿속에 자신의 삶과 요새, 산 정상 보루, 검은 얼룩의 수수께끼가 떠올랐다. 그는 정체를 알고 싶은 욕심에 당장 아래를 쳐다봤다. 비겁하게도, 돌과 덤불만이, 항상 그러했듯 고독하고 텅 빈 평야만이 보였으면 싶었다.

하지만 트롱크의 목소리가 다시 한번 들려왔다. "중위님, 말입니다." 드로고는 절벽에 서 있는, 말로 보임직한 물체를 발견했다.

정말 말이었다. 크지 않지만 민첩하고도 다부져 보였고, 가는 다리와 매끈한 갈기 덕분에 묘하게 아름다웠다. 다소 특이한 체형에, 무엇보다 색깔이 놀라웠다. 윤이 나는 검은색이 풍경 속에 하나의 얼룩을 만들고 있었다.

저 말은 어디에서 왔을까? 대체 누구의 말일까? 혹시 까마귀나 뱀이라면 몰라도, 아주 오랫동안 살아 있는 생명체가 위험을 무릅쓰고 이 장소에 나타난 적은 없었다. 하지만 지금 말 한 마리가 나타난 것이다. 야생말이 아님은 한눈에 알 수 있었다. 선택받은 그 짐승은 진정한 군마의 모습이었다(다리가 다소 가늘다는 점만 빼면 그랬다).

그 말은 불안한 의미를 지닌 범상치 않은 존재였다. 드로고와 트롱크, 그리고 병사들은—아래층의 다른 병사들은 총안을 통해—말에서 눈을 떼지 못했다. 군대의 규칙을 깨고 타타르인과 전투에 관한 북부의 고대 전설들을 몰고 온 그 말은, 사막 전체를 자신의 부조리한 존재로 채우고 있었다.

그 자체로는 별다른 의미가 없었지만, 말 뒤에 분명 다른 것들이 오리라는 걸 짐작할 수 있었다. 말 안장은 방금 전에 올린 듯 제대로 자리잡혀 있었다. 그러니 전설은 끝난 게 아니었다. 어제까지 터무니없고 우스꽝스러운 미신으로 여겨졌던 이야기가 사실일 수 있는 것이다. 드로고는 움직임도 소리도 없이 이를 악물고 덤불 사이와 바위틈에 숨어 있을 알 수 없는 적, 타타르인들이 느껴지는 것만 같았다. 말하자면 그들은 공격을 위해 밤을 기다리고 있었던 것이다. 그사이 위협적인 적의 무리가 북쪽 안개 속에서 서서히 나타났던 것일 테고. 그들한테는 진군을 위한 음악이나 노래도, 반짝이는 검이나 아름다운 깃발도 없었다. 그들의 무기는 태양에 빛나지 않게끔 흐리게 만들어졌고, 말들은 울지 않도록 훈련되었다.

하지만 말 한 마리가 적에게서 도망쳤다면—산 정상 보루에서 불현듯 이런 생각이 떠올랐다—이 짐승은 그들을 배신한 셈이었다. 밤중에 적의 진영에서 도망쳐나왔기 때문에 아마도 그들은 눈치채지 못했으리라.

말은 그처럼 소중한 메시지를 가져왔다. 하지만 적들이 얼마나 전진했을까? 저녁때까지 드로고가 요새 사령부에 보고할 수 없게 되면, 그사이 타타르인들이 침입을 해올 수도 있었다.

그럼 경보를 발령해야 할까? 트롱크는 그럴 필요가 없다고 했다. 결과적으로 단순히 말 한 마리에 관한 일이었다. 트롱크 말마따나 경보가 발령되는 건 적이 보루 바로 아래 도착해서 보루가 고립된 경우, 혹은 혼자 사냥 나온 사람이 부주의하게 사막에 들어가 죽거나 병에 걸린 경우라야 했다. 혼자 남은 말은 살길을 찾아갈 것이고, 지금은 요새 부근에서 인기척을 듣고 사람들이 먹이를 가져다주길 기다리는 것이리라.

그러자 과연 적의 군대가 접근하고 있는 건지 진지한 의문이 일었다. 이 짐승이 대체 어떻게 해서 진영에서 빠져나와 그처럼 황량한 땅으로 왔단 말인가? 게다가 트롱크는 타타르인의 말들이 거의 흰색이라는 얘기를 들었다고 했다. 요새의 어느 방에 걸린 오래된 그림에서도 타타르인들은 전부 하얀 군마를 타고 있었다. 하지만 그 말은 석탄처럼 검었다.

이처럼 드로고는 숱한 망설임 끝에 저녁때까지 기다리기로 결정했다. 그러는 사이 하늘은 맑아졌고, 태양이 병사들 마음에 따뜻한 온기를 전하면서 풍경을 환히 비춰주었다. 조반니 또한 밝은 햇살에 다시 활기를 얻은 기분이었다. 타타르인에 대한 강박적인 환상은 힘을 잃고 모든 게 다시 정상적인 상태로 돌아갔다. 말은 그저 말이었고, 말의 출현에 대해서는 적의 침입이 아닌 다른 많은 이유를 찾을 수 있었다. 그러자 밤에 느낀 두려움이 싹 가시면서 불현듯 어떤 난관이 닥치든 자신은 각오가 되어 있다는 생각이 들었고 문 앞에 자기 운명이 와 있다는 예감에 기쁨으로 충만되었다. 이는 다른 사람들보다 자신이 우위에 있다는 만족스러운 운명이었다.

그는 수비 임무의 가장 세부적인 사항들까지 개인적으로 돌본다는 것이 뿌듯했다. 말의 출현만 해도 이상하고 걱정스럽긴 했지만, 그럼에도 그를 전혀 동요시키지 않았다는 사실을 트롱크와 병사들한테 보여주려 한 것 같았다. 자신의 태도는 무척 군인다운 것이었다.

사실을 말하자면, 병사들은 어떤 두려움도 없었다. 그들은 말의 출현을 웃음거리로 삼았고, 그 짐승을 포획해 전리품처럼 요새로 데려가면 대단히 좋아하리라 생각할 뿐이었다. 실제로 그들 중 한 명이 그렇게 하려고 상사에게 허락을 구하기도 했다. 그러나 트롱크는 임무와 관련된 일을 농담거리로 삼는 건 합당하지 않다는 의미로 비난의 시선을 던지는 데 그쳤다.

그러나 대포 두 대가 배치된 아래층에서는, 포병들 중 한 명이 말을 보고는 몹시 흥분한 터였다. 그의 이름은 주세페 라차리로, 얼마 전에 임무를 시작한 젊은이였다. 그는 그 말이 자기 것이고, 그 말에 대해 완벽하게 알고 있으며, 자기 생각이 틀릴 리 없다고 떠벌렸다. 또 짐승들이 눈비를 맞으러 요새에서 나갈 때는 도망치게 내버려둬야 했다고도 말했다.

"그 녀석은 피오코야. 내 말이라고!" 그는 말이 정말 자기 것인 양 소리쳤고, 사람들은 그한테서 말을 가로챘다.

트롱크는 아래층에서 나와 즉시 라차리의 외침을 멈추게 했다. 그는 라차리에게 말이 도망친다는 것이 얼마나 불가능한 일인지 냉정하게 이야기했다. 북부 골짜기를 지나려면 요새의 성벽을 통과하거나 산맥을 넘어야만 한다고 말이다.

라차리는 통로가 있다고 대답했다. 그가 들은 바로는 절벽을 지나는 편리한 통로가 있는데, 오래전에 버려진 길이라 아무도 기억하지 못한다는 것이었다. 실제로 요새의 많은 전설들 중에는 그런 흥미로운 이야기가 있긴 했다. 하지만 꾸며낸 이야기임이 분명했다. 비밀통로의 흔적이 전혀 발견되지 않았기 때문이다. 요새의 오른쪽과 왼쪽에는 누구도 넘어가본 적 없는 야생의 산맥이 수십수백 킬로미터에 걸쳐 솟아 있었다.

그러나 병사는 설득당하지 않았고, 말을 찾으러 갈 순 없더라도 보루 안에 가둬놔야 한다는 생각에 초조해했다. 가고 오는 데 걸어서 삼십 분 정도면 충분했다.

그러는 동안 시간은 점점 흘러갔다. 태양은 서쪽을 향해 여행을 계속했고, 경비병들은 제때에 교대를 이어갔다. 사막이 더없는 고독으로 빛나는 가운데, 말은 잠이 들었는지 아니면 새벽의 기운을 찾아 두리번거리는지 거의 꿈쩍도 않고 그 자리에 있었다. 드로고의 시선은 먼 곳을 향해 나아갔지만, 새롭게 눈에 띄는 건 아무것도 없었다. 언제나 똑같은 돌투성이 평야와 덤불, 북쪽 끝의 안개가 전부였다. 저녁이 다가올수록 그것들은 점차 색깔이 변해갔다.

교대차 새 수비대가 도착했다. 드로고와 그의 병사들은 보루를 뒤로 하고 요새로 돌아가고자 자갈길을 따라 저녁의 보랏빛 그림자들 사이로 전진했다. 성벽에 다다르자 드로고는 자신과 병사들을 위한 암구호를 말했다. 문이 열렸고, 임무를 마친 수비대는 작은 뜰에 정렬했다. 트롱크가 점호를 시작했다. 그사이 드로고는 수상한 말에 대해 보고하기 위해 사령부로 향했다.

드로고는 미리 적어둔 대로 당직 대위에게 보고했다. 그런 다음 두 사람은 함께 대령을 찾아갔다. 보통은 새로 보고할 일이 생기면 부관에게 알리는 것으로 충분하지만, 이번 경우는 중대 사안일 수 있기에 시간을 허비할 필요가 없었다.

그사이 소문은 요새 전체에 급속도로 퍼져나갔다. 최전방 수비대 중 어떤 이들은 벌써 절벽 아래 진영을 친 타타르 군대 전체에 대해 수군거리고 있었다. 보고를 들은 대령은 이렇게만 말했다. "말을 포획해야겠군. 혹시 안장을 갖추고 있다면 어디에서 왔는지 알 수 있을 거야."

하지만 병사 주세페 라차리 때문에 일이 틀어지고 말았다. 임무를 마친 수비대가 요새로 귀환하는 동안, 라차리가 아무도 모르게 바위 뒤로 숨은 뒤 혼자 돌길을 내려가 말이 있는 곳으로 갔던 것이다. 지금 그는 그 말을 데리고 요새로 오는 길이었다. 그는 말이 자기 소유가 아니라는 사실을 충격 속에 깨달았지만, 이제 다른 방도가 없었다.

요새에 들어와서야 몇몇 동료 병사가 그가 사라진 걸 깨달았다. 만일 트롱크가 알게 되면 라차리는 적어도 몇 달 동안 영창 신세를 져야 했다. 그를 구해야 했다. 그래서 상사 트롱크가 점호를 하며 라차리의 이름을 호명하는 순간, 누군가 그를 위해 "예"라고 대답했다.

몇 분이 지나고 이미 해산을 마친 뒤, 라차리가 암호를 모른다는 사실이 병사들의 머릿속에 떠올랐다. 영창이 아니라 생명이 달린 문제였다. 성벽에 도착해도 큰일인 것이, 경비병들이 그를 침입자로 여겨 총

118

을 발사할 수도 있었다. 그래서 동료 병사 두세 명이 대책을 간구하고
자 트롱크를 찾아나섰다.

　그러나 너무 늦었다. 라차리는 검은 말의 고삐를 잡고서 이미 성벽
가까이 와 있었다. 그리고 그곳에는 도보 순찰중인 트롱크가 있었다.
그는 막연한 예감에 사로잡혀 그곳으로 간 터였다. 점호를 마친 직후에
상사 트롱크는 알 수 없는 불안을 느꼈다. 이유는 모르겠지만 뭔가가
잘못되어가고 있다는 느낌이 들었다. 하루 동안 벌어진 일들을 곰곰 생
각하느라 요새에 귀환할 때까지 미심쩍은 구석을 살펴지 못해서인지
뭔가가 미덥지 않았다. 점호 때 들은 "예"라는 대답도 어딘지 이상했지
만 그 순간에는 흔히 있는 일인 양 그 사실을 미처 깨닫지 못했다.

　성문 바로 위에서는 한 경비병이 보초를 서고 있었다. 그는 어둠 속
자갈 위에서 앞으로 다가오는 검은 형체 둘을 보았다. 대략 200미터 정
도 떨어진 곳이었다. 하지만 그는 크게 신경쓰지 않고 착시가 일어났거
니 생각했다. 사막이라는 장소에서 긴 시간 대기상태로 있다 보면 한낮
에도 덤불과 바위틈으로 달아나는 사람 형상이 보이기 일쑤다. 누군가
염탐을 하고 있는 것 같아서 직접 가보면 아무도 없다.

　경비병은 관심을 다른 데로 돌리기 위해 주위를 살폈다. 그는 오른
쪽으로 30미터 정도 떨어져 있는 동료에게 손짓으로 인사를 건넨 뒤
이마를 죄는 무거운 베레모를 고쳐 썼다. 그런 후 왼쪽으로 눈길을 돌
리자 부동자세로 그를 엄격하게 바라보는 트롱크 상사가 보였다.

　경비병은 다시 몸을 돌려 또 한번 자기 앞을 바라봤다. 두 개의 그
림자는 꿈이 아니었다. 두 물체는 이제 가까이 다가왔고, 거리는 불과
70미터 남짓이었다. 군인 한 명과 말 한 마리였다. 그래서 그는 총을 멨

고, 발사를 위해 총을 장전했다. 그는 지침에 따라 수백 번 반복했던 자세로 단단히 긴장해 있었다. 그러고는 크게 외쳤다. "거기 누구냐, 거기 누구야?"

라차리는 입대한 지 얼마 안 된 신병이라 암호 없이는 요새에 들어갈 수 없다는 사실을 어렴풋하게라도 전혀 생각하지 못했다. 그저 상관의 허락 없이 이탈한 터라 처벌이 두려울 따름이었다. 하지만 혹시라도 그가 데려온 말 때문에 대령이 그를 용서해줄지도 모를 일이었다. 매우 아름다운 그 짐승은 장군이 탈 법한 말이었다.

이제 겨우 40미터만이 남아 있었다. 말편자가 돌에 부딪히며 소리를 냈고, 거의 완전하게 내려앉은 어둠 속에서 저멀리 나팔소리가 들렸다. "거기 누구냐, 거기 누구야?" 경비병이 다시 외쳤다. 한번 더 외친 다음에는 총을 쏴야 했다.

경비병의 첫번째 외침에 라차리는 갑자기 당혹감을 느꼈다. 이 순간 어떤 동료 병사가 자신에게 그런 식으로 묻는다는 게 개인적으로는 의아하고 너무나 이상한 일로 여겨졌다. 하지만 "거기 누구냐?"라는 두번째 외침을 듣자 안심이 되었다. 병사들이 모레토*라고 친근하게 부르는 바로 그 동료이자 친구의 목소리임을 알았기 때문이었다.

"나야, 라차리!" 그가 소리쳤다. "병장한테 얘기해서 문 좀 열어줘! 말을 데려왔어! 그리고 다들 알아차리지 못하게 해줘. 안 그러면 나를 집어넣을 거야!"

경비병은 움직이지 않았다. 그는 총을 둘러메고 부동자세를 취했다.

---

* '까만 녀석' '검둥이'라는 뜻.

그러면서 "거기 누구냐?"라는 세번째 외침을 가능한 한 늦추려고 애썼다. 어쩌면 라차리가 스스로 위험을 감지하고 되돌아갈 수도, 아니면 다음날 산 정상 보루 수비대에 합류할 수도 있었다. 하지만 불과 몇 미터 떨어진 곳에서 그를 매섭게 바라보고 있는 트롱크가 있었다.

트롱크는 말을 꺼내지 않았다. 이제 그는 경비병을 바라보고 있었고, 라차리는 잘못에 따라 처벌을 받게 될 터였다. 트롱크의 시선은 무얼 뜻하는 것이었을까?

병사와 말은 30미터가 안 되는 거리에 있었고, 경비병의 기다림은 여전히 신중했다. 가까이 다가올수록, 라차리가 공격받을 가능성은 더욱 커졌다.

"거기 누구냐? 거기 누구야?" 경비병이 세번째로 고함쳤다. 그의 목소리에는 규칙을 벗어난 개인적인 경고의 의미가 내포되어 있었다. 그 속뜻은 이랬다. "아직 기회가 있을 때 뒤로 돌아가. 너를 죽였으면 좋겠어?"

마침내 라차리는 상황을 깨달았다. 그는 순식간에 요새의 엄격한 규칙을 떠올렸고, 절망감을 느꼈다. 하지만 도망가는 대신, 이유를 알 수 없지만 말 고삐를 놓고 혼자서 앞으로 나아갔다. 그러면서 날카로운 목소리로 외쳤다. "나야, 라차리! 내가 안 보여? 모레토, 오, 모레토! 나라고! 대체 총을 들고 뭐하는 거야? 정신 나갔어, 모레토?"

하지만 경비병은 더이상 모레토가 아니었다. 그는 지금 굳은 얼굴로 친구를 겨누며 서서히 총을 들어올리는 군인일 뿐이었다. 그는 총을 어깨에 올렸다. 그러고는 곁눈으로 상사를 훔쳐보며, 조용히 라차리를 놔두자는 암시를 고집했다. 하지만 트롱크는 변함없이 부동자세로 그를 무섭게 응시하고 있었다.

라차리는 방향을 돌리지 않은 채 돌에 발을 헛디디며 몇 발자국 물러났다. "나야, 라차리!" 그가 소리쳤다. "내가 안 보여? 쏘지 마, 모레토!"

그러나 경비병은 더이상 모든 내무반 동료들이 마음껏 농담을 던졌던 모레토가 아니었다. 그는 다만 짙푸른색 군복에 검은 탄띠를 두른 요새의 경비병이었다. 밤이면 다른 모든 경비병과 전혀 다를 바 없는, 그들처럼 총을 겨누고 이제 곧 방아쇠를 당길 평범한 경비병이었다. 그의 귀에는 사나운 소리가 들렸다. 트롱크는 아무 말도 하지 않았지만, 마치 그 목쉰 소리로 '정조준!'이라 명령하는 것만 같았다.

소총이 작은 불꽃과 미미한 연기구름을 일으켰다. 사격음 또한 처음엔 대단치 않은 것 같았다. 하지만 총소리는 성벽에서 성벽으로 반사되어 여러 번 메아리치며 오랫동안 공중에 남아 있다가 천둥소리처럼 먼 곳의 울림으로 사라져갔다.

이제 그는 임무를 완수했다. 경비병은 총을 바닥에 놓고, 난간에 나와 그가 다치질 않았기를 바라며 아래를 내려다봤다. 실제로 어둠 속에서 라차리는 쓰러지지 않은 듯 보였다.

그랬다. 라차리는 여전히 서 있었고, 말은 그와 가까이 있었다. 그러나 사격 후의 정적 속에서 절망적으로 내뱉는 그의 목소리가 들렸다. "아, 모레토. 네가 날 죽이는구나!"

그 말을 내뱉고 라차리는 서서히 앞으로 고꾸라졌다. 트롱크는 이해할 수 없는 얼굴로 여전히 꼼짝도 않았다. 그러는 동안 요새의 미로를 통해 전쟁에 관한 웅성거림이 퍼져나갔다.

13

그렇게, 영원히 기억될 밤이 시작되었다. 요동치는 램프, 평시와 다른 나팔소리, 건물 현관으로 들어서는 분주한 발걸음. 북쪽에서 빠르게 내려오는 구름들 사이로 바람이 지나가는 밤이었다. 구름은 암벽 봉우리들을 훑고 지나가며 작은 조각들을 남겨놓았다. 대단히 중요한 뭔가가 부르고 있는 듯, 구름은 잠시도 지체하지 않았다.

한 번의 총격, 그러니까 한 번의 평범한 소총 발사로 요새 전체가 깨어났다. 오랜 세월 그곳에는 적막감뿐이었다. 다들 예상치 못한 순간 발생할 전쟁 소식을 듣기 위해 언제나 북쪽 땅에 촉각을 곤두세워왔고, 그들에게는 너무나 긴 침묵이었다. 그런데 이제 소총이 발사되었다. 규정대로 화약이 장착되고 32그램의 납이 든 탄환이 사용된 소총이었다. 그리고 요새의 군인들은 이 갑작스러운 사건을 전쟁의 신호탄인 양 여졌다.

물론 그날 밤도 병사 몇 명을 제외하고는 어느 누구도 모두의 마음속에 있는 단어를 입 밖에 내진 않는다. 장교들도 입을 다물고 있는 편을 택할 것이다. 그것이 바로 그들에게는 희망이기 때문이다. 그들이 요새 성벽을 세우고 삶의 대부분을 이곳에서 보내고 있는 건 바로 그들 타타르인들 때문이다. 그리고 타타르인들 때문에 경비병들은 밤낮으로 기계처럼 걸어다닌다. 누구는 매일 아침 새로운 신념으로 이 희망을 살찌우고, 누구는 마음속 깊이 모두 감춰둔 채로 있고, 누구는 스스로도 그것을 품고 있음을 알지 못한 채 희망을 잃었다고 여기고 있다. 하지만 아무도 그 사실을 말할 용기가 없다. 불길한 징조처럼 여겨질 테고, 무엇보다 가장 소중한 생각을 고백하는 행위로 비춰지리라. 그리고 군인들은 이런 행위가 수치스럽다.

당장은 죽은 병사 한 명과 어디서 왔는지 모를 말 한 마리가 있을 뿐이다. 참사가 일어난 북쪽 성문 수비대 내부에서는 큰 동요가 일어난다. 그리고 평소 규정대로는 아니지만 트롱크 역시 그곳에 있다. 그는 자기에게 내려질 처벌을 생각하며 평정심을 잃는다. 사건의 책임이 그에게 돌아갈 것이기 때문이다. 그는 라차리의 이탈을 막아야 했고, 요새에 돌아와서는 그가 점호에 대답하지 않았음을 즉시 알아차렸어야 했다.

그때 자신의 직권과 권한을 느끼게 하는 데 전전긍긍해하는 마티 소령도 나타난다. 그는 이해할 수 없는 이상한 표정을 짓고 있는데, 행여 미소를 짓고 있는 게 아닐까 싶은 인상이다. 그는 모든 경위를 분명하게 보고받은 뒤, 그 보루의 수비 책임자인 멘타나 중위에게 병사의 시신을 수습하라는 명령을 내린다.

멘타나는 소심한 성격에 요새에서 가장 나이가 많은 중위다. 만일 큼직한 다이아몬드반지가 없었다면, 그리고 체스를 잘 두지 못한다면, 아무도 그의 존재를 깨닫지 못할 것이다. 그의 왼손 약지에 있는 귀중한 보석은 굉장히 굵직하며, 그와 체스게임에서 겨룰 수 있는 사람은 거의 없다. 그러나 마티 소령 앞에서 그는 말 그대로 벌벌 떨고, 죽은 사람을 위해 수습반을 보내는 간단한 일에도 쩔쩔맨다.

다행히 마티 소령은 한쪽 구석에 서 있는 트롱크 상사를 발견하고 그를 부른다. "트롱크, 마땅히 할일이 없어 보이는군. 자네가 수습반을 지휘하게!"

마치 트롱크가 그 사건과는 어떤 연관도 없는 사람인 양, 소령은 너무나 자연스럽게 말한다. 누군가를 직접 질책하는 데 소질이 없기 때문이다. 그저 분노로 얼굴이 하얗게 변할 뿐, 할말을 찾지 못하는 것이다. 그보다는 냉정한 심문과 서면조사라는 훨씬 더 가혹한 무기가 그에겐 더 낫다. 그 방법으로 그는 미미한 결점을 무섭게 확대하고, 거의 예외 없이 책임 처벌을 받게 한다.

트롱크는 눈썹 하나 까딱하지 않고, "네, 소령님" 하고 대답한 뒤 급히 성문 바로 뒤에 있는 작은 뜰로 향한다. 몇 안 되는 수습반이 램프를 들고 요새 밖으로 나간다. 트롱크가 앞장서고, 들것을 든 병사 넷과 경계를 위해 무장한 다른 병사 넷, 마지막으로 마티 소령이 빛바랜 망토를 걸치고 사브르를 돌 위에 질질 끌며 그 뒤를 따른다.

그들은 땅에 얼굴을 파묻고 팔을 앞으로 늘어뜨린 채 죽어 있는 라차리를 발견한다. 어깨에 메고 있던 그의 소총은 떨어지면서 두 개의 돌 사이에 끼었는데, 개머리판이 위를 향한 상태로 똑바로 세워져 있는 모습이 기묘해 보인다. 죽은 병사는 넘어지면서 한쪽 손을 다쳤고, 몸이 차가워지기 전에 흘린 약간의 피가 흰 돌 위에 얼룩져 있었다. 정체불명의 말은 사라지고 없다.

트롱크는 죽은 병사 위로 허리를 숙이고 그의 어깨를 붙잡으려 한다. 하지만 규칙에 어긋나는 행동임을 깨달았는지 갑자기 뒤로 물러난다. "시신을 들어올려." 그는 나직하면서도 신경질적인 목소리로 병사들에게 명령한다. "먼저 소총부터 벗기고."

한 병사가 총에 달린 가죽띠를 풀기 위해 몸을 낮추고, 시체 바로 옆에 있는 돌에 램프를 올려놓는다. 죽는 순간 눈꺼풀이 완전히 닫히지 않아서, 라차리는 흰자위를 드러낸 채 실눈을 뜨고 있다. 램프 불꽃이 약하게 빛을 반사한다.

"트롱크." 그때 어둠 속에 오롯이 서 있던 마티 소령이 그를 부른다.

"명령하십시오, 소령님." 트롱크가 차렷 자세를 취하며 대답한다. 다른 병사들도 동작을 멈춘다.

"무슨 일이 있었던 건가? 그가 어디로 이탈했었나?" 소령은 성가신 탐색을 하듯이 단어들을 길게 늘이면서 묻는다. "계곡 수원지에 있었나? 큰 바위들이 있는 그곳 말이야."

"네, 소령님. 큰 바위 틈에 숨어 있었습니다." 트롱크는 그렇게 대답하고 다른 말은 덧붙이지 않는다.

"그럼 그가 이탈했을 때 아무도 보지 못했던 건가?"

"네, 그렇습니다, 소령님." 트롱크가 말한다.

"수원지라. 그때 어두웠나?"

"네, 소령님. 상당히 어두웠습니다."

트롱크는 잠시 차렷 자세로 기다린다. 그러다 마티 소령의 침묵이 이어지자 병사들에게 계속하라고 신호를 보낸다. 한 병사가 소총의 가죽띠를 풀어보려고 애쓰지만 버클이 딱딱해서 곤욕을 치른다. 띠를 잡아당기면서 병사는 어울리지 않게 과중한 무게를 느낀다. 꼭 납으로 된 시체 같다.

소총이 벗겨지자 병사 두 명이 죽은 이의 얼굴이 위로 오도록 조심스럽게 시체를 뒤집는다. 이제 그의 얼굴이 제대로 보인다. 꽉 다문 입에 무표정한 얼굴. 오직 두 눈만 반쯤 뜬 상태로 고정되어 있다. 램프 불빛에 반응하지 않는, 죽음을 아는 눈이다.

"이마인가?" 마티 소령이 묻는다. 죽은 병사의 코 바로 위에 움푹 팬 작은 상처를 즉시 알아본 참이다.

"명령하시겠습니까?" 트롱크가 이해하지 못한 채 되묻는다.

"이마에 총을 맞았느냐고 하지 않나?" 마티 소령은 귀찮다는 듯 반복한다.

트롱크는 램프를 들고 라차리의 얼굴 전체를 비춘다. 그에게도 작게 팬 상처가 보인다. 본능적으로 상처를 만져보고자 한쪽 손가락을 가까이 가져간다. 그러나 어찌할 바를 몰라 즉시 손을 거둔다.

"그런 것 같습니다, 소령님. 바로 여기 이마 한가운데입니다."(그런데 소령이 그토록 관심이 많다면 왜 직접 시체를 보러 오지 않는가? 왜 줄곧 바보 같은 질문만 던지는가?)

병사들은 트롱크가 당황하고 있음을 눈치채고는 자신들의 일에 전념한다. 두 명은 어깨를 붙잡아 시체를 들어올리고, 두 명은 다리를 붙

잡는다. 머리는 그냥 놔둬서 끔찍하게 뒤로 늘어진다. 입은 사후경직에
도 불구하고 다시 벌어지려 한다.

"누가 총을 쐈지?" 마티 소령은 여전히 어둠 속에서 꼼짝도 않은 채
다시 묻는다.

하지만 그 순간 트롱크는 그에게 신경쓰지 않는다. 그의 관심은 오
직 죽은 이에게로 향한다. "머리를 붙잡아." 그는 죽은 병사가 자기 자
신인 양 크게 화를 내며 명령한다. 그런 후 마티 소령이 질문했던 것을
깨닫고 다시 한번 차렷 자세를 취한다.

"용서하십시오, 소령님. 제가……"

"그러니까," 마티 소령은 자신이 인내심을 잃지 않는 건 모두 죽은 병
사 덕분이라는 사실을 상기시키면서 단어를 길게 늘인다. "누가 총을
쐈냐 이걸 물었네."

"자네들, 그 병사 이름 아나?" 트롱크가 목소리를 낮춰 병사들에게
묻는다.

"마르텔리." 한 명이 말한다. "조반니 마르텔리입니다."

"조반니 마르텔리입니다." 트롱크가 큰 목소리로 반복한다.

"마르텔리." 소령은 혼자서 되뇐다. (그 이름이 그에게 낯설지 않다.
사격 시합에서 우승한 병사들 중 한 명이 틀림없다. 사격 훈련을 지도
하는 사람이 바로 마티 소령이고, 그는 뛰어난 병사들의 이름을 기억하
고 있다.) "혹시 모레토라고 불리는 병사인가?"

"네, 소령님." 트롱크는 차렷 자세로 움직이지 않고 대답한다. "모레
토로 부른다고 알고 있습니다. 소령님께서도 아시다시피 동료들 사이
에서는……"

그는 거의 변명하다시피 늘어놓는다. 마르텔리에게는 아무런 책임이 없고, 모레토로 불리는 것도 그의 잘못이 아니며, 그를 처벌할 이유가 전혀 없다는 걸 얘기하려는 것 같다.

하지만 소령은 그를 벌할 생각이 전혀 없다. 그런 일은 아예 머릿속에 떠오르지 않는다. "아, 모레토!" 그는 뭔지 모를 확연한 만족감을 드러내며 외친다.

트롱크 상사는 굳은 시선으로 그를 응시하며 깨닫는다. '아, 그래그래, 그에게 상을 줘야겠다 이거지, 더러운 자식. 잘 죽였다고, 멋지게 중앙을 쐈다고 말이야?'

멋지게 중앙이라. 바로 그거다. 확실하다. 그것이 바로 마티 소령이 생각하는 바다(모레토가 총을 쐈을 때는 이미 어두웠다는 점을 생각한 것이다. 다들 대단한 재능을 지닌 사격수 아닌가).

그 순간 트롱크는 그가 증오스럽다. '물론 그렇겠지. 좋아 죽겠다고 크게 떠들어보시지.' 그는 생각한다. '라차리가 죽었다 해도 너와 상관없다는 거지? 네 부하 모레토에게 장하다고 해. 찬사를 퍼부으라고!'

실제로 소령은 너무나 침착하고 큰 목소리로 만족감을 드러낸다. "그래, 모레토는 실수가 없지." 그는 꼭 이렇게 외치고 싶은 듯하다. '교활한 라차리, 모레토가 총을 겨누지 않을 거라 믿었군. 위기를 넘길 거라 생각했나, 라차리? 결국 그가 어떤 사격수인지 똑똑히 배웠지? 그럼 트롱크는? 그 역시 모레토가 실수하기를 바랐어(그래서 며칠간 영창에 집어넣는 정도로 모든 게 해결되길 바랐겠지).' "아, 그래그래." 소령은 눈앞에 죽은 이의 시체가 있다는 사실을 까맣게 잊은 채 다시 한번 반복한다. "정예 사격수, 대단한 모레토!"

마침내 소령이 입을 다물자 상사 트롱크는 병사들 쪽으로 가서 시신
이 들것에 잘 옮겨졌는지 살펴본다. 시신은 이미 잘 뉘어 있었고, 얼굴
에는 군용 모포가 덮여 있다. 양손만이 유일하게 드러나 보인다. 농부
처럼 두툼하고 큰 손은 아직 가시지 않은 생명과 따뜻한 피로 붉게 보
인다.

트롱크가 고갯짓으로 신호를 보내자, 병사들은 들것을 든다. "소령
님, 가도 되겠습니까?" 그가 묻는다.

"누구 기다릴 사람 있나?" 마티 소령은 무뚝뚝하게 대답한다. 지금
그는 트롱크의 증오를 느껴 적잖이 놀란 터라, 상관으로서의 경멸감을
더욱 내비침으로써 그의 주의를 환기시키려 한다.

"앞으로!" 트롱크가 명령한다. 행렬이 시작되고, 해야 할 말을 했지
만, 그에게는 그 일이 거의 신성모독으로 비친다. 그제야 그는 요새 성
벽을 바라봤다. 성벽 가장자리에 있는 경비병이 램프 불빛에 어렴풋하
게 비친다. 성벽 뒤편 합숙소에 라차리의 간이침대와 그가 집에서 가져
온 물건들이 담긴 작은 상자가 있다. 성화 한 장, 옥수숫대 두 개, 라이
터, 날염 손수건, 할아버지의 소유였지만 정작 요새에서는 사용할 일이
전혀 없던 정장용 은단추 네 개가 들어 있다.

어쩌면 베개에는 정확히 이틀 전 그가 깨어났을 때와 마찬가지로 여
전히 그의 머리 자국이 남아 있을지 모른다. 그리고 아마 작은 잉크병
이, 서글픔 속에서도 트롱크는 세심하게 머릿속으로 덧붙인다, 아니,
작은 잉크병과 펜이 있을 것이다. 그의 물건들은 모두 소포에 담겨 대
령의 편지와 함께 집으로 보내질 것이다. 셔츠를 포함해 정부에서 공급
하는 다른 물건들은 당연히 또다른 병사에게 넘어갈 것이다. 하지만 그

가 사용하던 멋진 군복과 소총은 예외다. 소총과 군복은 그와 함께 묻힐 것이다. 그것이 요새의 오래된 규칙이기 때문이다.

14

동이 틀 무렵, 그들은 산 정상 보루에서 북쪽 평야에 있는 작고 검은 줄무늬를 보았다. 이리저리 움직이는 그 가느다란 윤곽이 착시일 수는 없었다. 처음 그걸 본 사람은 경비병 안드로니코였고, 이후에 경비병 피에트리, 처음에는 웃음을 터뜨렸던 바타 병장, 그뒤에 보루의 지휘관인 마데르나 중위가 목격했다.

작고 검은 줄무늬는 북쪽에서 내려와 사람이 살지 않는 불모지를 통과하고 있었다. 밤에 이미 요새를 떠돌던 어떤 전조가 있긴 했지만, 그것은 도무지 말도 안 되는 불가사의 같기만 했다. 대략 여섯시 무렵에 경비병 안드로니코가 고함을 질러 첫번째 경보를 보냈다. 뭔가가 북쪽에서 다가오고 있었다. 결코 유례가 없는 기이한 일이었다. 새벽빛이 더 훤해지자 사막의 하얀 땅에는 앞으로 이동하는 사람 무리가 뚜렷하게 드러났다.

얼마 후, 재봉사 프로스도치모가 기억나지 않는 시절부터 매일 아침 해오던 대로 주변을 둘러보러 요새의 지붕 위로 올라갔다(한때는 순수한 희망으로, 이후로는 그저 염려로 그랬지만, 지금은 거의 유일한 습관이랄 수 있었다). 수비대는 관례상 그를 통과시켜주었고, 그는 도보 순찰로에 얼굴을 내밀어 근무중인 병장과 잠시 이야기를 나눈 뒤 다시 자기가 있던 지하로 내려왔다.

그날 아침 가시거리에 있는 사막의 삼각지대로 시선을 돌려 바라보던 그는, 이미 자신이 죽은 게 아닐까 생각했다. 꿈일 수 있다고는 생각하지 않았다. 꿈에는 언제나 부조리하고 혼란스러운 뭔가가 있는 법이라, 모든 건 가짜고 때마침 깨어나게 되리라는 막연한 느낌이 결코 가시지 않는다. 꿈에서의 일들은 정말이지 명확하지도 물질적이지도 않아서, 정체를 알 수 없는 남자들 무리가 행진하는 황량한 평야 같은 건 나타날 수가 없다.

그럼에도 너무 이상한 것이, 지금 보이는 게 그가 젊었을 때 지녔던 망상하고 거의 흡사했다. 프로스도치모는 이 광경이 현실일 수 있다는 생각은 전혀 하지 않고, 자신이 죽었구나 여겼다.

자신은 세상을 떴고 신이 그를 용서했다고 믿었다. 현세를 떠나 겉으로는 지상과 똑같아 보이는 저세상에 있다고 생각했다. 그래서 신의 정의로운 뜻에 따라 아름다운 일들이 실현되기만을, 그로써 기쁨을 누린 후 평화로이 영혼으로 머물게 되기만을 기다렸다. 좋은 날들마저 항상 무언가로 오염되는 저 아래 세상과는 분명 다른 세상이라고 생각했다.

자기가 죽었다고 믿는 프로스도치모는 망자로서 더는 움직일 필요가 없다는 생각에 가만히 있었다. 곧 신비스러운 개입이 그를 움직이게 할 것이었다. 하지만 그 대신 어느 상사가 그의 팔을 정중히 만졌다. "준위님." 상사가 그에게 말했다. "왜 그러세요? 몸이 안 좋으십니까?"

그제야 프로스도치모는 상황을 깨닫기 시작했다.

꿈과 아주 비슷하지만, 실은 북쪽 왕국에서 수수께끼 같은 존재들이 내려오는 중이었다. 시간은 빠르게 흘렀고, 그는 예사롭지 않은 그 모습에 더욱 시선을 고정하며 눈을 부릅떴다. 태양이 이미 지평선 가장자리를 붉게 비추는 가운데, 이민족은 대단히 느린 속도로 조금씩 더 가까워지고 있었다. 누군가 말하길, 그들이 걷거나 말을 탄 채 일렬종대로 행진하고 있으며, 어떤 깃발도 있다고 했다. 그렇게 말하는 사람이 있는가 하면 다른 사람들은 헛것을 보고 있다고 했다. 사실 알아볼 수 있는 것이라곤 천천히 움직이는 가느다란 검은 줄무늬뿐이었지만, 모두들 마음속으로는 보병과 기사들, 깃발 천, 일렬종대로 행진하는 모습을 봤다고 생각했다.

"타타르인들이다." 경비병 안드로니코가 암울한 농담처럼 말했다. 그의 얼굴은 죽은 사람처럼 하얗게 질려 있었다. 삼십 분쯤 지나자 산 정상 보루의 마데르나 중위가 경고 목적으로 대포를 쏘라고 명령했다. 무장한 외국인 부대가 접근하는 경우에 발포하라고, 규정에 명시된 그대로였다.

실로 오랜만에 그곳에서 대포 소리가 울렸다. 발사 후 성벽에 작은 진동이 일었다. 포성은 느린 천둥소리처럼 퍼져나갔고, 절벽 사이에서 탄환의 폭발음이 울렸다. 그리고 마데르나 중위의 눈길은 요새의 평평

한 윤곽으로 향했다. 그는 요새에서 일어날 어떤 동요의 징후를 기다렸다. 하지만 포격은 전혀 위협 수단이 되지 못했다. 이민족들은 요새 중앙에서 보이는 평야의 삼각지대 바로 위로 이동을 이어갔고, 모두들 이미 그 사실을 파악하고 있었다. 암석과 경계를 이루는 가장 주변부인 왼쪽 성벽의 지하공간까지, 그리고 램프와 성벽 관련 물품들이 보관된 지하 저장고를 지키는 보초병, 즉 어두운 창고에 갇혀 아무것도 볼 수 없는 병사에게까지도 소식이 전해졌다. 보초병은 시간이 흘러 자기의 순번이 끝나길 초조하게 기다렸다. 그 역시 보루로 올라가 직접 눈으로 확인하고 싶었기 때문이다.

모든 것이 전과 다름없이 계속되었다. 경비병들은 규정에 적힌 장소들을 오가면서 제자리를 지켰고, 서기관들은 평소의 리듬대로 펜을 끼적이고 잉크에 그것을 적셔가며 보고서를 베꼈다. 그래도 북쪽에서 내려오고 있는 정체불명의 사람들은 그들의 적임이 분명했다. 마구간에서는 군인들이 말들을 빗질중이었고, 주방 굴뚝에서는 조용히 연기가 뿜어져나오고 있었으며, 군인 셋은 뜰을 쓸고 있었다. 하지만 벌써 엄숙한 분위기가 맴도는 가운데 각자의 마음속에 극단적인 긴장감이 감돌았다. 위대한 시간이 도래했고, 어떤 것도 더는 그것을 멈출 수 없는 듯했다.

장교와 병사들은 아침 공기를 폐부 깊숙이 들이마셨다. 내부에 자리한 젊은 생명력을 느끼기 위해서였다. 포병들은 자기들끼리 농담을 주고받으며 잘 관리된 짐승들처럼 포대 주변에서 포격 준비에 돌입했다. 그러면서도 뭔지 모를 불안감을 느끼며 적들을 바라봤다. 너무 오랫동안 쓰지 않은 탓에 어쩌면 포탄이 더이상 발사되지 않을 수도 있었다.

과거에는 대포 관리가 충분히 세심하게 이뤄지지 않았기 때문에 이제라도 고쳐야 할 필요가 있을지 몰랐다. 잠시 후면 모든 게 결정될 터였다. 전령병들이 그토록 계단을 빠르게 뛰어내려온 적도, 군복이 그토록 단정한 적도 없었다. 총검은 반짝이고, 소집 나팔은 용맹하게 울렸다. 그들의 기다림은 헛된 것이 아니었다. 그동안의 세월은 허비되지 않았으니, 마침내 이 낡은 요새는 다가올 일에 어떤 쓸모가 생긴 것이다.

이제 그들은 특별한 소집 나팔소리를 기다렸다. 요새의 군인들이 한 번도 들어볼 기회가 없었던 '중대 비상소집' 신호였다. 훈련 때는 요새 외부의 어느 한적한 골짜기에서나 실행됐었다. 소리가 요새에 들리거나 해서 오해가 발생하지 않게 하려는 목적이었다. 조용한 여름 오후에 이 유명한 소집 신호를 연습하던 나팔수들의 일과는 한때 과도한 근면함에 불과했다(이 신호를 써먹을 일이 있으리라고는 누구도 생각하지 않았으니까). 하지만 이제 그들은 충분히 연습하지 않은 걸 후회했다. 아주 긴 아르페지오로, 매우 높은 음까지 올라가는 터라 어쩌면 음 이탈이 생길지도 몰랐다.

오직 요새의 사령관만이 그 신호 명령을 내릴 수 있었기에 모두들 대령이 나타나리라 생각했다. 병사들은 그가 와서 성벽을 이 끝에서 저 끝까지 시찰하기를 벌써부터 기다리며 자랑스러운 미소를 띤 채 이미 앞으로 나와 모두의 눈에 그가 비치기를 대기하고 있었다. 대령에게는 분명 대단한 날이리라. 이 순간을 기다리며 일생을 소모하지 않았겠는가?

한편 필리모레 대령은 자신의 집무실에 머문 채 창밖으로 북쪽을 내다보고 있었다. 거기서는 황량한 평야의 작은 삼각지대가 절벽에 가려져 있지 않아서, 마치 개미들처럼 움직이는 검은 점들의 줄무늬를 볼 수 있었다. 그가 있는 요새 방향으로 곧장 다가오는 그것들은 정말 군인들처럼 보였다.

이따금씩 니콜로시 중령이나 순찰중인 대위, 근무중인 대위 등 장교들이 그의 집무실에 들어왔다. 그들은 인내심 있게 순서를 기다리지 못하고 다양한 구실로 집무실에 들어와 그에게 무의미하고 사소한 일들을 보고했다. 가령 도시에서 새로운 보급 차량이 도착했다든지, 그날 아침 오븐 수리작업이 시작되었다든지, 아니면 열 명 정도 되는 병사들의 휴가기간이 끝났다든지, 또는 요새 중앙의 노대에 대령은 전혀 이용할 생각이 없는 망원경이 준비되었다든지 하는 보고들이었다.

그들은 이런 소식들을 전하고는 구두굽을 부딪치며 경례했다. 대령이 왜 모두가 기다리는 확실한 명령을 내리지 않고 아무 말 없이 그곳에 있는지, 그들은 전혀 이해할 수가 없었다. 사령관은 아직 수비대를 증강시키지 않았고, 군수물자 중 개인 보급품을 배가시키지도 않았으며, '중대 비상소집' 신호 또한 내리지 않은 것이다.

대령은 거의 수수께끼에 가까운 무관심으로 냉정하게 이민족의 움직임을 지켜봤다. 그 모든 상황이 그와 무관한 듯, 슬프지도 기쁘지도 않은 표정이었다.

더욱이 맑고 화창한 10월의 날이었다. 밝은 태양, 가볍고 건조한 공기, 전투를 치르기에 가장 좋은 날씨였다. 바람은 요새 지붕 위에 세워진 깃발을 흔들고, 뜰의 노란 땅은 햇빛에 빛나며, 병사들은 그곳을 지나가며 뚜렷한 그림자를 남겼다. 그 아름다운 아침을 대령은 마주하고 있었다.

그러나 요새의 사령관은 혼자 있고 싶었다. 마침내 더는 아무도 집무실에 들어오지 않자 그는 결정을 내리지 못한 채 책상에서 창문으로, 다시 창문에서 책상으로 오갔고, 육체적으로 노쇠한 노인들이 그러듯이 별다른 이유 없이 회색 수염을 매만지며 긴 한숨을 내쉬었다.

어느새 이민족의 검은 줄무늬는 창가에서 보이는 평야의 작은 삼각지대에서 사라져 있었다. 이제 그들이 국경에 점점 더 가까워져 바로 코앞까지 와 있다는 신호였다. 걸어서 서너 시간이면 산악지대에 다다를 터였다.

그런데도 대령은 계속해서 이유 없이 손수건으로 안경 렌즈를 닦는가 하면 탁자에 놓인 보고서 뭉치를 훑어볼 뿐이었다. 서명해야 할 일정, 허가 요청서, 의무실 일지, 마굿값 청구서 따위였다.

무얼 기다리십니까, 대령님? 태양은 벌써 높이 솟아올랐고, 방금 전에 들어온 마티 소령 역시 초조함을 감추지 못했다. 의심 많은 그마저도 그럴 수밖에 없었다. 최소한 경비병들에게 얼굴을 보이고 잠시라도 성벽을 둘러보시지요. 산 정상 보루에 순찰을 나갔던 포르체 대위가 외국인들이라고 보고했습니다. 이제는 한 명 한 명의 모습이 구분될 정도입니다. 그들은 무장한 상태고, 어깨에 소총을 메고 있습니다. 지체할 시간이 없습니다.

그러나 필리모레 대령은 기다리길 원한다. 그 외국인들이 군인들이라는 사실은 부정하지 않는다. 그런데 그 숫자가 얼마나 될까? 누구는 이백 명이라고 말했고, 또 누구는 이백오십 명이라고 했다. 더욱이 전위부대가 그 정도라면 주력부대 규모는 최소한 이천 명이 되리라는 사실이 그에게 보고되었다. 하지만 주력부대는 아직 보이지 않았고, 아예 존재하지 않을 가능성도 있었다.

대령님, 주력부대 모습이 아직 보이지 않는 건 그저 북쪽의 안개 때문입니다. 오늘 아침 전방에 안개가 많이 끼었는데, 북풍에 밀려 내려온 안개가 평야의 광범위한 지역을 덮었기 때문입니다. 뒤에서 따라올 강력한 군대가 없다면 저 이백 명의 군인들이 무슨 의미가 있겠습니까? 정오 전에는 확실히 다른 군대가 나타날 겁니다. 조금 전에 안개의 경계에서 무언가 움직이는 걸 봤다는 경비병이 있습니다.

하지만 사령관은 창가와 책상 사이를 오가고, 보고서를 마지못해 훑어본다. 저 외인들이 요새를 공격하는 이유가 뭘까? 그는 생각한다. 어쩌면 사막의 어려움을 체험해보기 위한 평범한 작전일지 모른다. 타타르인들의 시대는 지났고, 그들은 까마득한 전설에 불과하다. 그렇다면 국경을 넘어오는 데 관심을 가질 만한 다른 이들은 누굴까? 이 모든 정황에는 납득이 가지 않는 무언가가 있다.

대령님, 타타르인들은 아니겠지만 분명히 그들은 군인입니다. 북쪽 왕국과는 여러 해 전부터 깊은 적대감이 있어왔습니다. 그건 누구나 다 아는 사실이어서, 여러 번 전쟁 얘기가 나왔었지요. 틀림없이 군인들입니다. 말을 타거나 걸어서 오는 중인데, 아마 포병들도 빨리 도착할 듯합니다. 과장 없이 말씀드리면, 저녁 전에는 충분히 공격해올 수 있습니다. 요새 성벽은 낡았고, 소총과 대포 역시 오래된 구식 무기입니다. 병사들의 사기만 제외하면 모든 것이 절대적으로 뒤떨어집니다. 과신은 금물입니다, 대령님.

과신이라니! 오, 그가 스스로에게 바라는 것이 바로 과신하지 않는 것이다. 그렇게 살기 위해 인생을 보냈고, 그에게는 몇 년의 임기밖에 남아 있지 않다. 이 일이 진정 좋은 기회가 아니라면, 아마 모든 가능성은 끝나버릴 것이다. 그를 머뭇거리게 하는 건 두려움도 아니고, 죽을지 모른다는 생각도 아니다. 그런 생각은 아예 그의 머릿속에 없다.

사실인즉 이렇다. 삶의 끝자락에서 필리모레 대령은 돌연 은갑옷을 입은 운명의 여신이 피로 물든 칼을 들고 다가오는 모습을 보곤 했다. 그로서는 (이제 더이상 그런 생각은 하지 않게 됐지만) 이상하게도 그녀의 얼굴이 친숙하게 다가왔다. 진실을 말하자면 필리모레 대령은 감히 그녀에게 다가가지 못했고, 그 미소에도 반응하지 않았다. 그는 너무나 많이 속아왔고, 그만하면 충분했다.

요새의 장교들은 여신의 도착을 축하하면서 즉시 그녀를 만나러 달려갔다. 대령과 달리 그들은 신뢰하며 앞으로 나아갔고, 기대감에 차있었다. 그리고 이전에 경험해본 것과 같은 강하고 격렬한 전쟁 조짐에 도취되어 있었다. 반면에 대령은 기다렸다. 그녀의 아름다운 외양을 직접 손으로 만져볼 때까지, 그는 미신에 따라 한 발짝도 움직이지 않을 터였다. 어쩌면 아무것도 아닌, 그저 간단한 인사나 욕망의 자백일지 몰랐다. 왜냐하면 그녀의 환영은 늘 무로 돌아갔으니까.

그래서 그는 적의 침입이 사실이 아니며, 운명의 여신이 실수했다는 의미로 고개를 흔든 것이다. 그는 믿기지 않는다는 듯 주변과 뒤를 둘러봤다. 혹시라도 운명의 여신이 정말 찾고 있는 사람은 그가 아닌 다른 사람들일지 모른다는 생각에서였다. 하지만 다른 누군가는 보이지 않았다. 그러니 사람을 잘못 찾아왔을 가능성은 없었다. 그는 모두가 부러워할 만한 운명이 바로 자신에게 정해져 있다고 확신해야만 했다.

새벽 동틀녘, 희뿌연 사막 위로 정체불명의 검은 줄무늬가 그의 눈앞에 나타났을 때, 한순간 그의 심장은 기쁨으로 벅차올랐다. 이어 은 갑옷을 두르고 피 묻은 칼을 든 여신의 환영은 차츰 불분명한 모습으로 변해갔다. 그를 향해 걸어오긴 했지만 실제로 여신은 더이상 가까이 다가오지 못했고, 그들 사이의 짧지만 무한한 거리를 좁히지 못했다.

필리모레 대령이 이미 지나치게 시간을 끌었던 이유가 바로 거기에 있다. 어떤 나이에 이르면 희망하는 데 큰 수고가 따르고, 더는 스무 살 시절의 믿음을 되찾지 못한다. 너무나 오랜 세월을 그는 헛되이 기다렸다. 그의 눈은 지나치게 많은 명령서들을 읽었고, 너무나 오랜 세월 아침마다 변함없이 황량한 그 저주받을 평야를 봐왔다.

그래서 외인들이 나타난 지금, 대령에게는 거기에 분명 (실수만 아니었다면 너무나 좋았을) 어떤 실수가 있다는 확신이 든다. 어딘가 끔찍한 실수가 도사리고 있음이 틀림없다.

한편, 책상 맞은편의 시계추는 계속해서 삶을 바스러뜨리고 있었다. 세월에 닳고 닳은 마른 손가락으로 대령은 그럴 필요가 없는데도 손수건으로 안경 렌즈를 고집스럽게 닦아냈다.

시계추의 시침과 분침은 오전 열시 반에 가까워지고 있었다. 그 순간 집무실에 마티 소령이 들어왔고, 공식 보고가 있음을 사령관에게 알렸다. 상황을 까맣게 잊고 있던 필리모레 대령은 그에 달갑잖은 당혹감을 느꼈다. 마티 소령은 평야에 나타난 외인들에 대해 언급할 테고, 그는 더이상 결정을 미룰 수 없을 터였다. 결국 공식적으로 그들을 적이라 규정해야 했다. 아니면 그 일을 우스갯거리로 만들거나, 또는 타협점을 찾거나, 보안책을 지시하되 흥분할 일이 아닌 양 회의적인 모습을 보여야 했다. 어쨌든 뭔가 결정을 내려야 했고 그는 그게 싫었다. 그로서는 운명적인 일을 부추기듯이 아무런 행동을 취하지 않고 마냥 기다리는 편이 더 좋은데 말이다.

마티 소령이 속을 알 수 없는 미소를 띠며 그에게 말했다. "이번에는 때가 된 것 같습니다!" 필리모레 대령은 대답이 없었다. 소령이 말을 이었다. "이제 더 많은 군인들이 오고 있습니다. 삼열종대인데, 여기서도 보실 수 있습니다." 대령은 그의 눈을 잠시 쳐다본 뒤 그 말에 흡족해하는 듯한 태도를 취했다. "여전히 오고 있는 중이란 말이지?"

"여기서도 보입니다, 대령님. 지금은 꽤 많은 숫자입니다."

창가로 다가간 그들은 거기서 북쪽 평야의 삼각지대에서 이동중인 새로운 검은 줄무늬를 발견했다. 이제는 새벽이랑 달리 하나가 아니라 나란히 세 열이었고, 그 끝이 분간되지 않았다.

전쟁, 전쟁이군. 대령은 생각했다. 마치 금지된 욕망이라도 되는 양 떠오른 생각을 떨쳐내려고 애썼지만 소용없었다. 마티 소령의 말에 희망이 다시 살아났고, 이제 희망은 그를 흥분의 도가니로 몰아가기 시작했다.

대령의 마음이 소용돌이쳤고, 그는 순식간에 회의장으로 가서 정렬해 있는 모든 장교들(수비근무중인 장교들은 예외였다) 앞에 섰다. 운집한 하늘색 군복 위로 장교들의 얼굴이 창백하게 빛나고 있었다. 대령은 그들을 알아보기가 어려웠다. 젊건 나이들었건, 그들의 표정은 한결같이 똑같은 이야기를 하고 있었다. 열기로 번뜩이는 눈동자들이 적의 침입을 공표하라고 열광적으로 그에게 요구하고 있었다. 자신들의 뜻을 꺾지 말아달라고 주장하며 모두들 차렷 자세로 대령을 응시하고 있었다.

회의장의 거대한 침묵 속에서는 오직 장교들의 깊은 숨소리만이 들려왔다. 이제 대령은 말해야 할 때가 왔음을 깨달았다. 그 순간 그는 새롭고 격렬한 감정이 솟구침을 느꼈다. 놀랍게도 외인들이 국경을 넘으려고 작정한 진짜 적이라는 갑작스러운 확신이 그에게 생겼다. 어떻게 된 일인지 정말이지 알 수 없었다. 방금 전까지만 해도 적으로 믿으려는 유혹을 이겨내던 그인데 말이다. 그는 장교들의 공통된 사기에 이끌린 기분이었다. 이제 기탄없이 이야기를 꺼낼 작정이었다. '장교 여러분.' 그는 이렇게 운을 뗄 것이다. '마침내 오랜 세월 우리가 기다려온 때가 왔습니다'라거나 아니면 그와 비슷하게 말을 이어갈 테고, 장교들은 그의 연설을 당당한 영광의 서막처럼 기쁘게 경청할 것이다.

대령은 이러한 의미로 연설을 시작할 참이었다. 하지만 여전히 그의 내면 깊은 곳에서 반대하는 목소리가 들려왔다. '불가능한 일입니다, 대령님.' 목소리는 계속되었다. '아직 기회가 있을 때 조심하세요. (이것만 아니라면 너무 좋았을 텐데) 어떤 착오가 있습니다. 끔찍한 실수가 도사리고 있으니 조심하세요.'

흥분에 사로잡힌 그의 내면에서 반대의 목소리가 자꾸만 고개를 쳐들었다. 하지만 때는 늦었다. 그가 머뭇거리자 당혹스러움이 크게 번져가기 시작한 터였다.

그래서 대령은 한 발 앞으로 나섰다. 평소 습관대로 연설을 시작하면서 고개를 들었고, 장교들은 갑자기 붉게 변해가는 그의 얼굴을 보았다. 그랬다, 대령은 어린아이처럼 얼굴을 붉혔다. 평생 조심스럽게 지켜온 비밀을 고백하려는 순간이었기 때문이다.

어린이처럼 발그레하게 낯을 붉힌 그가 막 첫마디를 내뱉으려 입술을 달싹였다. 마음 깊은 곳에서 적의에 찬 목소리가 되살아났지만 필리모레 대령은 일이 또다시 지체될까 두려웠다. 그때 그의 귀에 서둘러 계단을 올라오는 발소리가 들리는 듯했다. 그 걸음은 모두가 모여 있는 회의장으로 다가오고 있었다. 사령관에게 집중하느라 장교들 누구도 그 소리를 알아차리지 못했다. 하지만 오랜 세월에 걸쳐 단련된 필리모레의 귀는 요새에서 나는 작은 소리들을 구별할 수 있었다.

여느 때와 달리 성급히 다가오는 발소리의 정체는 의심의 여지가 없었다. 낯설고 둔탁한 소리, 행정 시찰병이었다. 평지의 세계에서 곧바로 도착한 것 같았다. 이제 발소리는 다른 장교들에게도 들렸고, 이유는 정확히 알 수 없지만 그들의 마음에 무례하게 생채기를 냈다. 드디어 문이 열리면서 먼지를 뒤집어쓴 채 힘겹게 숨을 헐떡이는 정체불명의 근위 장교 한 사람이 등장했다.

그가 차렷 자세를 취했다. "제7근위대 페르난데스 중위입니다." 그가 말했다. "참모총장 각하께서 보내신 전갈을 도시에서 가져왔습니다." 그는 긴 베레모를 왼팔에 공손히 떠받친 자세로 대령에게 다가와 봉인된 봉투를 그에게 전달했다.

필리모레 대령은 그와 악수했다. "고맙네, 중위." 대령이 말했다. "아주 급히 말을 타고 달려온 것 같군. 동료인 산티가 기운을 좀 차리도록 도와줄 걸세." 불안의 그림자라곤 일절 내비치지 않고 대령이 산티 중위에게 신호를 보냈다. 대령의 눈에 띄어 요새의 영광스러운 일을 행하도록 불러들인 첫 장교였다. 두 장교는 밖으로 나갔고, 문이 다시 닫혔다. "실례 좀 해도 되겠나?" 필리모레 대령이 엷은 미소를 띤 채 장교들에게 물었다. 그는 조금 전 받은 봉투를 보여주며 지금 바로 읽어보고 싶다는 뜻을 내비쳤다. 그의 두 손이 봉인을 조심스럽게 떼어내고 봉투 끝을 뜯어 글귀로 가득한 두 쪽 분량의 문서를 꺼냈다.

대령이 문서를 읽는 동안, 장교들은 그에게 시선을 고정한 채 그의 얼굴에 어떤 기색이 비치는지 살피려 애썼다. 마치 나른한 겨울저녁, 식사 후에 난로 앞에 앉아 신문을 훑어보는 것 같은 모습이었다. 다만 사령관의 마른 얼굴에서는 흥분의 기색이 사라져 있었다.

전부 읽었는지 대령은 두 쪽 분량의 문서를 접어 다시 봉투에 집어 넣었다. 그는 봉투를 주머니에 넣고는, 이제 연설을 시작하겠다는 신호로 고개를 들었다. 모두들 뭔가 일이 벌어졌음을 감지했다. 조금 전의 고조된 열기는 이미 깨지고 없었다.

"장교 여러분." 그는 굉장히 곤혹스러운 목소리로 입을 열었다. "제가 틀리지 않았다면, 오늘 아침 병사들 사이에서 큰 동요가 있었습니다. 그리고 여러분 가운데서도, 타타르인의 사막이라 불리는 장소에 나타난 부대 때문에 혼란이 있었지요."

그의 말이 무거운 침묵을 간신히 깨고 있었다. 파리 한 마리가 회의장 위아래를 날아다녔다.

대령이 계속해서 말했다. "문서는 우리 군이 오래전에 수행했던바 국경선 수색 임무와 관련한 북쪽 왕국의 군대 관련 내용입니다. 결론적으로 말하자면, 그들은 요새 지대로 오지 않을 겁니다. 아마도 소규모 집단으로 흩어져 산에서 활동하리라 봅니다. 참모총장 각하께서 이 편지를 통해 그 사실을 공식적으로 통보하셨습니다."

말을 이어가는 내내 필리모레 대령은 긴 한숨을 내쉬었다. 초조함이나 고통 때문이라기보다는, 그저 노인들이 그러듯 육체적으로 쇠약해서 나오는 현상이었다. 그의 목소리는 갑자기 늙은이처럼 기운 없고 낮은 소리로 변했고, 시선 역시 그들과 똑같이 누르스름하고 불분명해졌다.

필리모레 대령은 처음부터 직감했다. 그들은 적일 수 없었다. 자신이 승리의 영광을 위해 태어나진 않았으며 어리석게도 여러 번 환상에 빠졌었다는 사실을, 대령은 잘 알고 있었다. 왜? 왜 기만당하고야 말았는가? 그는 화가 나서 스스로에게 물었다. 처음부터 이렇게 끝날 것을 예감하지 않았는가.

"알다시피," 말투가 극히 불쾌해지는 것을 자제하느라 그는 지나치게 냉담한 어조로 말을 이어갔다. "국경 경계선과 다른 경계 표시들은 우리 군이 벌써 오래전에 세웠습니다. 하지만 각하께서 말씀하시듯이 아직 표시되지 않은 부분이 남아 있습니다. 저는 대위와 소위를 지휘관으로 해서 일정 수의 병사들을 보내 작업을 완료할 생각입니다. 그곳은 두세 개의 평행 사슬로 구획된 산악지대입니다. 북쪽 경계선이 확실해지도록 가능한 한 앞쪽으로 이동시키는 게 좋다는 건 따로 덧붙일 필요가 없겠지요. 핵심 전력 지역은 아니지만, 그렇게 함으로써 그곳에서는 어떤 전쟁도 일어나지 않을 것이고 전략 가능성 역시 차단될 것……" 그는 연설을 멈춘 채 잠시 어떤 생각에 잠겼다. "전략 가능성이라, 내가 어디까지 얘기했었지?"

"가능한 한 앞쪽으로 이동시켜야 한다고……" 마티 소령이 조심스럽게 속삭이듯 말했다.

"아, 그렇지, 가능한 한 앞쪽으로 이동시켜야 할 필요가 있다고 했지요. 유감스럽게도 쉽지 않은 일입니다. 우리가 이미 북쪽 군인들에 비해 뒤처진 감이 있으니까요. 아무튼…… 나중에 다시 이야기합시다."
그는 니콜로시 중령을 돌아보면서 연설을 마쳤다.

대령은 침묵에 잠겼고, 조금 지친 듯 보였다. 연설하는 동안, 그는 하급 장교들의 얼굴에서 실망하는 기색을, 또 그들이 전투를 갈망하는 전사에서 수비대의 평범한 장교로 되돌아가는 모습을 보았다. 하지만 대령의 눈에 그들은 젊고, 아직 시간이 충분했다.

"좋습니다." 대령이 말을 이어갔다. "안타깝지만 이 자리에서 여러분 중 장교 몇몇에게 주의 소견을 밝혀야겠군요. 수비대 교대시 일부 소대가 상관인 장교 없이 뜰에 정렬하는 걸 여러 번 목격했습니다. 그 장교들은 자기들한테 늦게 도착할 권한이라도 있다고 생각하는 모양이지요……"

파리가 회의장을 위아래로 날아다녔고, 요새 지붕 위에 게양된 깃발은 힘없이 늘어져 있었다. 대령은 규범과 규정에 대해, 나아가 북쪽 평야에서 진군하던 무장군인들 무리에 대해 말했다. 그들이 전쟁에 미친 적군이 아니라 우리와 같은 죄 없는 군인들이라는 점, 요새를 파괴하러 온 게 아니라 일종의 조사를 위해 왔고, 그들의 소총은 비어 있으며, 단검은 무딘 상태라는 점을 설명했다. 북쪽 평원 저곳으로 무해한 군대의 형상이 산개하더니, 요새의 모든 것이 다시 평소의 리듬 속으로 물러나고 있다.

15

다음날 새벽, 아직 공인되지 않은 국경선을 확정짓고자 파견 군인들이 출발했다. 지휘관은 거인처럼 체구가 큰 몬티 대위였고, 안구스티나 중위와 상사 한 명이 그를 보필했다. 출발일과 그뒤 나흘 동안의 암구호가 세 사람 각각에게 전달되었다. 셋 모두 목숨을 잃을 가능성은 극히 드물었다. 어쨌거나 생존한 군인들 중 연장자가, 죽거나 의식을 잃은 이의 군복을 풀고 안쪽 주머니를 살펴 요새에 다시 들어갈 때 사용될 비밀 암호가 든 봉인된 봉투를 꺼내볼 권한이 있었다.

해가 떠오르는 동안, 무장한 병사 사십여 명이 요새의 성벽을 나와 북쪽으로 향했다. 몬티 대위는 군화와 비슷한 모양에 쇠징이 박힌 무거운 등산화를 신고 있었다. 유일하게 안구스티나만이 군화를 신었는데, 대위는 출발 직전 그가 신은 군화를 이상하다는 듯 미심쩍은 눈길로 쳐다보았으나 별다른 말은 하지 않았다.

그들은 100미터쯤 자갈길을 따라 내려온 후, 산중으로 이어지는 좁은 바위골짜기 입구를 향해 수평으로 나란히 난 오른쪽 길에 접어들었다.

삼십 분가량 행군했을 때 대위가 말했다.

"이런 신발을 신고 가다니." 그는 안구스티나의 군화를 가리켰다. "꽤나 힘들겠군."

안구스티나는 아무 말이 없었다.

"중간에 멈추는 일은 없었으면 하네." 그러고서 대위는 같은 말을 되풀이했다. "발이 아플 거야. 두고 보라고."

안구스티나가 대답했다. "이미 늦었습니다, 대위님. 그렇게 생각하신다면 출발하기 전에 얘기하실 수도 있었는데요."

"어차피," 몬티 대위가 맞받아쳤다. "그래도 똑같았을 거야. 안구스티나, 난 자네를 알아. 내가 얘기했어도 여전히 군화를 신었겠지."

몬티 대위는 그를 봐줄 수가 없었다. '네 녀석이 잔뜩 바람이 들어서는. 얼마 못 가 어디 된통 당해보라고.' 이렇게 생각하며 그는 안구스티나가 체력이 좋지 않다는 사실을 알면서도 경사가 급한 비탈길에서 최대한 속도를 내어 앞으로 걸어나갔다. 그러는 사이 그들은 절벽 아래에 다다랐다. 그곳의 자갈은 더 작아서 발이 빠지는 바람에 걷기가 어려웠다.

대위가 말했다. "이 협곡에서는 보통 바람이 아주 매섭다네…… 하지만 오늘은 괜찮군."

안구스티나 중위는 침묵을 지켰다.

"해가 없어서 다행이야." 몬티 대위가 다시 말을 이었다. "오늘 출발하길 정말 잘했어."

"대위님은 여기 오신 적이 있습니까?" 안구스티나가 물었다.

몬티가 대답했다. "예전에 한번 도망친 한 병사를 찾아야 했었지……"

그들 바로 위에 있는 어느 거대한 회색 암벽에서 산사태가 일어나는 소리가 들리는 바람에 그는 갑자기 말을 멈추었다. 절벽에서 돌덩어리들이 굴러떨어지는가 싶더니, 깊은 구렁에 세게 부딪혀 튕겨나가면서 먼지구름을 일으켰다. 천둥 같은 굉음이 절벽들 사이를 뒤덮었다. 바위절벽의 심장부에서 수수께끼 같은 산사태가 몇 분 동안 계속되었지만, 그 소리는 산기슭에 도착하기 전 깊은 도랑에서 멈췄다. 군인들이 올라가는 자갈비탈길에는 작은 돌 두세 개밖에 떨어지지 않았다.

모두들 조용히 침묵했다. 그 산사태 소리에서 불길한 조짐이 느껴졌다. 몬티 대위는 어딘지 호전적인 분위기로 안구스티나를 바라봤다. 대위는 그가 겁먹기를 바랐지만 실상은 전혀 아니었다. 그래도 짧은 행군 동안 지나치게 열기가 오른 상태에다, 그의 우아한 군복이 헝클어져 있긴 했지만 말이다.

'바람이 잔뜩 들어서는. 망할 속물 놈아.' 몬티는 생각했다. '잠시 후에 또 본때를 보게 될 거야.' 대위는 곧바로 행군을 다시 시작했다. 그는 아까보다 더 빠른 속도로 걸어가면서 가끔씩 뒤를 흘깃거리며 안구스티나를 살폈다. 그랬다. 대위가 바랐고 예상했던 대로, 안구스티나의 군화는 그의 발을 고문하기 시작했다. 그렇다고 안구스티나가 걸음을 늦추거나 고통스러운 표정을 지은 건 아니었다. 이는 그가 행군하는 리듬에서, 그의 얼굴에 드러난 엄중한 부채감에서 느껴지는 바였다.

대위가 말했다. "오늘은 여섯 시간이라도 갈 수 있을 것 같은 기분이군. 병사들만 없다면…… 그래, 오늘 떠나길 잘했어." 그는 노골적인 적의를 드러내며 말했다. "중위는 어떤가?"

"죄송합니다, 대위님." 안구스티나가 말했다. "뭐라고 하셨습니까?"

"아무것도 아냐." 그는 사악한 미소를 지었다. "자네 상태가 괜찮은지 물었네."

"아, 네. 고맙습니다." 안구스티나는 대답을 피하듯 얼버무리고는, 오르막길에서 숨이 차오른 것을 감추려고 잠시 쉬었다가 다시 말을 이었다. "안타깝네요……"

"뭐가 안타깝다는 건가?" 몬티는 상대가 지쳤다고 고백하길 바라면서 물었다.

"더 자주 여기에 올 수 없다는 게 안타깝습니다. 아주 아름다운 장소군요." 그런 뒤 그는 특유의 무심한 분위기로 미소를 지었다.

몬티는 더욱 속도를 내어 걸었다. 하지만 안구스티나는 그의 뒤를 바짝 따랐다. 너무 힘을 쓴 탓에 이제 그의 얼굴은 핏기 없이 창백했고, 군모 테두리에서는 땀이 흘러내렸다. 군복 등쪽 역시 땀으로 흠뻑 젖었지만 그는 말이 없었고, 대위와의 거리도 놓치지 않았다.

어느덧 그들은 절벽 사이로 접어들었다. 주위의 무시무시한 회색 절벽들은 전부 가파르고 험준하게 치솟아 있었다. 골짜기는 상상할 수 없는 높이까지 올라가야 나올 것만 같았다.

익숙한 삶의 모습들이 움직임 없는 황량한 산 풍경에 자리를 내준 채 멈춰 있었다. 그 풍경에 매료된 안구스티나는 저 위에 펼쳐진 가파른 산 정상에 이따금 시선을 두었다.

"조금 더 가서 쉬도록 하지." 몬티는 여전히 안구스티나를 주시하며 말했다. "아직 마땅한 장소가 보이지 않아서 말이야. 하지만, 솔직히 전혀 피곤하지 않은 건 아니지? 가끔 사람들은 자신의 상태가 괜찮다고 착각하지. 설사 늦었다 해도 말하는 게 좋아."

"계속 가시죠. 갑시다." 안구스티나의 대답은 거의 상관의 명령처럼 들렸다.

"알잖나? 모두에게 그런 착각이 일어날 수 있기 때문에 말한 거야. 단지 그 때문에 얘기를……"

안구스티나는 몹시 창백했고, 군모 가장자리에서는 이제 땀이 쏟아져내렸다. 군복도 완전히 땀으로 젖어 있었다. 하지만 그는 이를 악물고 끝까지 굴복하지 않았다. 사실 곧 죽을 것만 같은데도 말이다. 그는 대위의 눈길을 피하려고 애쓰면서, 실제로는 고단한 행군이 끝나게 될 골짜기 정상에 눈길을 던졌다.

그사이 태양이 떠올라 가장 높은 산봉우리들을 비췄다. 그러나 가을 아침의 상쾌한 햇살은 찾아볼 수 없었다. 짙은 안개 너울이 언제 변할지 모를 하늘에 천천히 퍼져나갔다.

이제 정말 안구스티나의 군화는 그에게 지옥 같은 고통을 안겨주기 시작했다. 군화 가죽이 그의 발목을 쓸며 파고들었다. 극심한 통증으로 미루어 피부는 이미 벗겨진 게 틀림없었다.

어느 순간 자갈길이 끝나고 골짜기는 원형 협곡 기슭에 듬성듬성 마른 풀이 자라난 좁은 분지로 이어졌다. 양쪽에는 높이를 가늠하기 어려운 돌기둥과 절리 그리고 절벽이 구분하기 힘들 정도로 복잡하게 솟아 있었다.

몬티 대위는 마지못해 정지 명령을 내린 뒤 병사들에게 허기를 달랠 시간을 주었다. 안구스티나는 조용히 바위에 걸터앉았다. 바람이 몸에 흐른 땀을 차갑게 식히자 그는 몸을 떨었다. 그와 대위는 약간의 빵과 고깃조각, 치즈, 와인 한 병을 나눠 먹었다.

안구스티나는 심한 한기를 느꼈다. 그는 자신이 예전에 그랬듯이 혹시라도 누군가 망토를 벗어주는지 보려고 대위와 병사들을 바라봤다. 하지만 병사들은 피곤에 무감각해진 듯 자기네들끼리 농담을 주고받을 뿐이었다. 대위는 음식을 게걸스럽게 탐하며 입안 가득 음식물을 넣은 채 그들 위로 보이는 험준한 산을 쳐다봤다.

"이제," 대위가 말했다. "이제야 어디로 올라가야 하는지 알겠군." 그러고는 드높은 산마루에서 끝나는 가파른 절벽을 가리켰다. "저기로 곧장 가야 해. 충분히 갈 수 있겠지? 중위는 어떻게 생각하나?"

안구스티나는 절벽을 바라봤다. 그 끝에 있는 산마루에 닿으려면, 어떤 샛길로든 돌아가지 않는 한 정말 절벽 위를 기어올라야 했다. 그러려면 많은 시간이 걸릴 테니 당장 서둘러야 할 판이었다. 이 점에서 북쪽 사람들이 더 유리했다. 그들이 먼저 출발한데다, 그들이 오는 방향에서는 길이 훨씬 더 쉽기 때문이다. 요새의 군인들은 바로 앞에 있는 절벽을 올라야만 했다.

"이 위로요?" 경사가 급한 바위 절벽을 살펴보면서 안구스티나가 물었다. 그는 100미터쯤 더 왼쪽으로 훨씬 더 수월한 길이 있다는 사실에 주목했다.

"물론이지, 이 위로 곧장 가는 거야." 대위가 다시 한번 반복했다. "중위 생각은 어떤가?"

안구스티나가 대답했다. "그들보다 먼저 도착할 수 있는 최선의 방법이겠군요."

대위는 다시 노골적인 적대감을 드러내며 그를 바라봤다. "좋아." 그가 말했다. "그럼 이제 게임이나 한판 하지."

그는 주머니에서 카드 뭉치를 꺼내고 넓적한 사각형 바위에 자신의 망토를 펼쳤다. 그러고는 안구스티나에게 게임을 청하며 말했다. "저 구름을 보게. 중위는 제멋대로 상상하며 보겠지만, 두려워할 필요 없다고. 나쁜 날씨를 예고하는 구름은 아니니까……" 그러고서 그는 무슨 재치 있는 농담이라도 던진 양 왠지 모르게 웃었다.

그들은 게임을 시작했다. 안구스티나는 바람에 얼어붙는 기분이었다. 대위가 아늑해 보이는 바위 사이에 앉아 있는 동안 그는 등 전체에 온전히 바람을 맞고 있었다. '이러다가 병이 들겠어.' 그는 생각했다.

"아, 이건 너무하잖아!" 몬티 대위가 느닷없이, 말 그대로 소리를 질렀다. "맙소사, 이렇게 에이스 하나를 내주다니! 이봐, 중위, 대체 생각이 어디 있는 거야? 위만 계속 쳐다보고 카드는 신경조차 쓰지 않는군."

"아니요, 아닙니다." 안구스티나가 대답했다. "제가 실수했군요!" 그러고는 애써 웃으려고 했다.

"솔직히 말해보게." 몬티 대위는 의기양양하게 말했다. "솔직히 털어놓으라고. 그것 때문에 무척 아프지? 출발 때부터 내가 그랬잖나."

"어떤 것 말씀입니까?"

"자네의 멋진 군화 말일세. 이런 행군에는 적합하지 않아, 중위. 솔직히 아프다고 말하게."

"좀 성가시긴 하군요." 안구스티나는 군화 얘기가 거슬린다는 뉘앙스로 대수롭지 않게 말했다. "정말 골칫거리예요."

"하하!" 대위가 만족해하며 웃었다. "그럴 줄 알았어! 자갈길에 군화를 신는 건 재앙이라고."

"보세요. 스페이드 킹입니다." 안구스티나가 쌀쌀맞게 이야기했다. "지셨죠?"

"그래그래. 내가 졌구먼." 대위는 여전히 즐거워하며 말했다. "아, 그놈의 군화 때문에!"

실제로 안구스티나 중위의 군화는 절벽 바위에서 제대로 버티질 못했다. 징이 박혀 있지 않은 탓에 쉽게 미끄러졌다. 반면에 몬티 대위와 다른 병사들의 무거운 등산화는 발을 디딜 때마다 단단하게 붙어 있었다. 그렇지만 이런 이유로 안구스티나가 뒤처진 건 아니었다. 비록 이미 지친데다 차갑게 식은 땀 때문에 온몸이 괴로웠지만, 그는 최선을 다해 부서진 암벽 위에 있는 대위를 따라잡았다.

산은 아래에서 바라볼 때보다는 험한 정도와 가파름이 덜했다. 게다가 침니와 여러 군데의 균열, 자갈 덮인 바윗등, 홈이 파인 울퉁불퉁한 바위들로 전부 갈라져 있어 그들이 접근하기도 수월했다. 타고나길 민첩함과는 거리가 먼 대위는 계속해서 뛰어오르며 힘겹게 산을 올랐고, 그러는 와중에도 안구스티나가 뒤처져 있기를 바라며 가끔 아래를 내려다봤다. 하지만 안구스티나는 지독했다. 그는 최대한 재빨리 가장 넓고 안전한 지지대를 찾아냈다. 몹시 지친 몸인데도 그토록 빠르게 올라올 수 있다니 놀라울 정도였다.

그들 밑의 구렁이 까마득해질수록 가파른 황색 암벽이 막아선 마지막 산마루도 점점 더 멀어지는 듯했다. 짙고 두터운 회색 구름이 태양의 높이를 가늠하기 어렵게 했지만, 저녁은 점점 빨리 다가오고 있었다. 그리고 더 추워지기 시작했다. 사나운 바람이 깊은 골짜기에서 올라와 산등성이를 파고드는 것 같았다.

"대위님!" 어느 순간 행렬 끝에 있던 중사가 아래서 외치는 소리가 들렸다.

몬티는 가던 길을 멈췄고, 안구스티나도 멈췄으며, 마지막 병사까지 모든 병사가 멈춰 섰다. "무슨 일이야?" 대위는 이미 다른 걱정거리들 때문에 불안한 듯 물었다.

"북쪽 군인들이 벌써 능선 위에 와 있습니다!" 중사가 소리쳤다.

"정신 나갔군! 어디에 보인다는 말인가?" 몬티가 맞받아쳤다.

"왼쪽 작은 벌판입니다. 저기, 불쑥 튀어나온 곳 말입니다."

정말이었다. 회색 하늘을 배경으로 작고 검은 세 형상이 나타나 움직이는 것이 선명하게 보였다. 그들이 산등성이 안쪽 구역을 이미 점령한 것이 분명했다. 몬티 일행보다 먼저 산 정상에 도착하리라는 것 또한 불 보듯 훤했다.

"제기랄!" 대위는 늦게 도착한 것이 병사들 때문이기라도 한 양 분노에 찬 눈길로 아래를 노려봤다. 그런 뒤 안구스티나를 돌아보며 말했다. "적어도 산 정상만큼은 우리가 차지해야 해. 달리 방법이 없어. 안 그러면 대령님 보기가 곤란해진다고!"

"저들이 잠시 멈춰야 할 텐데요." 안구스티나가 말했다. "능선에서 산 정상까지 한 시간 이상은 걸리지 않을 겁니다. 저들이 잠시라도 멈추지 않으면 아무리 노력해도 늦을 거예요."

그러자 대위가 말했다. "아무래도 내가 병사 넷을 데리고 앞장서서 가는 게 좋겠어. 아무래도 인원이 적으면 빨리 도착하겠지. 중위는 천천히 뒤따라오든지, 피곤하면 여기서 기다리게."

'어딜 가려는지 알겠어, 나쁜 자식.' 안구스티나는 생각했다. 대위는 공을 독차지하려고 그를 뒤에 남겨두고 싶어하는 것이었다.

"네, 대위님. 명령하신 대로 따르겠습니다." 그가 대답했다. "하지만 여기에 남아 추위에 떠느니 저도 함께 가고 싶습니다."

대위는 가장 민첩한 병사 네 명을 데리고 순찰대를 꾸려 출발했다. 안구스티나는 남은 병사들의 지휘를 맡았다. 몬티의 뒤를 따라잡기를 바라는 건 부질없는 생각이었다. 그가 거느린 병사들이 너무 많았다. 속도를 내어 전진하던 행렬은 끝이 보이지 않을 정도로 길게 늘어졌고, 일부 병사들은 시야에서 완전히 벗어나 있었다.

안구스티나는 대위의 순찰대가 고지대를 향해 회색 바위 턱 뒤로 사라지는 걸 보았다. 도랑에 깔린 작은 자갈 낙석들이 부스럭거리는 소리가 들렸다가 곧 그쳤고, 그들의 목소리도 멀어지면서 점점 잦아들다가 끝내 사라졌다.

그사이 하늘은 더욱 어두워졌다. 주변의 절벽과 골짜기 맞은편의 창백한 암벽들, 그리고 낭떠러지 끝자락은 푸르스름한 색을 띠었다. 작은 까마귀들이 산마루를 따라 하늘을 날며 울음소리를 냈다. 마치 다가오는 위험을 서로에게 알리는 듯 보였다.

"중위님." 그를 따르던 병사가 안구스티나에게 말했다. "곧 비가 올 것 같습니다."

안구스티나는 가던 길을 멈추고 잠시 그를 쳐다볼 뿐 아무 말도 하지 않았다. 이제 그를 괴롭히는 건 군화가 아니라 극심한 피로였다. 1미터씩 오를 때마다 매번 온 힘을 다해야 했다. 다행히 그 부근의 바위들은 덜 가파른 편이었고, 이전 바위들보다 훨씬 자잘했다. 안구스티나는 대위가 어디까지 도착해 있을지 궁금했다. 벌써 정상에 도착했을 수도 있었다. 이미 깃발을 꽂고 국경의 경계를 표시했을지도, 아니면 벌써 되돌아오는 중일지도 몰랐다.

위쪽을 바라본 그는 산 정상이 아주 멀지 않음을 깨달았다. 다만 어디로 이동해야 할지 가늠할 수가 없었다. 정상을 둘러싼 암벽은 너무나 경사가 급하고 미끄러웠다.

마침내 안구스티나는 절벽에서 튀어나온 넓적한 자갈바위 위, 몬티 대위와 불과 몇 미터 떨어진 위치에 이르렀다. 중위는 한 병사의 어깨를 밟고 올라서서 짧은 수직 암벽 위로 오르려고 시도했다. 12미터도 채 안 되어 보이는 암벽이었지만 올라가는 것은 불가능해 보였다. 몬티 역시 다른 마땅한 길을 찾지 못해 이미 여러 번 그와 같은 시도를 하느라 한동안 지체했을 것이 분명했다.

그는 붙잡을 만한 홈을 찾느라 서너 번 더듬거렸다. 찾았나 싶다가도 욕설이 이어졌다. 잠시 후, 그는 최선을 다해 버티느라 온몸을 부들부들 떨고 있는 병사의 어깨에서 미끄러져버렸다. 마침내 마음을 비우고 힘껏 도약한 그는 자갈바위 위로 오를 수 있었다.

힘들어서 숨을 몰아쉬던 몬티 대위가 적의 어린 표정으로 안구스티나를 바라봤다. "아래서 기다렸어도 됐을 텐데, 중위." 그가 말했다. "확실히 다 같이 움직이기엔 힘든 지점이야. 나와 병사 몇 명이 올라온 것만도 다행이지. 중위가 아래서 기다렸다면 더 좋았을 텐데. 이제 밤이 다가오고 있어서 하산하는 일이 큰일이라고."

"대위님이 그러시지 않았습니까." 안구스티나는 그의 말에 전혀 휩쓸리지 않고 대답했다. "원하는 대로 하라고요. 기다리든지 아니면 대위님을 따라오든지 말입니다."

"좋아." 대위가 말했다. "그렇다면 이제 길을 찾아야겠군. 정상까지 이제 몇 미터 남지 않았어."

"뭐라고요? 바로 저 뒤쪽이 정상이란 말입니까?" 중위는 어딘지 모르게 화가 난 듯이 물었지만 몬티 대위는 알아차리지 못했다.

"12미터도 안 되는 거리야." 그런 후 대위는 욕을 퍼부었다. "제기랄, 내가 해내는가 싶었는데 말이야. 만약에라도……"

그때, 위에서 들려오는 거만한 고함소리가 그의 말을 끊었다. 짧은 암벽 맨 꼭대기 가장자리에서 미소 띤 사람 얼굴 둘이 나타났다. "안녕하십니까, 나리들." 장교로 보이는 한 사람이 외쳤다. "잘 보십시오. 여기로는 지나가지 못합니다. 산등성이를 타고 올라와야 하지요!"

두 얼굴은 뒤로 물러났고, 서로 이야기를 나누는 남자들 목소리만이 어지럽게 들렸다.

몬티 대위는 치밀어오르는 분노 때문에 얼굴이 납빛으로 변했다. 그러니까 그들은 더이상 무엇도 할 수 없게 된 것이다. 북쪽 군인들이 이제 산 정상마저 차지한 터였다. 대위는 자갈바위 한쪽에 앉았다. 아래서 계속 올라오고 있는 부하 병사들에게는 신경조차 쓰지 않았다.

그때 눈이 내리기 시작했다. 마치 한겨울처럼 굵고 무거운 눈송이였다. 순식간에, 정말 믿기지 않을 만큼 빠르게, 자갈바위가 흰 눈으로 뒤덮이는가 싶더니 갑작스럽게 빛이 사라져버렸다. 그때까지 아무도 심각하게 생각하지 않았던 밤이 엄습했다.

병사들은 일말의 불안감도 내보이지 않고 각자 망토를 풀어 몸에 둘렀다.

"젠장, 뭐하는 거야?" 대위가 갑자기 소리쳤다. "당장 망토를 정리해! 설마 여기서 밤을 보내려는 생각은 아니겠지? 지금 하산한다."

안구스티나가 말했다. "대위님, 말씀 중 죄송하지만, 산 정상에 그들이 있는 한……"

"뭐라고, 무슨 말을 하는 거야, 중위?" 대위가 화를 내며 물었다.

"제 생각에, 북쪽 군인들이 산 정상에 있는 한 되돌아갈 수는 없을 것 같습니다. 그들이 먼저 도착했고, 우리가 여기서 할 수 있는 일이 더이상 없는 것도 사실이지만, 이대로 돌아가면 웃음거리가 될 겁니다!"

대위는 대답 없이 잠시 바위 위를 서성였다. 그러다가 입을 열었다. "하지만 지금은 그들도 떠나버렸을 거고, 이런 날씨에 정상에 오르는 건 여기에 있는 것보다 못해."

"장교님들!" 위에서 어떤 목소리가 그들을 불렀다. 암벽 가장자리에 너덧 명의 얼굴이 나타났다. "망설이지 말고 이 밧줄을 타고 여기로 올라오시오. 어둠 속에서는 절대 암벽을 타고 올라올 수 없으니까!"

말이 떨어지기 무섭게, 짧은 암벽을 타고 오르는 데 사용할 만한 밧줄 두 개가 위에서 던져졌다.

"고맙군." 몬티 대위가 비아냥대는 말투로 대답했다. "생각은 고맙지만 우리 일은 우리가 알아서 하겠소!"

"마음대로 하시오." 그들은 여전히 정상에서 고함쳤다. "아무튼, 혹시 필요할지 모르니까 밧줄은 여기 두고 가겠소."

한동안 긴 정적이 뒤따랐고, 눈 내리는 소리와 병사들이 가끔 내뱉는 기침소리밖에는 들리지 않았다. 시야는 거의 완전히 사라져 앞에 맞닥뜨린 암벽 가장자리만 겨우 구분할 수 있을 정도였다. 그나마도 램프의 붉은 조명 덕에 가능한 일이었다.

요새의 병사 여러 명이 망토를 두르고 램프를 켰다. 그중 한 벌은 필요한 경우 쓸 수 있도록 대위 앞에 놓였다.

"대위님." 안구스티나가 피곤한 목소리로 입을 열었다.

"무슨 일인가?"

"대위님, 다시 겨뤄보는 게 어떨까요?"

"카드게임은 악마하고나 하라고!" 몬티는 하산은 꿈도 못 꿀 일이라는 사실을 너무나 잘 알게 된 터였다.

안구스티나는 아무런 대꾸 없이 대위가 한 병사에게 맡겼던 봉투에서 카드 뭉치를 꺼냈다. 그는 한 바위에 망토 자락을 펼친 뒤 램프를 옆에 내려놓고서는 카드를 섞기 시작했다.

"대위님." 그가 다시 말했다. "내키지 않으시더라도 제 말대로 좀 하시지요."

몬티 대위는 그제야 중위의 의도를 알아차렸다. 그들이 마주하고 있는 북쪽 군인들은 아무런 할일 없이 거기 모여 있다며 그들을 조롱하고 있을 것이 분명했다. 병사들이 절벽 기슭의 움푹 팬 곳마다 들어앉거나 농담과 웃음을 주고받으며 허기를 달래는 동안, 두 장교는 눈을 맞으며 카드게임을 시작했다. 그들 위로는 암벽이 솟아 있고 아래에는 암흑 같은 절벽이 펼쳐져 있었다.

"졌네, 졌어!" 위에서 장난 섞인 어조로 외치는 소리가 들렸다.

몬티 대위도 안구스티나 중위도 고개를 들지 않은 채 게임을 계속했다. 그러나 대위는 화가 나서 망토에 카드를 내리치며 억지로 하고 있었다. 안구스티나가 부질없는 신소리를 늘어놓았다. "대단하십니다. 에이스 두 장이 나란히…… 하지만 이건 제가 가져가죠…… 솔직히 말씀해보세요. 저 막대기 카드는 잊으신 거죠……" 그러고는 간간이 웃기까지 했다. 보기에는 진심 어린 웃음이었다.

위에서는 다시 사람들 목소리가 들렸고, 아마 그곳을 떠나는지 돌을 밟는 소리가 이어졌다.

"행운을 빌어요!" 조금 전의 목소리가 다시 그들을 향해 소리쳤다. "게임도 잘들 하시고…… 밧줄 두 개는 잊지 마시오!"

이번에도 대위와 안구스티나는 대답하지 않았다. 대답은커녕 대단한 집중력을 과시하며 게임에 열중할 뿐이었다.

산 정상에서 램프 불빛이 사라졌다. 북쪽 군인들이 철수하고 있는 게 분명했다. 카드가 눈을 잔뜩 맞아 축축해진 탓에 제대로 섞을 수가 없었다.

"이제 됐어." 대위는 망토 위에 카드를 던지며 말했다. "이런 웃긴 짓은 그만하자고!"

그는 바위 아래로 내려가 조심스럽게 망토를 둘렀다. "토니!" 그가 한 병사를 불렀다. "내 봉투 가져오고, 마실 물도 조금 가져와."

"저들이 아직도 우리를 보고 있습니다." 안구스티나가 말했다. "산마루에서 여전히 우리를 보고 있어요!" 하지만 몬티 대위가 이미 할 만큼

했다는 걸 알았기에 그는 혼자서 계속 게임하는 시늉을 했다.

중위는 게임을 하는 양 떠들썩하게 외치고 왼손에 카드를 쥔 채 오른손으로 따낸 카드를 주워 모으는 척하면서 망토 자락에 카드를 던졌다. 짙은 눈발 때문에 산마루에 있는 외국 군인들은 중위 혼자서 게임을 하고 있다는 사실을 알아차릴 수 없을 터였다.

그러는 동안 어떤 끔찍한 한기가 그의 장기까지 침투했다. 더이상 움직이기는커녕 몸을 펼 수조차 없을 것 같았다. 그가 기억하는 한 그토록 고통스러운 상태는 처음이었다. 산마루에는 멀어져가는 램프 불빛이 여전히 어른거렸다. 그들은 아직 안구스티나를 볼 수 있었다. (눈부시게 아름다운 저택의 창가에 연약한 얼굴이 나타났네. 눈에 띄게 창백한 어린아이, 안구스티나였네. 우아한 벨벳옷을 입고 목에 하얀 레이스를 두른 그는 지친 몸짓으로 창문을 열었네. 그러곤 창턱에 매달린 채 허공에서 부유하는 영혼들을 향해 몸을 숙였네. 마치 그들과 친밀한 사이인 듯, 무언가를 말하고 싶다는 듯.)

"졌네요, 졌어!" 그는 외인들한테 들리도록 다시 한번 고함을 질러봤지만 쉰 목소리만이 간신히 나올 뿐이었다. "벌써 두번째로 졌습니다, 대위님!"

두툼한 외투로 무장한 몬티 대위는 천천히 뭔가를 씹으면서 아까보다 화가 누그러진 시선으로 안구스티나를 주의깊게 바라보고 있었다. "중위, 그만하고 대피소로 오게. 지금쯤 북쪽 군인들은 갔을 거야!"

"대위님, 저보다 훨씬 더 잘하십니다." 안구스티나는 고집스럽게 게임하는 흉내를 이어갔지만 목소리는 점점 더 잦아들고 있었다. "그런데 오늘 저녁에는 운이 별로 없으시네요. 왜 계속 위를 쳐다보시죠? 왜 산 정상을 보십니까? 혹시 조금 걱정되십니까?"

그 순간, 펑펑 쏟아지는 눈 속에서, 물기를 머금은 마지막 카드들이 안구스티나 중위의 손으로부터 미끄러져나갔다. 그의 손은 기운 없이 떨어져 램프 불빛이 어른거리는 망토 위에 힘없이 놓였다.

중위는 바위에 등을 기대고 아주 천천히 몸을 뒤로 내맡겼다. 이상한 졸음이 그를 덮치고 있었다. (달밤에 저택을 향해서, 가마를 끄는 다른 영혼들의 작은 행렬이 공중으로 나아가네.)

"중위, 이리 와서 뭘 좀 먹게. 이런 추위에는 먹어야 해. 그러고 싶지 않더라도 어서 기운을 내라고!" 이렇게 외치는 대위의 목소리에는 불안의 그림자가 묻어났다. "여기 아래로 와. 눈이 그치려고 하네."

사실이었다. 거의 단숨에 흰 눈발이 잦아들면서 가벼워졌다. 아주 맑아진 대기 덕분에 벌써 몇십 미터 떨어진 곳의 바위들까지 램프 불빛으로 확인할 수 있었다.

그리고 갑자기, 찢기는 듯한 고통 속에서 헤아릴 수 없이 먼 요새의 등불들이 나타났다. 그 등불들은 고대 사육제의 환희가 넘치는 마법의 성에 밝혀진 불빛처럼 영원해 보였다. 안구스티나는 그 불빛을 보았고, 냉기로 무감각해진 그의 입술에는 서서히 엷은 미소가 떠올랐다.

"중위." 그의 상태를 눈치챈 대위가 또 한번 그를 불렀다. "중위, 카드는 던져버리고, 이 아래로 와서 바람을 좀 피해."

하지만 안구스티나는 요새의 등불을 바라보고 있었다. 사실, 그것이 어느 곳의 불빛인지 그는 더이상 정확히 알지 못했다. 요새인지, 먼 도시의 불빛인지, 아니면 아무도 그가 돌아오기를 기다리지 않는 그의 성채에서 나오는 불빛인지 알 수 없었다.

어쩌면 그 순간에 요새의 한 경비병은 총안을 통해 우연히 산맥 쪽으로 시선을 돌렸을지도, 그래서 높은 산마루 위의 불빛을 발견했을지도 모른다. 그만큼 먼 거리에서는 저 적의에 찬 절벽이 아무런 문제도 되지 않으리라. 정말이지 존재하지 않는 것이나 다름없으리라. 어쩌면 그날 수비대를 지휘하는 장교가 다름 아닌 드로고였을지 몰랐다. 원하기만 했다면 드로고 또한 몬티 대위와 안구스티나와 함께 떠날 수도 있었을 것이다. 하지만 드로고에게 그 임무는 어리석은 일로 여겨졌다. 타타르인들의 위협은 어느새 희미해져 있었고, 따라서 그 임무는 아무런 공도 세울 수 없는 성가신 일에 불과해 보였다. 하지만 그 순간 드로고 역시 산 정상의 흔들리는 램프 불빛을 보았고, 함께 가지 않은 걸 후회하기 시작했다. 그만한 가치를 찾을 수 있는 일이라곤 전쟁뿐이었으니 말이다. 지금은 그 역시 한밤중의 폭풍 속에 있더라도 그곳에 올라가 있기를 바라는 마음이었다. 하지만 너무 늦었다. 기회가 가까이 왔었건마는, 그는 그 기회를 떠나보냈다.

건조한 곳에서 충분히 휴식을 취하고 따뜻한 망토를 두른 조반니 드로고는 시기 어린 마음으로 먼 곳의 등불을 바라봤을지 모르지만, 바로 그 순간 안구스티나는 온통 눈에 덮여 젖은 수염을 매만지다 조심스럽게 망토를 감싸려 안간힘을 쓰고 있었다. 망토를 몸에 둘러 추위를 피하려는 목적이 아니라 그의 비밀스러운 계획 때문이었다. 몬티 대위는 대피소에서 경악한 얼굴로 그를 바라보고 있었다. 대체 안구스티나는 뭘 하고 있는 걸까? 어디선가 그와 아주 비슷한 모습을 본 적이 있지만 몬티 대위는 도무지 기억이 나지 않았다.

요새의 어느 방에는 세바스티아노 왕자의 최후를 표현한 낡고 오래된 그림이 있었다. 치명적인 상처를 입은 세바스티아노 왕자는 숲속 한 가운데에서 어느 나무그루에 등을 기댄 채 누워 있었다. 한쪽으로 고개를 약간 떨군 모습에, 그의 망토는 조화로운 주름이 잡힌 채 떨어져 있었다. 온통 죽음이 가져온 비참한 육체의 가혹한 이미지 그 자체였다. 그림을 바라보면 화가가 죽어가는 왕자의 고귀함과 극도의 우아함을 살려 표현했음을 쉽게 알 수 있었다.

그 순간 그가 그 그림을 떠올리지는 않았겠지만, 안구스티나는 숲속 한가운데에서 상처 입은 세바스티아노 왕자와 점점 닮아가고 있었다. 그처럼 빛나는 갑옷을 입고 있지도 않았고, 발밑에 피투성이 철모나 부서진 검도 없었다. 더욱이 왕자처럼 나무그루에 등을 기대고 있는 것도 아니었다. 마지막 태양빛이 정면에서 그를 비추고 있지도 않았고, 희미한 램프 불빛만이 있을 뿐이었다. 그렇지만 안구스티나는 왕자와 매우 흡사했고, 팔다리 위치며 망토를 두른 모습이며 최후의 피로를 드러낸 표정까지 똑같았다.

그 순간 안구스티나의 모습에 비하면, 대위와 중사 그리고 다른 모든 병사는 몹시 기운이 넘치는데도 서로의 눈에 아주 무례한 미련퉁이처럼 보였다. 몬티의 마음속에는 어느새 거의 믿기지 않을 정도로 시기 어린 감탄이 생겨났다.

눈이 그치자, 바람이 절벽 사이에서 울부짖고, 잘게 부서진 고드름을 휘몰아가며 램프 유리덮개 안의 불꽃을 흔들었다. 안구스티나는 바람을 느끼지 못하는 듯 보였다. 바위에 몸을 기댄 그는 두 눈을 멀리 있는 요새 등불에 고정한 채 꼼짝하지 않았다.

"중위!" 몬티 대위가 다시 그를 불렀다. "중위! 맘을 정하게! 이 아래로 내려오라고. 거기에 남아 있다가는 견디지 못할 거야. 꽁꽁 얼어붙을 거라니까. 토니가 보호벽을 만들어놓은 이곳으로 오게."

"고맙습니다, 대위님." 안구스티나는 겨우 입을 열어 힘겹게 말했다. 그러고는 한 손을 슬며시 들어 신호를 보냈는데, 모든 게 하찮고 어리석은 일이며 전혀 중요하지 않다고 말하는 것 같았다. (마침내 영혼들의 우두머리가 그에게 간절한 신호를 보냈네. 안구스티나는 특유의 나른한 분위기로 창턱을 뛰어넘어 가마에 우아하게 앉았네. 운명의 마차는 부드럽게 움직이며 출발하기 시작했네.)

한동안 바람의 거친 포효밖에는 아무것도 들리지 않았다. 병사들은 더 따뜻하게 체온을 유지하기 위해 암벽 아래 모여 농담할 기분도 잃은 채 고요함 속에서 추위와 싸우고 있었다.

바람이 잠시 잦아들자, 안구스티나는 고개를 약간 들어올렸다. 그는 말을 하려고 아주 천천히 입술을 움직였다. 그의 입에서는 오직 세 단어만이 새어나왔다. "내일 해야 할……" 그러고는 더는 아무 말도 없었다. 단 세 마디의 희미한 말. 몬티 대위조차 그가 뭔가 말했다는 사실을 알아차리지 못했다.

세 마디 말과 함께 안구스티나의 머리가 힘없이 앞으로 수그러졌다. 그의 한 손은 하얗고 딱딱하게 변한 채 망토의 주름 안에 놓여 있었다. 가까스로 다물어진 입가에는 다시 엷은 미소가 떠올랐다. (그가 탄 가마가 떠오르자 그는 친구에게서 시선을 떼고, 행렬의 방향을 따라 고개를 앞으로 향했네. 그는 즐거우면서도 믿기지 않는 호기심에 차 있었네. 그는 인간이 아닌 듯한 고귀한 모습으로 한밤중에 멀리 사라져갔네. 행렬은 하늘을 향해 천천히 곡선을 그리며 점점 더 높이 올라갔네. 행렬은 희미한 자취로 변하더니 아주 작은 안개구름이 되어 이내 시야에서 사라졌네.)

무슨 말을 하려던 거야, 안구스티나? 내일 뭐라고? 결국 자신의 대피소에서 빠져나온 몬티 대위는 중위의 의식을 되돌리려 그의 어깨를 세차게 흔든다. 하지만 안타깝게도 군인다운 망토의 우아한 주름만이 가지런해졌을 뿐이다. 병사들 중 어느 누구도 무슨 일이 일어났는지 여전히 깨닫지 못했다.

몬티가 욕을 퍼붓는 동안, 어두운 절벽에서 바람소리만이 그에게 대답한다. 무슨 말을 하려고 했어, 안구스티나? 말도 다 끝맺지 않은 채 가버리다니. 아마도 바보 같은 얘기였겠지. 어쩌면 터무니없는 희망이었을 테고, 어쩌면 아무것도 아니었을 거야.

16

안구스티나 중위가 땅에 묻힌 후, 요새의 시간은 다시 이전과 똑같이 흘러가기 시작했다.

오르티츠 소령이 드로고에게 물었다. "여기서 지낸 지 얼마나 됐지?"

드로고가 대답했다. "사 년 됐습니다."

그 무렵, 기나긴 계절 겨울이 불쑥 찾아왔다. 4 내지 5센티미터쯤 쌓일 첫눈이 곧 내리려 했다. 이제 눈이 아주 높게 쌓인 후 한동안 잠잠해지다가 이후 헤아릴 수 없을 정도로 많은 눈이 내릴 것이고, 그러면 다시 봄이 돌아오기까지 오랜 시간을 기다려야 할 터였다. (그러다가 예상보다 훨씬 이른 어느 날, 아주 일찌감치 테라스 가장자리에 쌓였던 눈이 세찬 물줄기처럼 흘러내리는 걸 보게 될 것이고, 겨울은 이해할 수 없게 끝이 날 것이었다.)

안구스티나 중위의 관은 기에 둘러싸여 요새 한쪽의 작은 울타리 땅 밑에 매장되었다. 그 위에 그의 이름이 적힌 하얀 십자가 비석이 세워졌다. 라차리 병사의 묘비는 그 위쪽, 더 작은 나무십자가가 세워진 곳이었다.

오르티츠 소령이 말했다. "가끔 이런 생각이 드네. 우리가 전쟁을 원하고, 절호의 기회를 기다리고, 불행에 화를 내는 이유는 결코 아무 일도 일어나지 않기 때문이라고 말이지. 안구스티나 일만 보더라도⋯⋯"

"소령님 말씀은⋯⋯" 드로고가 말했다. "안구스티나에게는 행운이 필요 없었다는 뜻인가요? 그런 행운 없이도 훌륭한 군인이었다는 의미입니까?"

"그는 유약했고, 혹시 병이 있지 않았을까 생각하네." 오르티츠 소령이 말했다. "사실 그는 우리 중에서 최악이었지. 우리처럼 적을 마주한 적도 없었고, 전쟁 역시 없었다네. 있었다면 전투중에 숨을 거뒀겠지. 중위는 알고 있나? 그가 어떻게 죽었는지?"

드로고가 말했다. "네, 몬티 대위님이 경위를 설명할 때 저 역시 그 자리에 있었습니다."

겨울이 시작되면서 외인들은 그곳을 떠났다. 어쩌면 피로 물든 모습이었을 희망의 눈부신 깃발들은 서서히 내려가, 병사들의 마음은 다시 일상의 평온한 상태로 접어들었다. 하지만 하늘은 텅 비어 있었다. 경비병의 눈길은 지평선 경계 끝에서 여전히 무언가를 찾고 있었지만 소용없었다.

"그는 정말이지 죽기에 적당한 순간을 알았네." 오르티츠 소령이 말했다. "마치 총탄에 맞은 것처럼 말이지. 영웅 같았다는 말밖에는 할 수 없군. 물론 어느 누구도 그를 쏘지 않았지만 말이네. 그러한 죽음은 그날 그와 함께 있던 다른 모든 병사들한테도 똑같이 주어진 기회였지. 더 쉬운 기회야 있겠지만 어쨌든 그 상황에서 그가 특별히 더 유리했던 게 아니었다 이 말이야. 하지만 다른 병사들은 대체 뭘 했나? 그들한테는 여느 날과 별반 다르지 않은 하루였던 거지."

드로고가 입을 열었다. "네, 다만 조금 더 추운 날이었을 뿐이죠."

"그렇지, 조금 더 추웠지." 오르티츠 소령이 대꾸했다. "어쨌거나 중위도 그들과 갈 수 있지 않았나. 요청하기만 했으면 됐을 텐데."

그들은 제4보루의 정상 노대에 자리한 나무벤치에 앉아 있었다. 오르티츠 소령이 근무중인 드로고 중위를 만나러 그곳에 온 터였다. 두 사람 사이에는 나날이 돈독한 우정이 형성되어갔다.

그들은 망토를 두르고 벤치에 앉아, 서로를 바라보는 대신 북쪽 방향에 시선을 두었다. 그곳에는 눈을 가득 머금은 불분명한 모양의 커다란 구름이 만들어지고 있었다. 때때로 북풍이 불어와 그들이 걸친 옷에서 온기를 빼앗아갔다. 협곡 오른쪽과 왼쪽에 보이는 높은 암벽 봉우리들은 검게 변해 있었다. 드로고가 말했다. "내일은 이곳 요새에도 눈이 올 것 같군요."

"그럴지도." 소령은 무심하게 대답하고는 침묵을 지켰다.

드로고가 다시 말했다. "눈이 올 겁니다. 까마귀들이 계속해서 지나가네요."

"우리에게도 잘못은 있어." 오르티츠 소령은 계속 안구스티나를 생각하고 있었다. "결국 그에 걸맞은 때야 늘 누구한테든 오지. 예를 들어 안구스티나는 비싼 값을 치렀지. 하지만 우리는 아니야. 어쩌면 모든 문제가 거기에 있는지 모르지. 우리가 지나치게 망설이는 건 아닌가 싶어. 실제로 그럴 만한 때는 언제나 있는데 말이야."

"그렇다면요?" 드로고가 물었다. "그럼 우리는 뭘 해야 할까요?"

"오, 내가 할 일은 없네." 오르티츠 소령이 웃으며 말했다. "난 여태너무 오래 기다렸지. 하지만 중위는……"

"저요?"

"시간이 있을 때 어서 떠나게. 도시로 돌아가서 그곳 수비대에 들어가 적응하게. 무엇보다 중위는 삶의 즐거움을 무시할 유형이 아닌 것같아. 물론 여기에 있으면 경력을 더 쌓겠지. 하지만 모두가 영웅이 되려고 태어나는 건 아니니까."

드로고는 아무 말이 없었다.

"중위는 벌써 사 년을 보냈네." 오르티츠가 말했다. "경력상 연장자로서 확실히 우위를 차지했다는 건 인정하자고. 하지만 도시에서 지낼 필요가 있다는 점을 생각해보게. 지금 중위는 세상과 단절되어 떨어져 있네. 그러다 아무도 더는 자네를 기억하지 못하게 돼. 그러니 시간이 있을 때 돌아가게."

조반니는 시선을 바닥에 고정한 채 말없이 듣고 있었다.

"그런 경우를 벌써 여러 명 봐왔지." 소령은 이야기를 계속했다. "차차 요새의 생활 패턴에 익숙해지고, 감옥 같은 이 안에 갇혀 지내게 된이들 말이야. 그들은 더이상 떠날 재간이 없었네. 서른 살에 이미 노인이 되어버렸으니까."

드로고가 말했다. "소령님 말씀은 알겠습니다. 하지만 제 나이도……"

"중위는 젊네." 오르티츠가 말을 잘랐다. "아직 한창나이지. 정말이네. 하지만 나는 그렇지 못해. 이 년만 더 지내게. 이 년이면 충분해. 과거로 돌아가기에 너무 힘들어질 수 있으니까."

"고맙습니다, 소령님." 드로고는 아무런 감흥 없이 대답했다. "하지만 결국 요새에 있는 편이 뭔가 더 나으리라 기대할 수 있다는 말씀 아닙니까. 그건 앞뒤가 맞지 않는데요. 아니라면 소령님께서도 솔직히 말씀해주셔야……"

"아! 어쩌면 그럴지 모르지." 소령이 말했다. "다들 정도 차이는 있지만, 우리가 계속해서 바라는 바이기도 하네. 하지만 (한 손으로 북쪽을 가리키면서) 조금만 생각해보면 이치에 맞지 않는다는 걸 깨닫게 돼. 이 지역에서는 절대로 전쟁이 일어날 수 없을 거야. 그리고 최근 그 일이 벌어진 마당에, 이제 누가 그 말을 진심으로 믿겠나?"

그렇게 이야기하며 소령은 자리에서 일어났다. 오래전 아침 드로고가 평지 가장자리에서 수수께끼 같은 요새의 성벽을 홀린 듯 바라봤던 것처럼, 소령의 시선 또한 줄곧 북쪽을 향해 있었다. 그때로부터 사 년이 지났다. 인생의 상당한 부분을 차지하는 시간이었다. 수많은 희망이 옳았음을 보여줄 만한 일은 아무것도 일어나지 않았다. 하루하루의 나날들은 쏜살같이 지나갔다. 적일지 모를 병사들은 어느 날 아침 북쪽 평지의 경계에 나타났다가 조용히 국경선 작업을 마친 후 물러났다. 평화가 세상을 다스렸고, 경비병들은 경보를 울리지 않았으며, 변화가 일어날 조짐은 전혀 찾아볼 수 없었다. 지나간 세월과 다를 바 없이 이제 다시 겨울이 다가와 북풍의 바람결이 병사들의 총검에 부딪히며 약한 휘파람소리를 냈다. 오르티츠 소령은 여전히 그곳, 제4보루의 테라스에 서서, 자신이 내뱉은 지혜로운 말들을 믿지 못하고 북쪽 땅을 한번 더 쳐다봤다. 아닌 게 아니라, 실제로 그만이 유일하게 그 땅을 바라볼 권리가 있고, 그곳에 남아 있을 권한이 있는 듯 보였다. 어떤 의도인지는 중요하지 않았다. 어쨌든 그는 드로고를 그 장소와 상관없는 아까운 청년으로 여기는 것 같았다. 계산에 착오가 생겨서 기꺼이 다시 되돌아갈 사람인 것처럼 말이다.

17

마침내 요새 테라스에 쌓인 눈이 녹기 시작해 진흙에 발이 빠지는 시절이 왔다. 어느 순간 가장 가까운 산맥에서 갑자기 부드러운 물소리가 들려왔고, 산봉우리들의 경사면 여기저기에는 흰 눈 줄기가 수직으로 길게 나타나 태양빛에 반짝였다. 이따금씩 병사들은 여러 달 동안 부르지 않던 콧노래를 흥얼거리는 자신들의 모습에 놀라곤 했다.

태양은 전처럼 서둘러 일몰을 향해 저물어가는 대신, 하늘 한가운데서 조금씩 더 머물며 쌓인 눈을 덥석 먹어치웠다. 북쪽의 언 땅에서 내려오는 구름은 눈을 녹이는 데 별 소용이 없었고 다만 비가 힘을 쓸 수 있었지만 그나마도 얼마 남지 않은 눈을 녹이는 정도였다. 드디어 좋은 계절이 돌아왔다.

아침이면 벌써 모두가 잊었다고 생각했던 새소리가 들렸다. 반대로 까마귀들은 더이상 요새 평지에 모여 주방에서 나오는 음식 찌꺼기를 기다리지 않았고, 신선한 먹이를 찾아 골짜기로 흩어졌다.

밤이면 막사마다 배낭을 보관하는 선반이며 소총 받침대, 문짝, 그리고 대령의 방에 있는 단단한 호두나무 재질의 아름다운 가구들까지, 가장 오래된 물건을 포함한 요새의 모든 목재가 어둠 속에서 삐걱거렸다. 어느 때는 권총을 쏘는 소리처럼 날카롭고 메마른 소리가 나기도 했는데, 정말 어떤 물건이 산산조각나는 것만 같았다. 누군가 잠이 깨어 침상에서 귀를 쫑긋 세워보아도, 어둠 속에서 삐걱거리는 소음 외에는 아무 소리도 들리지 않았다.

낡은 나무선반에 끈질긴 생명의 탄식이 다시 고개를 드는 시절이다. 아주 오래전 행복했던 한때, 그 나무는 파릇파릇한 열정과 힘으로 충만하고 가지에서는 새싹들이 움트곤 했으리라. 그러다 나무는 벌채되고 말았고, 봄이 온 지금 갈라져나간 나무의 온갖 조각들에서 영원히 점점 더 작아지는 생명의 고동이 다시 한번 깨어나는 것이다. 예전에 품었던 잎과 꽃들은 이제는 희미한 기억으로만 남아 균열 같은 소음을 만들어낸 뒤, 이듬해까지 잠잠할 것이다.

이 시기야말로, 요새의 군인들이 군대와 상관없는 호기심 섞인 생각들을 품기 시작하는 때다. 성벽은 더이상 안전한 피난처가 아니라 감옥 같은 인상을 준다. 적나라한 그 외양과 배수로의 거무죽죽한 줄무늬, 성채의 기울어진 마룻대, 그리고 그곳의 노란 빛깔까지, 모든 게 새로운 정신의 기질에 전혀 상응하지 않는 모습이다.

봄날 아침, 한 장교가—뒷모습으로는 정확히 알 수 없지만 조반니 드로고일 수도 있다—그 시간에 비어 있는 부대의 대형 세면장을 향해 권태롭게 걸어간다. 시찰하거나 명령을 내릴 일이 없는 그는 몸을 움직이기 위해 그런 식으로 배회한다. 세면장에는 모든 것이 정돈되어 있다. 세면대는 청결하고, 바닥은 청소가 되어 있다. 틀어진 수도꼭지는 병사들의 잘못이 아니다.

장교는 위쪽의 높은 창문들 중 하나를 쳐다보느라 멈춰 선다. 창문의 유리들은 닫혀 있지만, 아마 오랫동안 청소를 하지 않았는지 구석에 거미줄이 쳐져 있다. 유리 너머로 하늘과 닮은 무언가가 보이긴 하지만, 그곳에 사람의 마음을 위로할 만한 건 전혀 없다. 어쩌면 장교는 이렇게 생각할지 모른다. 똑같은 하늘과 태양이 그가 있는 쓸쓸한 세면장과 머나먼 초원을 동시에 비추고 있다고 말이다.

초원은 푸르고, 아마 하얀 빛깔의 작은 꽃들이 피어난 참일 것이다. 나무들 역시 자연의 순리대로 새 잎을 틔웠으리라. 아무 목적 없이 말을 타고 시골 전원을 달리면 얼마나 좋을까! 그렇게 오솔길을 가다 나무울타리 한가운데서 아름다운 여인이 나타난다면, 그리고 말을 타고 그녀 곁을 가까이 지나간다면 미소를 지으며 인사하겠지. 하지만 이 얼마나 우스운 일인가. 바스티아니 요새의 장교에게 이런 바보 같은 생각들이 가당키나 한가?

세면장의 먼지 낀 창문 너머로, 아주 이상해 보일 수도 있는 재미있는 모양의 흰 구름이 보인다. 똑같이 생긴 구름이 이 순간 먼 도시 위에서도 떠다니고 있을 것이다. 조용히 산책하는 사람들이 이따금씩 구름을 바라본다. 거의 대부분의 사람들이 새 옷을 입거나 계절에 맞는 옷차림을 하고 겨울이 끝났음을 기뻐한다. 젊은 여자들은 꽃으로 머리장식을 하고 화려한 색상의 의상을 차려입었다. 언제라도 뭔가 좋은 일이 일어나리라 기대하는 듯, 모두 즐거운 모습이다. 적어도 예전에는 그런 풍경이었다. 하지만 지금은 그때와 달라졌는지도 모른다. 만약 창가에 아름다운 여자가 있다면, 그 아래를 지날 때 그녀에게 인사한다면 어떨까? 어떤 특별한 이유도 없이 멋진 미소로 친절하게 인사를 건넨다면? 하지만 이 모든 건 결국엔 우스꽝스럽고 어리석은 풋내기의 상상에 불과하다.

더러운 유리창 너머로 비스듬히 벽 일부가 보인다. 그 벽 역시도 햇살을 가득 받고 있지만 아무런 기쁨을 일으키지 못한다. 어느 막사 벽인 그것은 햇빛이 비치든 달빛이 비치든 전혀 달라질 게 없다. 다만 순조로운 근무 진행에 걸림돌만 생기지 않으면 그것으로 족하다. 그러나 오래전 9월의 어느 날, 그 장교는 거의 넋을 잃다시피 그 벽을 바라보며 서 있었다. 그때 요새 성벽은 그를 위해 가혹하지만 선망할 만한 어떤 운명을 지키고 있는 듯 보였다. 비록 아름다움을 찾아볼 수 없었음에도, 그는 불가사의한 존재 앞에 선 양 몇 분 동안 부동자세로 멈춰 있었다.

한 장교가 텅 빈 세면장을 돌고 있는 동안 다른 장교들은 여러 보루에서 근무중이거나, 말을 타고 돌투성이 평지를 달리거나, 아니면 집무실에 앉아 있다. 그들은 알지 못하지만, 다른 장교들의 얼굴이 그의 신경을 거스른다. 항상 똑같은 얼굴들, 늘 똑같은 이야기들, 똑같은 임무, 그리고 똑같은 서류들을 그는 본능적으로 떠올린다. 동시에 그의 내면에서는 연약한 욕망들이 들끓는다. 그 바람들이 정확히 무엇인지 알아내기란 쉽지 않다. 확실한 건 성벽도 아니고, 그곳의 병사들도 아니며, 나팔소리도 아니라는 점이다.

그러니 작은 말이여 평원의 길을 달려라. 늦기 전에 달려가라. 푸른 초원과 친숙한 나무들, 사람들의 마을과 교회 그리고 종탑들을 보기 전까지는 피곤하더라도 멈추지 마라.

그러면 요새여 영원히 안녕, 더 머무는 건 위험할 테니. 너의 간단한 수수께끼는 풀렸고, 북쪽의 사막평원은 계속해서 황량하게 남으리라. 결코 적들은 오지 않고, 너의 먼지투성이 성벽을 공격하러 오는 이는 아무도 없으리라. 영원히 안녕, 오르티츠 소령이여. 더는 이 초막 같은 요새에서 벗어날 수 없는 우울한 친구여. 당신처럼 다른 많은 이들이 너무나 오래 희망을 고집해왔다. 시간은 당신들보다 훨씬 빨랐고, 당신들은 다시 시작할 수 없으리.

하지만 조반니 드로고는 가능하다. 어떤 임무도 더는 그를 요새에 붙잡아두지 못한다. 이제 평지로 돌아가, 사람들의 사회에 다시 들어갈 것이다. 어떤 장군을 따라 외국에 파견되는 임무 같은 뭔가 특별한 책임을 맡게 되더라도 그는 수월히 감당할 수 있을 것이다. 요새에 있는 요 몇 년, 그는 아주 좋은 결정적인 기회들을 몇 번 놓쳤다. 하지만 조반니는 아직 젊고, 그것을 보상할 수 있는 시간은 그에게 얼마든지 남아 있다.

그러므로 요새여 영원히 안녕. 너의 부조리한 보루들과 인내심 많은 병사들, 매일 아침 모습을 드러내는 일 없이 망원경으로 북쪽 사막을 살피는 너의 대령까지 모두 안녕! 사막을 바라보는 일은 소용없으니, 거기에는 결코 아무것도 없으리라. 안구스티나 묘지에 작별인사를. 어쩌면 요새의 모든 군인 가운데 가장 운이 좋았을 그는 적어도 진정한 군인답게 세상을 떠났으니, 병원 침상에서 죽음을 맞이하는 것보다는 나으리라. 이제 드로고는 자신이 머물던 방에도 작별을 고한다. 그는 수백 밤을 꼬박꼬박 거기서 잠들었다. 오늘 저녁에도 평상시의 관례대로 산에 오를 경비병들이 소집될 뜰을 향해서도 그는 작별을 고한다. 그리고 어느덧 환상이 사라진 북쪽 사막평원에도 마지막 인사를 건넨다.

조반니 드로고, 더이상 요새를 생각하지 마라. 네가 고원 가장자리에 도착했던 그 시간을 뒤돌아보지 마라. 길은 이제 골짜기로 빠지려는 참이다. 뒤를 돌아보는 것은 아주 무모한 실수가 될 것이다. 너는 바스티아니 요새를, 돌 하나하나까지 알고 있고, 그것을 잊어버릴 위험은 전혀 없다. 말은 즐겁게 빨리 걸을 것이고, 날씨는 화창하며, 공기는 따뜻하고 가볍다. 그리고 아직 길게 남아 있는 인생은 여전히 출발점에 가깝다. 마지막으로 성벽과 포대, 보루 가장자리에 보초를 선 경비병들을 둘러볼 필요가 뭐가 있겠는가? 그렇게 인생의 한 장이 천천히 넘어가면서 이미 끝나버린 다른 장들과 합쳐지고, 맞은편에서 또다른 장이 펼쳐진다. 넘어간 쪽은 고작 얇은 층에 불과하고, 그에 비하면 앞으로 읽어야 할 장들은 무궁무진한 종이 뭉치나 마찬가지다. 하지만 중위여, 다음으로 나아가려면, 언제나 삶의 일부인 또다른 장은 써버려야만 하는 법.

돌투성이 고원 가장자리에서, 드로고는 실제로 그곳을 돌아보지 않는다. 망설임의 그늘조차 없이 하산하기 위해 말에 박차를 가한다. 고개를 돌려 단 1미터의 짧은 거리도 돌아볼 기색이 없다. 그는 허용된 자유를 누리며 휘파람으로 노래를 부른다. 비록 그러한 행위가 고단함이라는 대가로 돌아오더라도.

18

집 출입문은 열려 있었고, 드로고는 곧바로 어린 시절 시골 별장에서 여름 몇 달을 보낸 뒤 도시로 돌아왔을 때 맡았던 오래되고 익숙한 집 냄새를 느꼈다. 친근하고 정겨운 냄새였다. 그러나 시간이 꽤 흘러서인지 무언가 궁핍해진 분위기가 느껴졌다. 그 냄새는 그에게 까마득한 시절을, 일요일의 달콤한 기쁨과 즐거운 식사, 그리고 잃어버린 어린 시절의 기억을 불러일으키는 한편, 굳게 닫힌 창문과 숙제, 아침 청소, 질병, 말다툼, 쥐들에 대해서도 들려주었다.

"오, 도련님!" 마음씨 좋은 조반나가 문을 열어주며 반갑게 소리쳤다. 이어 곧바로 어머니가 나왔다. 신께 감사하게도 어머니의 모습은 아직 변함이 없었다.

거실에 앉아 쏟아지는 많은 질문에 대답하려고 애쓰는 동안 그는 행복감이 무기력한 슬픔으로 변해가는 걸 느꼈다. 예전에 비해 집이 허전해 보였다. 형제들 중 한 명은 외국으로 떠났고, 또다른 한 명은 어딘지모를 곳에서 여행중이었으며, 세번째 형제는 시골에 있었다. 오로지 어머니만 집에 남아 있었는데, 그녀 역시도 잠시 후에는 성당 봉사를 위해 외출해야 했다. 그곳에서 어머니 친구가 기다리고 있었다.

드로고의 방은 책 한 권 옮겨지지 않은 채 그가 떠날 때 모습 그대로남아 있었지만, 어딘가 다른 사람의 방처럼 보였다. 그는 소파에 앉아거리를 지나는 마차 소리와 부엌에서 간간이 들려오는 중얼거림에 귀를 기울였다. 그는 홀로 자기 방에 있었고, 어머니는 성당에서 기도를드리고 있었으며, 형제들은 모두 멀리 있었다. 그렇게 세상 전체가 조반니 드로고를 전혀 필요로 하지 않은 채 살아가고 있었다. 그는 창문을 열어 회색빛 집들과 서로 맞닿은 지붕들을, 그리고 안개 낀 하늘을바라보았다. 그런 뒤 서랍에서 낡은 공책들과 여러 해 동안 간직했던일기장, 몇몇 편지를 찾았다. 그는 자신이 적어둔 내용을 보며 몹시 놀랐다. 정말이지 전혀 기억하지 못했던 일들, 까맣게 잊고 있던 이상한일들에 관한 이야기였다. 그는 피아노에 앉아 조율을 해보다가 다시 건반 뚜껑을 덮었다. 이제 뭘 하지? 그는 스스로에게 질문했다.

낯선 이방인이 된 그는 옛친구들을 찾아 도시를 배회했다. 드로고는 그들이 각자의 일이며 큰 사업이며 정치 경력 때문에 몹시 바쁘다는 걸 알게 되었다. 그들은 그에게 진지하고 중대한 일들, 공장이나 철도, 병원 등에 관해 말했다. 누군가는 그를 점심식사에 초대했고, 누군가는 결혼을 했으며, 다들 그와 다른 길을 가고 있었다. 사 년이라는 시간 동안 그들은 이미 서로 멀어져 있었다. 노력은 다했지만(어쨌든 그로서도 더이상의 노력은 불가능했을 것이다), 예전에 주고받았던 대화와 농담 그리고 허물없는 표현방식을 다시 불러올 수는 없었다. 그는 도시를 돌아다니며 예전 친구들을 찾아보았지만—그에게는 친구들이 많았다—결국 많은 시간을 허비했음을 깨닫고 인도에 혼자 있는 자신을 발견하는 것으로 저녁을 맞이하고 말았다.

밤에는 유쾌하게 즐겨보려는 결심으로 늦게까지 집밖에 있었다. 매번 젊은이답게 사랑을 찾고 싶은 평범하고 막연한 기대를 품고 외출했지만, 매번 실망하여 돌아왔다. 그래서 그는 혼자 집으로 향하는 길이 싫어지기 시작했다. 그에게 집은 외롭고 아무런 변화가 없는 황량한 곳이었다.

그 무렵 도시에서 큰 무도회가 열렸다. 드로고는 자신이 되찾은 유일한 친구 베스코비와 함께 무도회장으로 들어가면서, 최상의 기쁨을 느꼈다. 이미 봄이긴 했지만 밤은 길 테고, 시간은 영원에 가깝게 이어질 터였다. 그러니까, 새벽이 오기 전까지 많은 일이 일어날 수 있었다. 어떤 가능성에 대해 구체적으로 말할 수는 없었지만, 아무런 제약 없이 기쁨을 누릴 수 있는 꽤 긴 시간들이 그를 기다리고 있는 건 분명했다. 실제로 그는 보라색 드레스를 입은 어떤 여자와 농담을 주고받기 시작했고, 아직 자정의 종소리는 울리지 않았다. 어쩌면 새로운 하루가 시작되기 전에 사랑이 싹틀 수도 있었다. 하지만 바로 그때 집주인이 저택을 자세히 보여주겠다며 그를 불렀다. 집주인은 미로 같은 복도와 지하도를 보여준 뒤 서재로 그를 몰아넣고는 자기가 소장한 무기들을 하나씩 보여주면서 평가해달라고 강요했다. 그러면서 그는 군의 전략적인 문제나 군대의 우스갯소리, 왕궁의 일화들을 이야기하는 것이었다. 그러는 사이 시간이 지나갔고, 시계는 믿어지지 않을 만큼 빠른 속도로 달려갔다. 겨우 자유로워진 드로고가 불안한 마음으로 무도회장에 돌아갔을 때는 벌써 손님들이 반쯤 자리를 떠난 뒤였다. 보라색 드레스를 입은 여자도 사라지고 없었는데, 아마 이미 집으로 가버린 모양이었다.

어쩔 수 없이 드로고는 술도 마셔보고 아무 의미 없이 웃어보기도 했지만, 포도주조차 별 도움이 되지 않았다. 바이올린 선율은 점점 더 희미해지다가, 어느 시점에 이르자 더는 춤추는 사람이 없어서 말 그대로 허공을 향해 울려퍼지고 있었다. 드로고는 씁쓸한 입맛을 느끼며 정원의 나무들 사이에 자리잡고 앉았다. 축제의 마법이 풀리고 새벽이 가까워진 하늘이 천천히 푸르스름한 빛으로 변하는 사이, 그는 왈츠의 어렴풋한 메아리를 들었다.

별들이 저물어가는 동안 드로고는 나무와 풀들이 드리운 검은 그림자 사이로 그날의 새로운 하루가 떠오르는 것을 지켜봤다. 그러는 동안 화려한 마차들은 하나둘 저택을 떠나갔다. 이제는 바이올린 연주자들도 잠잠해졌고, 하인 한 명이 방을 돌아다니며 불을 껐다. 드로고 바로 위에 있는 나뭇가지에서 어느 작은 새의 높고 청명한 지저귐이 들려왔다. 하늘이 점차 밝아지는 가운데 주위의 모든 것이 기분좋은 하루를 기대하며 조용히 쉬고 있었다. 그 순간 드로고는 생각했다. 벌써 요새에서는 일출의 첫 햇살이 성채들과 밤새 한기에 오싹해진 경비병들에게 가닿았겠지. 그의 귀는 부질없게도 나팔소리를 기다리고 있었다.

그는 잠들어 있는 도시를 가로질러갔다. 도시는 여전히 깊은 잠에 빠져 있었다. 집에 도착한 그는 조금 과한 소리를 내며 현관문을 열었다. 아파트 안에는 벌써 덧문 창살을 통해 약간의 빛이 들어오고 있었다.

"좋은 밤이에요, 어머니." 그는 복도를 지나며 예전에 한밤중에 귀가할 때면 그랬듯이 인사를 건넸다. 그러면 현관문 너머 방에서 부스럭거리는 소리가 들리고, 아직 잠에서 덜 깬 다정한 목소리가 그에게 대답하곤 했다. 차분한 마음으로 자기 방으로 다가가던 그는, 어머니가 뭐라고 말하는 소리를 들었다. "무슨 일이에요, 어머니?" 깊은 정적 속에서 그가 물었다. 그와 동시에 드로고는 마차가 지나는 소리와 어머니의 다정한 목소리를 혼동했다는 사실을 알아차렸다. 사실 어머니는 대답이 없었고, 밤중에 들어온 아들의 걸음소리에 예전처럼 잠에서 깨지도 않았다. 세월과 함께 그 걸음소리가 바뀌기라도 한 양, 그녀에게는 낯선 소리가 된 것 같았다.

과거에 그의 걸음소리는 마치 정해진 어떤 신호처럼 어머니를 잠에서 깨우곤 했다. 밤중에 들리는 다른 소리는, 그게 아무리 큰 소음이라해도 그녀를 깨우기엔 역부족이었다. 도로를 지나는 마차 소리도, 어린아이의 울음소리도, 개가 짖는 소리나 부엉이 우는 소리도, 덧문이 부딪히는 소리나 처마 안으로 불어오는 바람 소리도, 비가 오는 소리나 가구가 삐걱거리는 소리도 어머니를 깨울 수 없었다. 어머니는 오직 그의 발소리에만 깨어났는데, 그 소리가 대단히 시끄러워서가 아니었다 (사실 조반니는 발끝으로 걸어다녔다). 어떤 특별한 이유도 없었다. 오직 그가 아들이라는 사실, 그뿐이었다.

하지만 이제 더는 아니었다. 그가 전과 똑같은 목소리와 어머니가 잘 아는 바로 그 발소리를 내며 인사를 건넸건만, 멀어져가는 마차 소리 외에는 아무도 그에게 대답하지 않았다. 바보 같은 생각이야. 그는 생각했다. 우스운 우연이겠지. 하지만 잠자리에 들 준비를 하면서도, 과거의 애정이 훼손된 듯 쓸쓸한 기분이 가시지 않았다. 마치 떨어져 있던 시간과 거리가 그 둘 사이에 서서히 이별의 장막을 드리운 것만 같았다.

19

그후 드로고는 친구 프란체스코 베스코비의 여동생 마리아를 만나러 갔다. 그들의 집에는 정원이 있어서 봄이 되면 나무들이 새잎을 틔웠고 가지에서는 새들이 노래를 불렀다.

마리아가 웃으며 대문에서 그를 마중했다. 드로고가 온다는 걸 알고 그녀는 허리가 쏙 들어간 하늘색 드레스를 입고 있었는데, 오래전 어느 날 그가 마음에 들어 했던 옷차림과 비슷했다.

드로고는 그녀를 다시 만나면 벅찬 감정이 차오르고 가슴이 두근거리리라 생각했다. 하지만 가까이서 다시 그녀의 미소를 보았을 때, 그리고 "오, 드디어 왔네요, 조반니!"라고 말하는 그녀의 목소리를 들었을 때도(그가 생각했던 목소리와는 사뭇 달랐다), 얼마나 많은 시간이 흘렀는지를 실감할 뿐이었다.

그는 자신이 예전 그대로라 믿었다. 어깨가 조금 넓어지고, 피부는 뜨거운 태양에 구릿빛으로 변하긴 했지만, 여전히 똑같은 모습이라고. 그녀 또한 달라지지 않았다. 하지만 둘 사이의 무언가가 변해 있었다.

바깥 햇살이 너무나 강해서 그들은 넓은 응접실로 들어갔다. 차양을 내린 방안은 부드러운 그늘 속에 잠겨 있었고, 그 사이로 비쳐든 햇살이 카펫 위에서 빛났다. 어디선가 시계가 똑딱 소리를 냈다.

그들은 서로를 마주볼 수 있게끔 긴 소파에 비스듬히 앉았다. 드로고는 막상 할말을 찾지 못한 채 그녀의 눈을 응시했고, 그녀는 활발하게 주위를 둘러보았다. 잠시 그를 바라보다가 가구로 시선을 옮기는가 하면, 아주 새것으로 보이는 자신의 터키석 팔찌에도 잠깐 눈길을 주었다.

"프란체스코는 조금 있다가 올 거예요." 마리아가 명랑하게 말했다. "그동안 나랑 잠시 있어요. 들려줄 얘기가 정말 많을 것 같은데!"

"아." 드로고가 대답했다. "특별한 건 전혀 없어요. 그냥 계속……"

"그런데 왜 날 그렇게 봐요?" 그녀가 질문했다. "내가 많이 변했어요?"

아니었다. 드로고가 보기에 달라진 점은 없었다. 오히려 사 년 동안 한 여자에게 눈에 띄는 변화가 전혀 없었다는 데 적잖이 놀랐다. 그는 묘한 실망감과 냉랭함을 느꼈다. 더이상 과거의 분위기를, 그들이 남매처럼 이야기를 나누고 상처 주지 않으면서도 마음껏 농담을 주고받던 시절의 분위기를 되찾을 수 없었다. 왜 그녀는 그토록 공손하게 소파에 앉아 정중하게 이야기를 하는 걸까? 그는 그녀의 팔을 붙잡고 말해야 했다. '너 정신이 없구나? 대체 무슨 생각으로 진지한 사람 흉내를 내는 거야?'라고 말이다. 그러면 이 얼음 같은 마법이 깨어질 것이었다.

하지만 드로고는 그럴 수 없을 것 같았다. 그의 앞에 있는 그녀는 생각을 알 수 없는 낯선 타인이었다. 어쩌면 그 자신도 더이상 과거의 그가 아닐 수 있었다. 게다가 잘못된 분위기로 시작한 사람은 정작 그였을지 모르는 일 아닌가.

"변했느냐고요?" 드로고가 말했다. "아니, 전혀요."

"아, 제가 못생겨져서 그러는군요. 맞죠? 사실대로 말해봐요!"

지금 말하는 사람이 정말 마리아인가? 농담하고 있는 게 아닌가? 그녀의 말을 들으면서도 조반니는 믿기지 않았다. 매 순간, 그는 그녀가 지금의 그 우아한 미소와 온화한 자태를 던져버리고 크게 웃기를 바랐다.

'그러게, 못생겼어. 지금 보니 못생겨 보이네.' 옛날 같았으면 조반니는 한 팔로 그녀를 감싸면서 이렇게 대답했을 것이다. 그러면 그녀는 그에게 바싹 달라붙었으리라. 그런데 지금은 어떤가? 그런 대답은 전혀 말도 안 되고 나쁜 농담이 되어버릴 터였다.

"물론 아니에요." 드로고가 대답했다. "예전 그대로예요. 맹세해요."

그녀는 못 믿겠다는 미소를 띤 채 그를 바라보고는 화제를 다른 데로 돌렸다. "그럼 이제 말해줘요. 계속 여기 있으려고 돌아온 거죠?"

그가 예상했던 질문이었다('너한테 달려 있어'라거나 그와 비슷한 대답을 생각해둔 참이었다). 그가 만남의 순간에 가장 먼저 나오리라 기대했던 질문이기도 했다. 만일 그녀가 정말 그에게 마음을 쓰고 있었다면 이 질문은 지극히 자연스럽게 여겨졌을 것이다. 하지만 이 순간 그에게는 느닷없이 던져진 질문이나 마찬가지였다. 전혀 다른 종류의 질문, 감정이 스며 있지 않은 예의상 건넨 질문에 가까웠다.

그늘진 응접실에 잠시 침묵이 이어졌다. 정원에서 새들의 노랫소리가, 어느 먼 방에서는 누군가 피아노를 연습하는지 기계적이고 느린 화음이 들려왔다.

"지금으로선 몰라요. 단지 휴가증만 가지고 있죠." 드로고가 말했다.

"휴가증만요?" 마리아가 즉시 되물었다. 그녀의 목소리에는 우연이나 실망, 혹은 괴로움이라 할 수 있는 약한 떨림이 묻어났다. 하지만 정말 그들 사이에는 뭐라 정의내릴 수 없는 미지의 베일이 드리워져 있었고, 그것은 사라질 생각이 없었다. 어쩌면 그 베일은 오래 헤어져 있는 동안 둘 중 누구도 모르게 하루하루 그들을 갈라놓으면서 천천히 커졌을지 모른다.

"기간은 두 달이에요. 그후에는 돌아가야 할지 몰라요. 어쩌면 다른 부임지로 가게 될 수도 있고, 어쩌면 여기 도시에 있을 수도 있어요." 드로고가 설명했다. 이제 그는 대화가 고통스럽게 느껴졌고, 그의 마음에는 어떤 무관심이 파고들었다.

두 사람 모두 말이 없었다. 오후가 도시 위로 무겁게 내려앉았다. 새들은 조용해지고, 멀리서 슬프고 규칙적인 피아노 화음만이 들려왔다. 화음은 집안 전체를 메우면서 점점 높아졌다. 그 소리에는 일종의 고집스러운 수고로움이랄까, 결코 말로는 설명할 수 없을 만큼 표현하기 어려운 무언가가 있었다.

"미켈리 씨의 딸이에요. 위층에서 연주중이죠." 마리아는 조반니가 피아노소리를 듣고 있다는 걸 눈치채고 말했다.

"전에는 당신도 저 음악을 연주하지 않았나요?"

마리아는 귀기울여 듣듯이 우아하게 고개를 숙였다.

"아뇨, 아니에요. 이 곡은 너무 어려워요. 아마 다른 데서 들었을 거예요."

드로고가 말했다. "내 생각에는……"

피아노 연주는 어렵사리 계속되고 있었다. 조반니는 카펫에 드리워진 햇살을 바라보다가 요새를 떠올렸다. 지금쯤 녹고 있을 눈과 테라스에서 떨어지는 물방울 소리, 산비탈의 작은 꽃들과 바람에 실려온 건초 냄새가 고작 전부인 산의 초라한 봄을 상상했다.

"그래도 이제 근무지가 바뀌지 않나요?" 그녀가 다시 말을 꺼냈다. "오랫동안 거기 있었으니까 분명히 그럴 자격이 있겠죠. 요새 위는 끔찍이도 지루할 테니까요!"

마지막 문장을 말하는 그녀의 억양에는 마치 요새를 증오하는 듯 약간의 분노가 담겨 있었다.

'확실히 좀 지루하긴 하지. 너와 여기에 있는 게 더 좋아.' 이 초라한 문장이 대담한 고백처럼 드로고의 마음에 떠올랐다. 평범한 표현이었지만 그것으로 충분할 수도 있었다. 하지만 갑자기 모든 욕망이 사라져버렸고, 조반니는 오히려 자신이 내뱉을 그 말들이 얼마나 우스워질까 하는 씁쓸한 생각이 들었다.

그래서 그는 이렇게 말했다. "네, 그래요. 하지만 그곳에서의 나날들은 아주 빨리 지나가죠!"

피아노소리가 들려왔다. 그런데 왜 그 화음은 결코 끝날 줄 모르고 계속해서 올라가는 걸까? 그들은 체념 섞인 무관심으로, 어느새 소중해진 옛이야기를 다시 주고받았다. 도시의 가로등 아래로 안개가 꼈던 어느 날 저녁에 대해, 그리고 그날 두 사람이 텅 빈 거리의 낙엽 진 나무들 아래로 아이들처럼 손을 잡고 걸었을 때 이유는 모르지만 갑자기 행복을 느꼈던 일을 이야기했다. 그날 저녁 풍경이 어땠는지도 그는 기억하고 있었다. 거리의 여러 집에서 피아노를 연주하고 있었고, 불 밝힌 창문 밖으로 선율이 흘러나왔다. 아마도 따분하게 반복되는 연습곡들이었을 테지만, 조반니와 마리아는 그보다 더 달콤하고 인간적인 음악을 들어본 적이 없었다.

"물론," 드로고가 농담처럼 덧붙였다. "요새에는 즐길 거리가 별로 없어요. 하지만 다들 어느 정도 익숙해졌죠……"

꽃향기가 풍기는 응접실에서의 대화는 서서히 사랑 고백에 적절한 시적인 우수를 불러오는 듯했다. '누가 알겠어?' 조반니는 생각했다. '그토록 오랜 이별 후에 첫 만남이니 이럴 수밖에 없잖아. 어쩌면 우리는 다시 가까워질 수 있을지 몰라. 앞으로 두 달의 시간이 있는데 단번에 판단할 수는 없지. 마리아가 여전히 날 좋아할 수도 있고, 내가 더 이상 요새로 돌아가지 않을 수도 있어.' 하지만 그녀가 말했다.

"안타깝네요! 사흘 뒤에 어머니와 조르지나와 함께 떠나요. 아마 몇 달쯤 지내다 돌아올 거예요." 생각만으로도 행복한지 그녀의 얼굴이 환해졌다. "우리는 네덜란드에 가요."

"네덜란드요?"

마리아는 이제 드로고를 의식하지 않은 채 몹시 흥분한 모습으로 여행에 관해, 함께 떠날 이들과 그녀의 말들, 카니발 시기에 있었던 축제들이며 그녀의 삶과 그녀의 동료들에 관해 이야기했다.

그제야 완전히 편안해진 기분이 드는지 그녀의 모습은 이전보다 더욱 아름다워 보였다.

"멋진 생각이네요." 드로고는 쓰라린 올가미에 목이 조이는 기분으로 말했다. "제가 들은 바로는 요맘때가 네덜란드 가기에 가장 좋은 계절이라더군요. 평원에는 튤립들이 활짝 피어 있고요."

"오, 맞아요. 아주 아름다울 거예요." 마리아가 맞장구를 쳤다.

"그들은 곡물 대신에 장미 농사를 짓죠." 이렇게 말하는 조반니의 목소리가 살짝 떨렸다. "아득하게 펼쳐진 장미 수백만 송이와 그 위로 보이는 풍차들 모두 생생한 색깔로 새로 그린 듯 보일 거예요."

"새로 그린 듯요?" 마리아는 그의 장난 섞인 투를 알아차리기 시작했다. "그게 무슨 뜻이죠?"

"그렇다고들 하더군요." 조반니가 대답했다. "어떤 책에서도 읽은 얘기예요."

카펫 전체를 옮겨다니던 햇살이 이제는 무늬가 새겨진 책상을 따라 점점 올라갔다. 오후는 벌써 저물었고, 피아노소리는 희미해졌으며, 바깥 정원에서는 혼자 남은 작은 새가 다시 노래하기 시작했다. 드로고는 벽난로의 장작 받침대에 시선을 고정했다. 요새에 있던 것과 정확히 똑같은 받침대였다. 그 우연이 그에게 작은 위로를 주었다. 무엇보다, 요새와 도시가 똑같은 삶의 습관을 가진 하나의 세계라는 사실을 보여주는 것 같았다. 하지만 장작 받침대 외에 그는 다른 어떤 공통점도 발견할 수 없었다.

"그래요. 정말 아름답겠죠." 마리아가 시선을 내리면서 말했다. "하지만 떠날 때가 된 지금은 가고 싶은 마음이 사라졌어요."

"그런 말 말아요. 마지막 순간에 늘 벌어지는 일이죠. 짐 챙기는 일이 그 정도로 귀찮으니까요." 드로고는 감정적인 암시를 내비치지 않으려고 일부러 그렇게 말했다.

"아, 짐 때문이 아니에요. 그것 때문은 아니죠……"

그녀가 떠나면 서운해질 거라고 말하는 데는 단 한마디, 단순한 한 문장이면 충분했다. 하지만 드로고는 아무것도 요구하고 싶지 않았다. 그 순간에 그는 정말 그럴 수 없었다. 그녀를 기만하는 것처럼 느껴질 것 같았다. 그래서 모호한 미소로 침묵을 지켰다.

"잠깐 정원에 나갈까요?" 마리아는 더이상 할말을 찾지 못하고 산책을 제안했다. "지금쯤은 햇볕이 약해졌을 거예요."

그들은 소파에서 일어났다. 그녀는 드로고가 말을 건네길 바라며 침묵했고, 사랑의 흔적일지 모를 눈길로 그를 바라봤다. 그러나 정원을 보자 조반니의 생각은 요새를 에워싼 메마른 초원으로 날아갔다.

그곳에도 따뜻하고 달콤한 계절이 찾아올 시기였고, 생명력 강한 풀들은 돌과 바위 사이에서 돋아날 터였다. 수백 년 전, 바로 그 무렵에 타타르인들이 넘어왔었다. 잠시 후 드로고가 말했다.

"4월인데도 벌써 꽤 덥군요. 곧 비가 내릴 것 같아요."

그가 그렇게 말을 꺼내자 마리아는 쓸쓸하게 살짝 웃었다. "네, 너무 덥죠." 힘없는 목소리였다. 두 사람은 모든 게 끝났음을 깨달았다. 이제 그들은 다시 멀어졌다. 그들 사이에 어떤 틈이 벌어졌다. 서로에게 닿고자 손을 뻗는 건 소용없는 일이었고, 매 순간 그 거리는 점점 늘어났다.

드로고는 자신이 여전히 그녀를 좋아하며 그녀의 세계를 사랑하고 있음을, 하지만 과거에 그의 삶을 풍요롭게 하던 모든 게 멀어졌음을 깨달았다. 그의 자리를 쉽게 채운 그곳에 다른 이들의 세상이 있었다. 그리고 어느새 그는 그 세상 바깥에서 탄식하며 바라보고 있었다. 다시 그곳에 들어가는 건 불편한 일이 될 것이다. 새로운 얼굴, 다른 일상, 새삼스럽고도 낯선 농담과 표현에 그는 익숙해질 수가 없었다. 그건 더이상 자기 삶이 아니었고, 그는 또다른 길을 선택했다. 뒤로 돌아가는 건 어리석고 무의미한 일일 터였다.

프란체스코가 도착하지 않은 탓에 드로고와 마리아는 작별인사를 나누었다. 각자 마음속에 고백하지 못한 생각들을 간직한 채 지나치게 예의를 갖춰 인사했다. 마리아는 그의 눈을 바라보면서 힘을 주어 악수했다. 어쩌면 떠나지 말라는, 자신을 용서하고 이젠 그가 잃은 것을 다시 찾으라는 요청이 아니었을까?

그 또한 그녀를 응시하며 말했다. "안녕. 여행 떠나기 전에 다시 볼 수 있기를 바라요." 그런 다음 뒤도 돌아보지 않고 자리를 떴다. 그는 대문을 향해 군인처럼 절도 있게 걸어갔다. 침묵 속에서 오솔길에 깔린 자갈들이 그의 발아래서 바스락거렸다.

20

요새에서 보낸 사 년은 관례에 따라 새로운 부임지로 옮길 권리를
내세우기에 충분했다. 하지만 드로고는 먼 곳에 있는 수비대를 피하고
고향 도시에 남기 위해 사단장과의 개인적인 면담을 요청했다. 그 면담
을 고집한 쪽은 오히려 어머니였다. 잊힌 존재가 되지 않으려면 먼저
나설 필요가 있다는 것이었다. 그러면서 조반니가 움직이지 않으면 알
아서 그를 챙겨줄 사람은 아무도 없으며, 아마 또다른 우울한 국경 수
비대로 보내질 거라고 어머니는 말했다. 사단장인 장군이 아들을 좋은
곳에 배치하도록 친구들을 통해 손을 쓴 사람 역시 어머니였다.

장군은 굉장히 큰 집무실에서 큼직한 책상 저편에 앉아 시가를 피우
고 있었다. 여느 때와 다름없는 날이었다. 아마도 비가 내렸거나 구름
이 끼어 흐린 날이었을 것이다. 나이 지긋한 장군이 호감 어린 눈길로

단안경 너머로 드로고 중위를 바라보았다.

"중위를 만나보고 싶었어요." 마치 면담을 요청한 쪽이 자신인 것처럼 그가 먼저 운을 뗐다. "요새의 일이 어찌되어가는지 궁금해서 말이죠. 필리모레는 잘 있죠?"

"제가 떠나올 때, 대령님은 아주 건강하셨습니다, 장군님." 드로고가 대답했다.

장군은 잠시 침묵했다. 이윽고 그가 인자하게 고개를 흔들었다. "음, 우리에게 큰 골칫거리를 안겨주었지요. 요새에 있는 당신들! 그래요…… 그래…… 그 국경선에서 일어난 사건. 지금 당장 이름이 기억나지 않는데, 그 중위 이야기를 듣고 각하께서 매우 유감스러워하셨어요."

드로고는 뭐라 대답할지 몰라 입을 다물었다.

"그래요. 그 중위……" 장군은 혼잣말을 계속했다. "이름이 뭐더라? 아르두이노 비슷했는데."

"안구스티나라고 합니다, 장군님."

"그래요, 안구스티나. 훌륭한 인재였는데! 국경선을 확실히 마무리하라는 어리석은 명령 때문에…… 어떻게 됐다고 했더라…… 음, 그 얘기는 그만하지요!……" 장군은 넓은 아량이라도 베풀듯이 갑자기 말을 맺었다.

"제가 더 말씀드리자면, 장군님," 드로고가 용기를 내어 의견을 피력했다. "안구스티나는 그 일로 죽었습니다!"

"그럴 수도, 아니 중위의 말이 사실에 가깝겠지요. 지금은 잘 기억나지 않는군요." 장군은 대수롭지 않은 듯 말했다. "어쨌든 그 사건으로

각하께서 매우 깊은, 정말 깊은 유감을 표하셨어요!"

장군은 더이상 아무 말 없이 묻는 듯한 눈길로 드로고를 올려다보았다.

"중위가 여기 온 이유는……" 그는 많은 의미를 함축한 외교적인 어조로 말을 이었다. "그러니까 중위는 도시로 전근하려고 왔죠, 그죠? 요새의 군인들 모두가 도시를 열망해요. 다들 멀고 외딴 주둔지에서 진정한 군인이 되는 법을 배운다는 사실은 깨닫지 못하지요."

"그렇습니다, 장군님." 조반니 드로고는 자신의 말과 어투를 통제하려고 애쓰면서 말했다. "사실 저는 이미 사 년을 근무했습니다……"

"중위 나이에 사 년이라! 그 사 년이 무슨 의미지요?" 장군이 웃으며 맞받아쳤다. "아무튼 중위를 나무라는 건 아닙니다…… 내 말은, 일반적인 경향으로 볼 때, 지휘권자가 갖춰야 할 덕목이 잘 자리잡기엔 그 기간도 충분한 시간이 아닐 수 있다는 얘기지요……"

그의 말은 가닥을 놓친 것처럼 도중에 멈췄다. 잠시 생각에 잠기더니 그가 다시 얘기를 이어갔다.

"아무튼, 친애하는 중위, 가급적 의견을 수용하도록 노력해보지요. 중위의 서류를 검토해봐야겠어요."

관련 서류를 기다리며 장군이 다시 얘기를 건넸다.

"요새……" 그가 말했다. "바스티아니 요새라, 어디 좀 봅시다…… 중위는 바스티아니 요새의 약점이 뭔지 알고 있습니까?"

"정확히는 모르겠습니다, 장군님." 드로고가 말했다. "다소 지나치게 고립되어 있다는 점이 아닐까요."

장군의 얼굴에 안타까운 연민의 미소가 떠올랐다.

"여러분과 같은 젊은이들은 참 희한한 생각을 잘해요." 그가 말했다. "다소 지나치게 고립되어 있다! 고백하자면, 내 머릿속에는 한 번도 떠오르지 않았던 생각입니다. 요새의 약점을 말해줄까요? 그건 인원이 너무 많다는 겁니다. 너무 많은 인원이지요!"

"너무 많은 인원요?"

"바로 그 점이에요." 장군은 중위의 질문에 별다른 반응 없이 말을 이어갔다. "바로 그것 때문에 규정을 변경하기로 결정한 겁니다. 그건 그렇고, 요새의 군인들은 뭐라고 합니까?"

"죄송합니다, 장군님. 무얼 말씀하시는지요?"

"이런, 지금 우리가 얘기하고 있잖습니까! 새로운 규정 말예요." 짜증이 난 장군이 다시 한번 반복했다.

"그 얘기는 전혀 들어본 적이 없습니다. 정말 단 한 번도……" 드로고는 깜짝 놀라 대답했다.

"아, 아마 공식발표가 나지 않은 모양이군요." 장군은 기분이 누그러진 듯 수긍했다. "하지만 중위가 이미 알고 있을 거라 생각했는데. 대개 군인들은 상황을 먼저 알아차리는 데 전문가들이니까요."

"새로운 규정이라면요, 장군님?" 드로고가 궁금증을 참지 못하고 물었다.

"조직을 축소하는 방안 말입니다. 주둔 인원을 거의 절반 수준으로 줄일 겁니다." 장군이 무뚝뚝하게 대답했다. "다시 말하지만 사람이 지나치게 많아요. 그 요새는 인원 감축이 필요하다 이 말이오!"

그때 부관이 큼직한 서류 상자를 들고 들어왔다. 그는 상자에서 서류들을 꺼내 테이블에 놓고 그중에서 한 서류를 집어들었다. 조반니 드로고의 서류였다. 그가 장군에게 드로고의 서류를 전달하자 장군은 익숙한 태도로 그것을 훑어보았다.

"전부 좋아요." 그가 말했다. "그런데 이동 요청서가 빠진 것 같군요."

"이동 요청서 말씀입니까?" 드로고가 물었다. "사 년 복무 후에는 요청서가 필요 없다고 알고 있었습니다."

"일반적으로는 그렇지요." 장군은 부하 장교에게 설명해야 하는 상황을 귀찮아하는 기색이 역력했다. "하지만 이번 경우는 대규모 감축도 있고 하니 다들 그곳을 떠나고 싶어하겠지요. 상황을 지켜볼 필요가 있습니다."

"하지만 요새에서는 아무도 그 사실을 알지 못합니다, 장군님. 어느누구도 아직 이동 요청을 하지 않았을 텐데요……"

장군은 부관을 돌아보며 물었다.

"대위, 바스티아니 요새의 이동 요청이 이미 들어왔나요?"

"스무 건쯤 됩니다, 장군님." 대위가 대답했다.

얼마나 비열한 장난인가. 충격으로 정신이 멍해진 드로고는 생각했다. 동료들은 그가 휴가를 떠날 때까지 비밀을 지켰던 게 틀림없었다. 오르티츠 소령까지 그 정도로 비열하게 그를 기만했던 걸까?

"제가 고집을 부리는 거라면 용서하십시오, 장군님." 문제가 얼마나 심각한지 깨달은 드로고가 용기를 내어 질문했다. "하지만 사 년 동안 쉼없이 충실히 복무한 경우가 단순한 공식 우선순위보다는 더 가치 있으리라 생각합니다."

"친애하는 중위, 당신의 사 년은 아무것도 아닙니다." 장군이 모욕적이리만치 차갑게 맞받아쳤다. "거의 평생을 요새에서 보낸 다른 많은 군인들에 비하면 아무것도 아니지요. 중위의 경우는 최대한 호의를 가지고 생각해볼 수 있어요. 중위의 정당한 바람을 도울 수 있겠지요. 하지만 정의에 어긋나는 일은 할 수 없습니다. 게다가 업적까지도 고려해야 합니다……"

조반니 드로고의 얼굴이 창백해졌다.

"그렇다면, 장군님." 그는 말을 더듬다시피 하며 물었다. "그럼 제가 평생 그곳에 남을 가능성도 있는 거군요."

"……업적을 고려해야……" 상대방은 여전히 드로고의 서류들을 살펴보면서 냉정하게 말을 이었다. "그리고 여길 보면, 예를 들어 '경고'라는 문구가 바로 눈에 띄는군요. '경고'는 심각한 건 아니지요." 그는 계속 읽어나갔다. "하지만 여기 이건 상당히 불리한 경우예요. 실수로 살해당한 경비병이라고 적혀 있군요……"

"유감스럽습니다만 장군님, 저는 아무런……"

"난 중위의 변명을 들어줄 수 없습니다. 그 이유는 잘 알겠지요, 친애하는 중위." 장군이 그의 얘기를 끊으면서 말했다. "다만 중위의 보고서에 적힌 경위를 읽었을 뿐입니다. 순전히 불운한 사건에 대한 보고라는 것 역시 인정합니다. 얼마든지 일어날 수 있는 일이지요…… 하지만 중위의 동료들은 이 불행한 사건을 막을 수 있었습니다…… 나는 내가 할 수 있는 일들을 처리할 권한이 있고, 개인적으로 중위의 면담을 허락했습니다. 보다시피 지금은…… 중위가 한 달 전에만 요청을 했더라도…… 그걸 몰랐다는 것이 이상하군요…… 확실히 그게 불리한 요소예요."

처음 만났을 때의 온화한 말투는 온데간데없었다. 이제 그는 어딘가 지루하고 냉소적인 분위기로 말을 이어갔고, 그의 목소리는 권위적으로 바뀌어 있었다. 드로고는 어리석은 짓을 저질렀음을 깨달았다. 동료들이 그를 속였다는 사실과 장군이 그에 대해 매우 부정적인 인상을 가졌음을, 그리고 더이상 할 수 있는 일이 아무것도 없다는 사실을 알게 된 것이다. 부당한 현실에 가슴과 심장이 격렬한 불길에 휩싸인 기분이었다. '아예 떠나버릴 수도, 사직할 수도 있을 거야.' 그는 생각했다. '어쨌거나 굶어죽지는 않겠지. 난 아직 젊어.'

장군은 그에게 손을 들어 익숙한 신호를 보냈다. "좋아요. 잘 가시오, 중위. 기운 내요."

드로고는 구둣굽을 부딪치며 차렷 자세를 취하고는 출입문을 향해 뒤로 물러나, 문지방을 나서기 전에 마지막 경례를 붙였다.

21

말 한 마리가 외로운 골짜기를 타고 오른다. 걸음걸음이 고요한 계곡들 속에서 메아리로 울려퍼진다. 암벽 꼭대기에 있는 관목들은 움직임 없이 노란 풀잎으로 머물러 있다. 구름 역시도 유별나게 느릿느릿 하늘을 지나간다. 말의 걸음은 하얀 자갈길을 천천히 오른다. 조반니 드로고가 요새로 돌아가는 중이다.

정말 그다. 이제 가까워져 쉽게 그를 알아볼 수 있다. 그의 얼굴에서 어떤 특별한 고통은 읽히지 않는다. 아무튼 그는 상관의 결정에 저항하지 않았고, 사직서도 내지 않았다. 군말 없이 불의를 넘기고 평상시 장소로 돌아가는 중이다. 심지어 마음 깊은 곳에서는 인생의 거친 변화들을 피했다는, 오랜 일상으로 복귀할 수 있다는 소심한 만족감마저 든다. 드로고는 긴 복무기간에 대한 영광스러운 복수를 꿈꾼다. 자신에게 여전히 무한한 가능성의 시간이 있다고 믿는다. 그래서 일상을 위한 사소한 싸움을 그런 식으로 포기한다. 그가 감수한 모든 대가가 너그럽게 보상받을 그날이 올 거라 믿는다. 하지만 그새 다른 장교들은 그곳에 다다라, 우선순위를 두고 서로 탐욕스럽게 경쟁하고 있다. 드로고에겐 아예 신경조차 쓰지 않고 그를 뒤에 남겨둔 채 앞질러 달려간다. 그는 멀리 사라져가는 그들을 어리둥절하게 바라보며 야릇한 의문을 품는다. 만일 그가 정말 실수한 거라면? 만일 그가 그저 평범한 운명에 놓인 보통 사람에 불과하다면 어떻게 할 것인가?

조반니 드로고는 9월의 그날처럼 외따로이 떨어진 요새로 올라갔다. 그때와 다른 것이라고는 골짜기 반대편에 있는 지금 다른 어떤 장교도 길에 보이지 않는다는 점이었다. 두 길이 이어지는 다리에서 오르티츠 대위의 모습도 찾을 수 없었다.

이번에는 드로고 홀로 그 길을 가고 있었다. 그러면서 그는 삶에 대해 생각했다. 많은 동료가 영영 떠나버릴 바로 그 시기에, 그는 앞으로 얼마나 더 많은 시간을 머물러야 할지 알지 못한 채 요새로 돌아가고 있었다. 동료 장교들이 한발 더 빠르기도 했지만, 실제로 그들이 더 우수할 가능성 역시 배제할 수 없다고 드로고는 생각했다. 과연 이 점으로도 설명이 가능할 터였다.

세월이 흐를수록 요새는 그 중요성을 잃었다. 오래전 과거에는 중요한 요충지였거나 적어도 그렇게 여겨졌을지 모른다. 그러나 이제 인원이 절반으로 감축된 요새는 전쟁의 모든 전술에서 전략적으로 제외된, 그저 하나의 방어장벽에 불과했다. 요새가 남겨진 이유는, 그저 국경지대에서 수비대를 철수시키지 않으려는 목적이 유일했다. 북쪽 평원에서 기인할 어떠한 위협 가능성도 가정해볼 수 없었다. 기껏해야 산길에서 유목민 무리가 나타나는 정도가 고작이리라. 그렇다면 그곳은 어떻게 변할 것인가?

이런 생각에 잠겨 드로고는 오후에 마지막 고원의 가장자리에 다다랐다. 그의 눈앞에는 요새가 있었다. 요새는 더이상 처음과 같은 불안한 비밀을 품고 있지 않았다. 사실상 그것은 국경 부대가 아니라 초라한 성채, 최신 총포에 금방이라도 허물어져버릴 성벽에 지나지 않았다. 시간이 지나면서 요새는 파괴되어갈 터였다. 이미 몇몇 흉벽은 떨어져나간데다, 아무도 손보지 않은 축대는 붕괴될 위기에 있었다.

이것이 요새가 보이는 평지 끝에 멈춰 서서 성벽 가장자리를 오가는 경비병들을 지켜보며 조반니 드로고가 한 생각이었다. 지붕 위에 매달린 깃발은 힘없이 나부끼고 있었다. 연기가 피어오르는 굴뚝은 한 군데도 없었고, 텅 빈 벌판에도 아무런 인기척이 없었다.

이제 따분하고 무료한 삶이 기다리고 있었다. 아마 쾌활한 모렐 소령이 제일 첫 무리에 끼어 떠날 것이고, 드로고에게는 친구 한 명 남지 않을 것이다. 그러고 나면 항상 똑같은 수비근무와 늘 하는 카드놀이, 술을 조금 마시고 딱한 사랑놀이를 해보겠다고 가장 가까운 마을로 달려가곤 했던 평상시의 일탈이 계속되리라. 정말 비참하군, 하고 드로고는 생각했다. 그럼에도 한 가닥 남아 있는 어떤 마력이 황색 보루의 윤곽을 따라 배회하고 있었다. 하나의 신비가 해자 구석과 참호의 그늘에 고집스럽게 남아, 앞으로의 일들에 관해 설명하기 어려운 느낌을 불러일으키는 것이었다.

요새에 도착한 드로고는 많은 것이 달라졌음을 실감했다. 장교들의 대대적인 사면이 임박한 탓인지, 어느 곳이나 크게 술렁이고 있었다. 누가 대상자로 결정되었는지는 그들도 아직 알지 못했다. 이동을 요청한 거의 대부분의 장교들이 예전의 철저한 임무는 잊은 채 불안한 기다림 속에 지내고 있었다. 이동에 대해 알고 있었을 필리모레 대령 또한 요새를 떠나 있어야 했는데, 이 일이 정상적인 수비근무 흐름을 방해하는 데 한몫했다. 불안한 분위기는 병사들에게까지 퍼져나갔다. 아직 정해지진 않았지만 동료들 대부분이 평원에서 떠나야 할 상황이었다. 수비대 교대는 마지못해 이뤄졌고, 교대시간에 수비대원들이 대기하고 있지 않은 경우가 왕왕 발생했다. 그토록 철저한 경계근무가 어리석고 무의미하다는 확신이 모두의 의식 안에 자리잡고 있었다.

한때 간직했던 희망과 전쟁의 환상, 그리고 북쪽에서 내려올 적에 대한 기대가 삶에 어떤 의미를 부여하기 위한 구실에 불과했다는 사실이 너무나 명확하게 드러났다. 도시의 문명사회로 돌아갈 가능성이 있는 지금, 그러한 꿈들은 유치한 광기처럼 보였다. 어느 누구도 그러한 꿈을 믿었다는 사실을 인정하고 싶어하지 않았고, 그러한 과거를 웃어넘기는 데도 주저하지 않았다. 중요한 건 요새를 떠나는 것이었다. 드로고의 동료들은 각자 특혜를 얻기 위해 영향력 있는 친구들을 활용했고, 저마다 마음속으로 성공하리라 확신했다.

"자네는 어떤가?" 동료들은 모호한 호의를 보이며 조반니에게 물었다. 그를 제치고 경쟁자를 덜어내려는 속셈으로 중요한 소식을 숨겼던 그 동료들이 말이다. "자네는 어쩔 셈인가?" 그들은 계속 물어댔다.

"아마 난 몇 달 더 여기에 남아 있어야 할 거야." 드로고가 대답하면 동료들은 앞다투어 그를 격려했다. 물론 드로고 역시 전속될지 모를 일이었다. 전속은 이제 막 시작일 뿐이니 그가 그토록 염세적일 필요는 없었다.

많은 이들 가운데 유일하게 오르티츠 소령만이 변함없는 모습이었다. 오르티츠 소령은 요새를 떠나겠다고 요청하지 않았다. 여러 해 전부터 그는 더이상 그런 일에 관심이 없었다. 주둔부대 인원이 감축된다는 소식은 다른 이들을 모두 거친 후에야 그에게 전달되었고, 이런 이유로 그는 드로고에게 제때 알려주지 못했다. 오르티츠 소령은 새로운 혼란에 무관심하게 대응했고, 평상시처럼 열심히 요새 업무에 열중했다.

마침내 장교와 병사들이 정말로 출발하기 시작했다. 요새 뜰에는 병사들의 물품을 실은 마차들이 계속해서 오갔고, 출발을 대기하는 병사들이 순서대로 정렬했다. 대령은 매번 집무실에서 내려와 병사들을 사열한 뒤 작별인사를 고했다. 그의 목소리는 무덤덤하고 생기가 없었다.

여러 해를 요새에 살았던 장교들, 헤아릴 수 없는 날들을 거치며 보루 난간에서 고독하고 황량한 북쪽 땅을 감시해왔던 장교들, 적의 기습 가능성을 두고 끝없는 논쟁을 벌였던 장교들, 그들 대다수가 밝은 얼굴로 남은 동료들에게 무례한 눈짓을 보내며 떠날 채비를 하고 있었다. 다들 말안장에 올라 거만하게 허리를 꼿꼿이 세우고는 상관의 지시에 따라 골짜기를 향해 떠나갔다. 마지막 순간까지 그들은 요새를 향해 고개조차 돌리지 않았다.

다만 모렐 소령이, 해가 떠오른 이른아침 뜰 한가운데서, 출발을 앞둔 소대원들을 대령에게 소개한 뒤 경례를 하면서 사브르를 낮추었을 때, 대령의 눈빛은 밝아졌고, 명령을 내리는 목소리에서는 일종의 떨림까지 느껴졌다. 드로고는 벽에 등을 기댄 채 그 광경을 지켜보다가, 모렐 소령이 말을 타고 출구를 향해 가며 그의 앞을 지날 때 다정한 미소를 지었다. 어쩌면 그들이 서로를 보는 마지막 순간일지 몰랐다. 조반니는 군모의 챙에 오른손을 올려 경례를 붙였다.

그런 다음 그는 요새의 통로 안으로 다시 들어왔다. 여름에도 서늘한 그곳은 날이 갈수록 더욱 황량해졌다. 모렐이 떠났다는 생각에 부당한 처사와 관련한 고통스러운 상처가 갑자기 다시 솟구쳐올라와 그를 괴롭혔다. 조반니는 오르티츠를 찾아갔다가, 서류 뭉치를 들고 사무실에서 나오는 소령을 발견했다. 그에게 다가가 옆에 서며 말했다. "안녕하십니까, 소령님."

"안녕한가, 드로고." 오르티츠가 멈춰 서며 대답했다. "무슨 일이 생겼나? 아니면 나에게 볼일이라도 있는 건가?"

사실 그는 소령에게 한 가지 묻고 싶은 게 있었다. 전혀 급할 것 없는 평범한 일이었지만, 며칠 전부터 그의 마음을 무겁게 짓누르는 것이었다.

"실례지만, 소령님." 그가 말했다. "소령님은 제가 언제 요새에 도착했는지 기억하실 겁니다. 사 년 반 전이었죠. 그때 마티 소령님이 제게 이곳은 오직 지원병들만이 복무한다고 말씀하셨던 거 기억하십니까? 만일 누구라도 원하면 얼마든지 이곳을 떠날 수 있다고 하셨죠? 그분께 제가 말씀드렸던 것도 기억하십니까? 마티 소령님 말씀에 따르면, 공식적인 사유를 갖추기 위해서는 의사의 진찰만으로 충분하다고 하셨습니다. 대령님이 그 일을 조금 번거로워하실 거라고만 말씀하셨죠."

"그래, 어렴풋이 기억나는군." 오르티츠는 살짝 성가신 기색을 내비치며 말했다. "미안한데, 드로고 중위…… 지금 내가……"

"잠시면 됩니다, 소령님…… 그때 일을 복잡하게 만들지 않으려고 제가 넉 달을 머물기로 했던 거 기억하십니까? 그럼 제가 원할 때 떠날 수 있었던 거죠, 맞습니까?"

오르티츠가 말했다. "무슨 말인지 알겠네, 드로고 중위. 다만 자네 혼자만이 아니라……"

"그렇다면." 조반니는 몹시 격앙되어 그의 말을 끊었다. "그렇다면 그 얘기들은 다 뭡니까? 제가 원할 때 떠날 수 있었다는 건 사실이 아닌가요? 전부 저를 안심시키려는 얘기였습니까?"

"오." 소령이 대답했다. "그런 건 아닐 거야…… 그런 생각은 하지 말게!"

"사실대로 말해주십시오, 대령님." 조반니가 반박했다. "마티 소령님이 진실을 말했다고 주장하시려는 건가요?"

"내게도 그와 비슷한 일이 똑같이 일어났었네." 오르티츠는 당황해서 땅을 쳐다보며 말했다. "당시 나 역시도 요새에서 훌륭한 업적을 쌓으리라 생각했었지……"

그들은 넓은 복도 한곳에 멈춰 있었다. 복도가 황량하고 텅 비어 있는 까닭에 벽 사이로 그들의 목소리가 쓸쓸하게 울려퍼졌다.

"그렇다면 여기 있는 모든 장교가 명령을 받고 왔다는 게 사실이 아니라는 말씀이십니까? 모두들 저처럼 남아 있어야 할 의무가 있는 건가요? 설마 그런 건 아니겠죠?"

오르티츠는 사브르 끝을 복도 바닥의 갈라진 틈에 대고 놀릴 뿐, 아무 말도 없었다.

"그럼 자진해서 여기에 남아 있는 것처럼 얘기하던 이들은 대체 어찌된 겁니까?" 드로고가 끈질기게 물었다. "왜 아무도 그 진심을 말할 용기를 내지 못했던 거죠?"

"중위가 말하는 바와는 사정이 좀 다를 수 있어." 오르티츠가 대답했다. "정말 남아 있기를 원하는 사람이 있긴 하네. 아주 소수라는 점은 인정하지만, 누군가 있긴 했지……"

"누구죠? 그 사람이 누군지 제발 말씀해주십시오!" 드로고는 재촉하듯 몰아붙이다가 갑자기 스스로 말을 멈추었다. "아, 죄송합니다, 소령님." 그가 덧붙여 말했다. "저도 모르게 소령님을 잊고 있었군요. 사람들이 어떤 얘기를 하는지 아시죠?"

오르티츠가 미소 지었다. "아, 나를 말한 건 아니네. 그건 알겠지? 나 또한 직권에 의해 남았다고 할 수 있겠지!"

두 사람은 함께 발걸음을 떼기 시작했다. 그들은 철창을 닫아놓은 좁고 긴 모양의 작은 창문들 앞을 지났다. 그 너머로는 요새 뒤편의 황량한 벌판과 남쪽 산들, 그리고 골짜기의 자욱한 안개가 펼쳐져 있었다.

"그렇다면." 드로고는 잠시 침묵한 후에 다시 말을 이어갔다. "그럼 모두가 열광했던 타타르인들의 이야기는 뭔가요? 그들을 기다렸다는 말도 사실이 아닙니까?"

"물론 기다려왔지!" 오르티츠가 말했다. "실제로 그 얘기를 믿었다네."

드로고가 고개를 흔들었다. "도무지 이해할 수가 없군요. 그 말씀은……"

"무슨 말을 듣고 싶은 건가?" 소령이 말했다. "얘기가 좀 복잡하네…… 이곳은 뭐랄까, 유배지 같은 곳이지. 그러니 어떤 분출구를 찾아야 할 필요가, 무언가를 바라고 기대할 필요가 있어. 어떤 자가 그런 생각을 떠올렸고, 그때부터 사람들이 타타르인들 이야기를 하기 시작했다네. 맨 처음 누가 그런 얘기를 했는지는 알 수 없네."

드로고가 말했다. "어쩌면 장소 때문인지도 모르겠군요. 저 사막을 보다보면……"

"물론 장소의 영향도 있겠지…… 저 사막과 그 끝의 안개며 산들을 부정할 수는 없으니…… 그래, 분명 장소 역시 영향을 주었다네."

그는 잠시 생각에 잠겨 말이 없다가, 마치 독백하듯이 다시 이야기를 이어갔다.

"타타르인들…… 타타르인들…… 당연히 처음에는 터무니없는 소리로 들리지. 그러다 그대로 믿게 된다네. 적어도 대부분의 사람들에게 실제로 일어난 일이지."

"하지만, 소령님, 죄송합니다만 소령님은……"

"나는 또다른 부류야." 오르티츠가 말했다. "나는 다른 세대 사람이네. 더이상 야망도 없고, 그저 조용한 곳이면 충분하지…… 하지만 중위는 앞날이 창창하잖나. 일 년 후에, 최대한 일 년 반 후면 이동하게 될 걸세……"

"저기 모렐이 보이는군요. 아, 얼마나 운이 좋은 친구인지!" 드로고는 어느 작은 창문 앞에 멈춰 서서 외쳤다. 정말 벌판을 가로질러 멀어져가는 소대원들이 보였다. 불모지 위에서 태양빛을 받으며 나아가는 병사들의 모습이 또렷했다. 몹시 무거운 배낭을 짊어지고서도 그들은 힘차게 행진하고 있었다.

22

요새를 떠나는 마지막 소대가 뜰에 정렬했다. 모두에게, 다음날이면 축소된 부대에 새로운 생활이 자리잡히리라는 생각과 더불어, 지루한 작별인사를 서둘러 끝내려는 조급함과 다른 동료들이 떠나가는 모습을 지켜보는 분노가 함께 맴돌았다. 소대는 벌써 정렬을 마치고 자기들을 사열할 니콜로시 중령을 기다리고 있었다. 그때 그들을 지켜보던 조반니 드로고는 묘한 표정으로 나타난 시메오니 중위를 보았다.

시메오니 중위는 삼 년 전부터 요새에 근무했다. 그는 좋은 동료이자 다소 현학적인 성격에, 군의 권위를 존중하고 육체적으로 단련하길 좋아하는 사람으로 통했다. 뜰로 나온 그는 불안한 모습으로 주위를 둘러보았다. 뭔가를 말하려고 누굴 찾는 듯했다. 특별히 누군가와 친분이 없는 그였기에 아마 이 사람이나 저 사람이나 별반 차이가 없었을 것이다.

그는 자신을 지켜보는 드로고를 발견하고는 곧 그에게 가까이 다가갔다. "좀 와보게." 그가 낮은 목소리로 말했다. "서둘러. 어서 와보라고."

"무슨 일이야?" 드로고가 물었다.

"지금 제3보루에서 근무중인데 잠깐 내려왔어. 시간이 나는 대로 그쪽으로 좀 와줘. 한 가지 이해가 안 가는 게 있어서." 그는 급히 달려왔는지 잠시 숨을 몰아쉬었다.

"어디서? 뭐라도 본 건가?" 호기심을 느낀 드로고가 물었다.

시메오니가 말했다. "지금은 기다리게. 소대가 떠날 때까지 기다리라고."

그 순간 나팔이 세 번의 신호음을 울리자 병사들은 차렷 자세를 취했다. 지위가 강등된 이 요새의 사령관이 도착한 참이었다.

"저들이 떠날 때까지 기다려." 시메오니가 다시 한번 반복했다. 이 수수께끼 때문에 드로고가 까닭 없이 안절부절못하는 기색이 역력했기 때문이다. "최소한 저들이 나가는 건 보고 싶어. 그 얘기를 닷새나 참았어. 하지만 다들 출발할 때까지 기다려야 해."

마침내 니콜로시 중령의 짧은 연설이 끝나고 마지막 팡파르가 울렸다. 긴 행렬을 이룬 소대원들은 묵직한 걸음으로 골짜기를 향해 전진하면서 요새를 빠져나갔다. 9월의 어느 날이었다. 하늘은 회색빛으로 흐리고 우울했다.

그들이 떠나자 시메오니는 드로고를 잡아끌고 인적 없는 긴 복도를 따라 제3보루의 입구로 데려갔다. 그들은 수비대를 지나 순찰로에 다다랐다.

거기서 시메오니 중위가 망원경을 꺼내더니 드로고에게 산맥에 가려진 사막평원의 삼각지대 쪽을 보라고 했다.

"뭐가 있어?" 드로고가 물었다.

"일단 보라고. 실수를 하고 싶지는 않아. 자네가 먼저 보고 뭐가 보이면 말해줘."

드로고는 난간에 팔꿈치를 괸 채 조심스럽게 사막을 바라봤다. 시메오니의 개인 물품인 망원경 너머로, 매우 먼 거리임에도 불구하고 사막의 돌들과 움푹 팬 지반, 듬성듬성 보이는 관목들이 선명하게 구분되었다.

드로고는 그곳에서 삼각지대로 보이는 사막을 세세히 살폈다. 그러고는 아무것도 보이지 않는다고 말하려는데, 바로 그때, 저 끝, 모든 상상이 영원한 안개 장막으로 사라지는 사막 끝에서, 작고 검은 얼룩이 움직이는 걸 본 듯했다.

그는 계속 난간에 팔꿈치를 괸 채 망원경으로 사막을 바라봤다. 그의 심장이 격렬하게 요동쳤다. 이 년 전, 적들이 침입했다고 믿었던 때가 떠올랐다.

"저 검은 얼룩을 말하는 거야?" 드로고가 물었다.

"그걸 본 지 닷새나 됐어. 하지만 아무에게도 말하기 싫었어."

"왜?" 드로고가 말했다. "뭐가 무서워서?"

"내가 말하면 출발이 지연될지 모르니까. 그렇게 되면 우리를 놀려먹은 모렐과 다른 병사들이 기회를 빼앗으려고 남았겠지. 소수인 게 유리해."

"무슨 기회? 대체 뭘 생각하는 거야? 지난번처럼 정찰대겠지. 양치기들이나 단순히 짐승일 수도 있고."

"닷새 동안이나 그걸 관찰했어." 시메오니가 말했다. "만일 양치기들이라면 벌써 떠났을 거고, 짐승들도 마찬가지겠지. 그런데 무언가가 움직이면서도 거의 늘 같은 자리에 머물러 있다고."

"그럼 자네가 보기엔 뭐 같은가?"

시메오니가 미소를 띠며 드로고를 바라봤다. 마치 그에게 비밀을 말해도 될지 스스로에게 묻는 것 같았다. 이윽고 그가 입을 열었다.

"내 생각에는, 그들이 길을 내고 있는 것 같아. 군용도로를 만들고 있는 거지. 그들에게는 이번이 절호의 기회일 거야. 이 년 전에 지역을 탐색하러 왔으니까 이제는 진짜 행동에 들어간 거지."

드로고는 진심으로 웃음을 터뜨렸다.

"무슨 길을 낸다고 그래? 아직도 누가 내려올 거라고 생각해? 지난번 일로는 충분하지 않았던 거야?"

"자네 약간 근시인가보군." 시메오니가 말했다. "시력이 좋지 않은가봐. 하지만 나는 아주 자세히 볼 수 있다고. 저들은 자갈을 깔기 시작했어. 어제는 날이 맑아서 너무나 명확히 보였지."

드로고는 그의 고집스러운 주장에 놀라 고개를 저었다. 그러니까 시메오니는 아직 기다림에 지치지 않은 걸까? 마치 보물과 같은 자신의 발견이 밝혀지는 게 두려운 건가? 혹시 누군가가 그것을 앗아갈까 겁이 나는 걸까?

"예전 같으면……" 드로고가 말했다. "예전 같으면 나 역시 그 얘기를 믿었을 거야. 하지만 지금은 자네가 정말이지 몽상가로밖에 안 보이는군. 내가 자네라면 입을 꾹 다물겠어. 안 그러면 다들 뒤에서 자넬 비웃을 거라고."

"길을 만들고 있다고." 시메오니는 드로고를 애처롭게 바라보면서 재차 말했다. "몇 달 걸리겠지. 하지만 그들에게는 이번이 절호의 기회야."

"만약에 그렇더라도……" 드로고가 말했다. "자네 말대로 정말 북쪽에서 포병들을 이동시키기 위해 도로를 만든다면, 상부에서 요새를 철수하게 놔두겠나? 참모본부에 즉시 그 사실이 알려졌을 거야. 아마 이미 여러 해 전에 알았겠지."

"참모본부는 바스티아니 요새를 전혀 진지하게 생각하지 않아. 폭격을 당할 때까지는 아무도 이 얘기를 믿지 않을걸…… 그 사실을 믿게 될 때는 이미 너무 늦을 거라고."

"그건 자네 바람이지." 드로고가 다시 말했다. "만약 도로가 만들어지는 게 사실이라면, 참모본부는 즉각 상세 보고를 받을 거야. 자네도 알잖나."

"참모본부는 수천 가지 정보를 받지만, 그 수천 가지 중에 결정적인 건 단 하나뿐이야. 그래서 결국 아무런 정보도 믿지 않는 거지. 하지만 이건 논쟁의 여지가 없어. 내 말대로 일이 벌어지는지 아닌지 두고 보라고."

순찰로에는 그들뿐이었다. 전보다 훨씬 드문드문 배치된 경비병들이 절도 있는 걸음으로 위아래를 오갔다. 드로고는 다시 한번 북쪽 땅을 바라봤다. 바위와 사막, 경계 끝의 안개, 모든 것이 무의미해 보였다. 나중에 오르티츠 소령과 이야기를 나누며 드로고는 시메오니 중위의 그 엄청난 비밀 이야기가 사실상 누구나 알고 있는 유명한 이야기라는 사실을 알게 되었다. 하지만 아무도 비밀을 심각하게 여기지 않았고, 대부분은 오히려 시메오니 같은 진지한 젊은이가 이런 새로운 허풍에 집착하는 것을 놀라워했다.

그즈음에는 생각들이 다른 데 있었다. 요새의 인원이 감축되면서, 남은 사람들은 성벽을 따라 예비 전력을 분산시켜야만 했다. 그 때문에 그들은 예전의 절반에도 못 미치는 병력으로 이전과 거의 동일한 수비 근무를 유지하고자 계속해서 다양한 시도들을 해나갔다. 일부 수비대를 해산한 뒤 그 자리에 더욱 무장된 수비대를 배치해야 했고, 소대를 재편성하고 막사를 새로 배정하는 일도 필요했다.

요새가 건설된 이래 처음으로 일부 공간이 폐쇄되어 빗장이 채워졌다. 재봉사 프로스도치모는 일감이 충분히 주어지지 않아 조수 세 명을 떠나보내야 했다. 가끔 완전히 텅 빈 방과 사무실에 들어가는 일이 생기기도 했는데, 옮겨진 가구와 그림들이 있던 벽에는 하얗게 자국이 남아 있었다.

사막평원의 경계 끝에서 움직이는 검은 점은 계속해서 우스갯소리 취급을 받았다. 극소수의 사람들만이 그 광경을 보려고 시메오니에게 망원경을 빌리고는 곧 아무것도 발견하지 못했다고 말했다. 아무도 그의 주장을 진지하게 생각하지 않아서, 당사자인 시메오니는 자신의 발견에 대해 말하기를 꺼리며 속내를 노골적으로 드러내는 일 없이 조심스럽게 다른 이들을 비웃었다.

그러던 어느 날 저녁, 시메오니가 드로고의 방으로 가 그를 불러냈다. 벌써 밤이 내려앉은 시간, 수비대 교대도 끝난 뒤였다. 산 정상 보루

의 초라한 수비대는 귀환했고, 요새는 또다른 밤을 헛되이 수비하고자
준비하고 있었다.

"이리 와봐. 자넨 믿지 않지만 와서 한번 보라고." 시메오니가 말했
다. "내게 착시가 일어난 건지 모르겠는데, 어떤 빛이 보여."

드로고는 시메오니가 말하는 것을 보려고 그와 함께 나섰다. 제4보
루와 높이가 비슷한 성벽 가장자리 맨 꼭대기에 다다르자, 어둠 속에서
시메오니가 드로고에게 망원경을 건네주었다.

"하지만 컴컴하잖아!" 조반니가 말했다. "이런 어둠에서 뭘 본다는
거야?"

"잘 봐봐." 시메오니는 주장을 굽히지 않았다. "자네한테 말했잖아.
착시가 아니었으면 좋겠다고. 저번에 알려준 지점을 잘 보고, 뭐가 보
이는지 말해줘."

드로고는 오른쪽 눈에 망원경을 가져가 북쪽 사막 끝을 향해 방향을
맞췄다. 그러자 어둠 속에서 작은 빛이 보였다. 안개 경계에서 반짝이
는 듯한 아주 작은 빛이었다.

"빛이야!" 드로고가 외쳤다. "작고 밝은 빛이 보이는데…… 잠깐
만……"(그는 계속 망원경의 초점을 맞췄다.) "그런데 여러 개인지 한
개인지 모르겠군. 어느 때는 둘로 보이는데."

"봤지?" 시메오니가 의기양양하게 말했다. "그래도 내가 바보야?"

"저게 뭘까?" 여전히 미심쩍은 마음으로 드로고가 대꾸했다. "저 빛
은 무얼 의미하는 거지? 집시들이나 양치기들의 야영지일 수도 있겠
는데."

"건설 현장의 창고 불빛이야." 시메오니가 말했다. "새로운 도로를 만

들기 위한 창고지. 내 말이 맞는지 아닌지 두고 보라고."

맨눈으로는 너무도 수상한 그 불빛을 알아챌 수 없었다. 그러니 경비병들(개중 아주 훌륭하고 뛰어난 경비병들)마저 아무것도 보지 못했던 것이다.

드로고는 다시 망원경의 초점을 맞췄다. 그는 아득히 먼 불빛을 찾아 그 빛을 잠시 바라본 후에 호기심이 들어 망원경으로 별들을 관찰하기 시작했다. 헤아릴 수 없이 무한한, 너무도 아름다운 별들이 하늘을 가득 채우고 있었다. 그러나 동쪽에는 별이 훨씬 더 적었는데, 이제 막 달이 떠오르기 시작해 엷은 달빛이 퍼져 있는 탓이었다.

"시메오니!" 드로고는 동료가 곁에 없는 걸 모르고서 그를 불렀다. 상대방은 대답이 없었다. 성벽 가장자리를 순찰하러 계단으로 내려간 모양이었다.

드로고는 주위를 둘러보았다. 어둠 속에서 인적 없는 순찰로와 요새의 윤곽, 산맥의 검은 그림자만이 겨우 분간되었다. 간혹 시계 종소리가 들려왔다. 이제 오른편의 마지막 경비병이 야간 신호를 외쳐야 할 할 때가 온 것 같았다. 그 외침은 병사에서 병사로 전달되면서 성벽 전체를 따라 퍼져나갈 터였다. '경보! 경보!' 그런 다음에는 반대편으로 되돌아가 거대한 절벽 밑에서 사라지리라. 지금 경비병들이 배치된 자리는 절반으로 줄어들었고, 드로고 생각으로는, 그만큼 전달 횟수도 줄었으니 신호 일주는 훨씬 더 빨리 끝날 것이다. 남은 자리에는 침묵이 머물 것이다.

드로고의 마음에는 그가 바라는 먼 세상에 대한 생각이 느닷없이 떠올랐다. 가령 부드러운 여름밤 바닷가의 저택에서 그의 곁에 앉은 아름답고 사랑스러운 여인들과 음악을 듣는다거나 하는, 청년기에 무고하게 생각에 빠져 상상해봤음직한 행복한 이미지들이었다. 어느새 갑자기 다가온 새벽으로 하늘이 창백한 빛을 띠기 시작하고, 바다의 동쪽 수평선은 투명한 검은 빛을 띤다. 밤을 온통 지새울 수도 있고, 잠으로 도망치지 않아도 되며, 뒤처짐을 두려워하지 않아도 되는, 그리고 태양이 떠오르는 것을 지켜보며 고뇌 없이 자기 앞에 놓인 영원한 시간을 음미할 수 있는, 그런 이미지들을 드로고는 떠올렸다. 세상의 많은 아름다움 중에서도 해변의 저택과 음악, 시간에 속박되지 않는 자유로운 방종 그리고 새벽의 기다림을, 조반니는 줄곧 꿈꿔왔다. 얼마나 못나 보이겠느냐마는, 그가 잃어버린 그 평화가 이토록 강렬한 방식으로 드러나는 듯했다. 언제부터인가 그로서는 이해할 수 없는 어떤 불안이 쉼 없이 그를 따라다녔다. 뭔가 중대한 일이 일어나 그를 두렵게 하리라는 예감이 시도 때도 없이 그를 괴롭혔다.

도시에서 장군과 가졌던 면담으로 향후 그의 근무지 이동과 눈부신 경력에 대한 가능성은 희박해졌다. 하지만 조반니는 자신이 평생 요새 성벽에 갇혀 지낼 수 없다는 사실을 알고 있었다. 조만간 어떤 결정을 내릴 필요가 있었다. 게다가 그는 익숙한 일상의 리듬에 다시 젖어들어, 적당한 때에 도망치듯 떠난 다른 동료들이나 점점 부유하고 유명해지는 옛친구들 생각은 더이상 하지 않는 터였다. 그는 자기와 같은 유배지에 살고 있는 장교들을 보면서 위안을 삼았다. 그들이 약자일 수 있다는 생각도, 승자일 수 있다는 생각도, 그가 따라야 할 마지막 본보기라는 생각도 하지 않았다.

날이 갈수록 드로고는 결정을 미루었다. 더욱이 그는 아직 젊었다.

이제 겨우 스물다섯 살 아닌가. 그럼에도 그가 느꼈던 미묘한 불안이 줄곧 그를 따라다니는데다, 지금 떠도는 북쪽 평야의 불빛 이야기는 시메오니 말이 맞을 수 있었다.

요새에서 불빛에 관해 말하는 사람은 드물었다. 시메오니의 주장은 다시 살펴볼 필요도 없는, 전혀 중요하지 않은 일로 취급됐다. 어느 누구도 마음속 생각을 입 밖에 내지 않았지만, 전쟁이 망상으로 돌아간 일에 대한 그들의 실망은 너무나 컸다. 떠나는 동료들을 보면서 무의미한 성벽을 지킨답시고 잊힌 소수로 남겨진 치욕이 너무나 생생했다. 주둔부대의 감축으로 참모본부가 더는 바스티아니 요새에 중요성을 두지 않는다는 점이 명백히 드러났다. 한때 그토록 기꺼이 꿈꿨던 환상들을 이제 그들은 맹렬히 밀어냈다. 시메오니는 조롱당하지 않으려고 침묵하는 편을 택했다.

게다가 며칠 밤이 지나도록 수수께끼 같은 빛은 더이상 보이지 않았다. 낮에도 평야의 경계에서는 어떤 움직임도 보이지 않았다. 마티 소령이 호기심에 보루 성벽 끝에 올라갔고, 시메오니에게 망원경을 건네받아 사막을 샅샅이 살폈지만 아무것도 발견하지 못했다.

"망원경 받게, 중위." 결국 소령은 무심한 어투로 시메오니에게 말했다. "별것 아닌 것에 눈을 혹사하는 것보다는 부하 병사들에게 좀더 신경쓰는 편이 좋겠군. 탄약띠도 두르지 않은 경비병을 보았네. 가서 보게. 저쪽 끝에 있을 테니까."

후에 부대 식당에서 마티 소령과 크게 웃고 떠들며 그 얘기를 들려준 사람은 마데르나 중위였다. 이제는 너 나 할 것 없이 가급적 편하게 하루하루를 보내는 데만 신경썼다. 북쪽의 이민족 일은 잊힌 지 오래였다.

시메오니가 수수께끼에 관해 계속해서 이야기를 나누는 상대는 오직 드로고뿐이었다. 사실 나흘 동안 빛이나 움직이는 얼룩이 보이지 않았다. 하지만 닷새째 날에 그것이 다시 나타났다. 시메오니는 자기 나름의 의견을 피력했다. 그의 설명에 따르면, 북쪽 사막의 안개는 계절과 바람 그리고 기온에 따라 널리 퍼지거나 물러나는데 그 나흘 동안은 안개가 그들의 창고로 추정되는 건물을 감싸면서 남쪽 방향으로 내려왔다는 것이었다.

단순히 빛이 다시 나타나기만 한 게 아니었다. 일주일 뒤쯤 시메오니는 그 빛이 요새 방향으로 전진해서 내려왔다고 주장했다. 이번에 드로고는 그의 주장에 반박했다. 설령 그게 그 자리에 있다 하더라도, 밤의 어둠 속에서 아무런 기준점도 없이 그 같은 이동이 어떻게 가능했단 말인가?

"자, 보라고." 시메오니는 주장을 굽히지 않고 말했다. "그러니까 자네 말은, 만일 그 빛이 이동했다 해도 우리로선 확실한 증명이 불가능하다는 거지. 그러니 그 빛이 멈춰 있었다는 자네의 주장이나 그 빛이 움직였다는 내 말이나 근거가 없기는 마찬가지인 셈이야. 아무튼 자네도 알게 될 걸세. 나는 매일 그 지점이 움직이는 과정을 관찰할 거고, 조금씩 그것들이 다가오는 걸 자네도 보게 될 거야."

다음날 그들은 망원경을 주거니 받거니 하며 그 정체불명의 존재를 함께 관찰하기 시작했다. 사실상 아주 느리게 이동하는 서너 개의 작은 얼룩밖에 보이지 않았다. 벌써부터 그 움직임을 헤아리기가 어려웠다.

바위 그림자나 작은 언덕 꼭대기 같은 기준점 두세 군데를 설정해 그것들과의 거리를 확인해야 했고, 그렇게 몇 분이 흐르자 그 비율이 바뀐 것을 알 수 있었다. 얼룩의 위치가 바뀌었다는 뜻이었다.

시메오니가 처음으로 그 사실을 알아차렸다니, 정말 놀라운 일이었다. 여러 해 아니면 여러 세기 동안 반복되어 일어났던 현상일 가능성도 배제할 수 없었다. 혹시 그곳에 유랑민 무리가 머무는 어떤 마을이나 우물가가 있을지도 몰랐다. 그때까지 요새에서는 시메오니의 것처럼 성능 좋은 망원경을 사용한 사람이 없었다.

얼룩 같은 점의 이동은 같은 선을 따라 거의 변함없이 위아래로 일어났다. 시메오니는 그것이 돌이나 자갈을 운송하기 위한 마차일 거라고 생각했다. 사람들이라면 너무 작아서 보이지 않으리라는 것이었다.

대체로 동시에 움직이는 점 서너 개만을 구분할 수 있었다. 시메오니의 주장대로 움직이는 그 세 점이 마차라고 가정한다면 적어도 고정된 점 여섯 개는 화물이나 하역물이어야 했는데, 그것들은 풍경 속에 고정되어 있는 다른 수백만 개의 점들과 혼동되어 사실상 구별이 불가능했다. 그 정도 구간만 해도 무거운 화물을 수송하려면 각기 네 마리 말이 끄는 마차 열 대 정도는 동원되어야 했다. 비율을 따져보자면 사람들은 수백 명일 터였다.

거의 내기나 게임 비슷하게 진행된 그들의 관찰은 드로고 인생의 유일한 흥밋거리가 되었다. 비록 시메오니가 전반적으로 재미도 없고 대화에서 아는 척할 것도 없어 딱히 마음에 드는 건 아니었지만, 조반니는 자유시간이 주어질 때마다 거의 항상 그와 함께 지냈다. 저녁에도 장교들 식당에서 두 사람은 늦은 시간까지 토론을 이어갔다.

시메오니는 이미 예상을 끝낸 터였다. 사막에서의 작업이 더디게 진행되고, 그 거리가 일반적인 구간보다 훨씬 방대한 규모라 하더라도, 공사는 여섯 달이면 충분히 끝났어야 했다. 왜냐하면 사막 도로가 요새의 대포 사정거리에 이르러 있었기 때문이다. 모든 가능성을 놓고 볼 때, 적들은 사막을 가로지르는 산등성이 경사면 부근에 멈춰 있으리라는 것이 그의 생각이었다.

이 산등성이 경사면은 색깔 차이가 없는 탓에 사막평원의 나머지 지역과 잘 구분되지 않았지만, 저녁의 산그림자나 안개가 드리우면 모습을 드러내곤 했다. 북쪽을 향해 난 그곳의 계곡은 얼마나 가파르고 또 얼마나 깊은지 알려지지 않았다. 그러니 산 정상 보루에서 바라볼 때 시야를 가로막는 그 지역은 철저히 베일에 감춰져 있는 셈이었다(성벽에서 마주한 산맥 방향으로는 산등성이가 보이지 않았다).

이 산등성이 맨 끝자락부터 산맥 발치까지 최근에 생긴 보루가 자리한 암벽 봉우리가 솟아 있었고, 사막은 단조롭고 평평하게 펼쳐져 있었다. 몇몇 열하裂罅와 깨진 돌무더기, 작은 갈대밭만이 간간이 보일 뿐이었다.

시메오니는 적들이 일단 도로를 따라 산등성이 아래 도착하면 구름에 덮인 밤을 이용해 나머지 구간도 어려움 없이 거의 단번에 완성할 수 있으리라 내다봤다. 지면은 포병들도 쉽사리 전진할 수 있을 만큼 충분히 매끄럽고 단단했다.

최대 여섯 달로 예상했던 공사기간이 사정에 따라 일고여덟 달, 아니면 훨씬 더 길게 늘어났을 거라고 덧붙이며, 시메오니는 있을 수 있는 지연 이유를 열거했다. 공사를 진행해야 할 전체 거리의 측정 오류나, 산 정상 보루에서는 보이지 않는, 가장 시간이 오래 걸리고 어려운 작업이 될 중간 골짜기들이 원인이 될 수 있다는 해석이었다. 또한 북쪽 외인들이 보급물자를 공급하는 기지와 멀어지면서 점차 발생한 건설 지연이나, 특정 기간 동안 공사를 지연시키기로 한 정치적 성격의 복잡한 상황들을 있을 법한 원인으로 꼽았다. 게다가 눈이 내리면 두 달 이상은 작업을 완전히 멈춰야 할 것이고, 비가 오면 평야는 습지로 변할 터였다. 이러한 것들이 그가 생각한 기본적인 장애요인들이었다. 시메오니는 편집광처럼 보이지 않도록 조심스럽게 하나씩 전망을 차례대로 내놓았다.

그런데 만일 그 도로에 어떤 공격 의도도 없다면? 예를 들어 그때까지 황량하고 사람이 살지 않는 불모지를 개간하기 위해 농업 목적으로 건설되는 것이라면? 아니면 단순히 1 내지 2킬로미터 정도 길을 내고 공사가 멈춘다면 어찌될 것인가? 드로고가 그에게 물었다.

시메오니는 고개를 내저었다. 경작지로 만들기에는 사막에 지나치게 돌이 많다는 것이었다. 더욱이 북쪽 왕국에는 목초지로만 사용되는 광대한 미개간 초원지대가 있었다. 그런 공사를 진행하기에는 사막 땅이 훨씬 더 적합할 거라고 그는 말했다.

하지만 정말로 외인들이 도로를 만들고 있는 것일까? 시메오니는 어느 청명한 날 일몰 무렵 해그림자가 넓게 퍼졌을 때, 직선으로 뻗은 자갈층을 보았다고 장담했다. 드로고도 직접 확인하려고 했지만 보지 못했다. 그 직선 줄기가 단순히 지층이 구부러진 습곡이 아니라고 누가 주장할 수 있겠는가? 정체불명의 검은 점들이 움직이거나 밤에 불빛이 반짝이는 현상은 결코 확실한 증거가 되지 못했다. 어쩌면 늘 있던 지

충일 수도 있다. 전에는 그것이 안개에 가려 있어서 아무도 보지 못했을지 모른다(그때까지 요새에서 사용되던 구식 망원경의 부족한 성능은 차치하더라도 말이다).

드로고와 시메오니가 한창 논쟁을 이어가던 어느 날, 눈이 내리기 시작했다. '아직 여름이 끝나지도 않았는데,' 조반니에게 맨 처음 든 생각은 그랬다. '벌써 혹독한 계절이 다가왔군.' 사실상 그는 이제 막 도시에서 돌아와 전처럼 적응할 시간조차 충분히 갖지 못한 기분이었다. 그렇지만 달력을 보니 그가 보낸 몇 달과, 11월 25일이라는 날짜가 보였다.

하늘에서 함박눈이 내려와 테라스에 하얗게 쌓여갔다. 그 광경을 보면서 드로고는 평소보다 더 강렬한 불안을 느꼈다. 자신의 젊음과 남아 있는 긴 세월을 생각하면서 불안을 쫓아버리려 했지만 헛수고였다. 시간은 믿기지 않을 만큼 점점 더 빨리 지나가기 시작했고, 하루가 다른 하루를 집어삼켰다. 자기 주위를 살피기에도 시간이 부족했고, 벌써 밤이 내려오는가 싶으면 어느새 태양이 지평선 아래로 돌아 반대편에서 다시 떠오르며 눈으로 가득찬 세상을 비추곤 했다.

다른 동료들은 그러한 시간의 변화를 눈치채지 못하는 것 같았다. 그들은 별다른 감흥 없이 평소의 임무를 실행했고, 그날의 명령 사항에 새로운 달의 이름이 등장하면 오히려 뭔가 이득이라도 얻은 양 기뻐했다. 바스티아니 요새에서 보내야 할 날이 줄어들었다고 계산하는 것이었다. 초라하든 영광스럽든, 그 자체로 만족스러운 저마다의 도착점이 있는 셈이었다.

벌써 쉰 살에 가까워진 오르티츠 소령 또한 몇 주와 몇 달이 도망치 듯 지나가도 그저 무감각했다. 이제 그는 큰 희망들을 포기한 채 "아직 십 년 정도 남았군. 그뒤엔 은퇴하는 거야"라고 말하곤 했다. 그는 지방 의 오래된 도시에 있는 그의 집으로 돌아갈 거라고, 그곳에 그의 친척 몇몇이 살고 있다고 했다. 드로고는 그를 이해하지 못해 연민 어린 시 선으로 바라볼 뿐이었다. 더이상 아무런 목적도 없이, 소시민들의 사회 에서 오르티츠 소령은 혼자 무얼 할 것인가?

"주어진 것에 만족하는 법을 배웠네." 소령이 조반니의 생각을 알아 차리고 말했다. "한 해 한 해 지날수록 바라는 바를 점점 줄이는 법을 배웠지. 일이 잘되면 대령 직급으로 집에 돌아가게 될 걸세."

"그다음은요?" 드로고가 물었다.

"그다음엔 끝이지." 오르티츠는 체념한 듯 보이는 미소로 말했다. "그 러고는 조금 더 기다려야 할 거야…… 의무 이행의 대가를 누리려면 말이지." 그는 농담하듯이 대화를 마무리지었다.

"하지만 앞으로 요새에서 보내시는 십 년 사이에……"

"전쟁 말인가? 중위는 여전히 전쟁을 생각하나? 전쟁 얘기는 이제 충분하지 않은가?"

북쪽 사막평원에 변함없이 드리워진 안개 경계에서는 더이상 의심 스러운 물체가 보이지 않았다. 밤에 나타나던 불빛도 사라진 지 오래였 다. 시메오니에게는 몹시 만족스러운 일이었다. 그가 옳았음을 증명하 는 현상이니 말이다. 결국 그것은 어떤 마을이나 집시들의 야영지에서 흘러나온 불빛이 아니라, 다만 눈 때문에 중단된 공사 불빛이라는 뜻이 었다.

23

겨울이 요새에 내려앉은 지도 며칠이 지난 어느 날, 뜰의 한쪽 벽 표지판에 게시된 그날의 명령 사항에 이상한 내용이 전달되었다.

'비판 경보와 거짓 소문'이라는 제목이었다. 내용을 보면, "최고사령부의 명확한 명령에 따라, 부관을 비롯한 하사관과 병사들은 어떤 근거도 없이 우리의 국경에 대한 적의 공격 위협을 추측하는 낭설에 신빙성을 부여하거나 이를 반복하는 행위, 또는 전파하는 행위를 삼가야 한다. 이러한 소문은 적절하지 않을 뿐만 아니라 이웃 국가와의 정상적인 협력관계를 해치고, 군대 내에 불필요한 긴장을 퍼뜨릴 수 있는 명백한 징계사유다. 경비병들의 수비는 통상적인 방식에 따라 행해지길 바라며, 특히 규정에 포함되지 않은 망원경 사용을 금한다. 무분별한 망원경 사용은 오류와 잘못된 해석을 불러오기 쉬우므로, 누구든 이러한 물건을 소지한 사람은 사령부의 해당 부서에 그 사실을 알려야 한다. 해당 부서는 그 같은 물건들을 수집하여 보관할 책임을 진다."

글 뒤에는 매일의 수비대 교대를 위한 일반적인 지침들과 사령관인 니콜로시 중령의 서명이 이어졌다.

그날의 명령 사항은 공식적으로는 군대 전체를 대상으로 했지만, 사실상 장교들에게 해당하는 것이 틀림없었다. 그런 방식을 통해 니콜로시 중령은 누구의 기분도 상하게 하지 않고 요새 전체에 통보하는 이중의 목적을 달성한 것이다. 이로써 장교들 중 어느 누구도 더는 사막을 정찰하기 위해 규정에 어긋난 망원경을 들고 경비병들 앞에 나서지는 못할 터였다. 게다가 여러 보루에 구비된 망원경들은 낡아서 실질적으로 사용이 불가능했고, 어떤 건 아예 고장나 있었다.

과연 누가 밀고를 했을까? 누가 도시에 있는 최고사령부에 알렸을까? 모두들 직감적으로 마티 소령을 떠올렸다. 항상 규정을 들먹이며 온갖 즐거운 일과 개인의 숨통을 틔워주는 모든 시도를 억압하는 그만이 저지를 수 있는 일이었다.

대부분의 장교들은 그 일에 코웃음을 쳤다. 그들 말로는 최고사령부가 이 년 늦게 명령을 내림으로써 스스로 모순을 드러낸 셈이었다는 것이다. 사실 누가 북쪽에서의 침략을 생각했겠는가? 물론, 드로고와 시메오니가 있긴 했다(심지어 그들은 그 사실을 아예 잊고 있었다). 그날의 명령이 특별히 그 두 사람을 대상으로 내려졌다고 볼 수는 없다. 드로고처럼 선량한 청년이라면 하루종일 손에 망원경을 들고 지낸다 하더라도 누군가를 위험에 빠뜨릴 리가 만무하다는 게 그들 모두의 생각이었다. 시메오니 역시 결백하고 말이다.

하지만 조반니는 중령의 명령이 개인적으로 자신을 향하고 있다는 본능에 가까운 확신을 느꼈다. 다시 한번 삶의 사건들이 그의 뜻과는 완전히 다르게 진행되고 있었다. 그가 몇 시간 사막을 관찰했다 한들, 뭐가 잘못이란 말인가? 왜 그런 위안마저 방해하는가? 그 생각에 이르자 깊은 분노가 치밀었다. 그는 이미 봄을 기다릴 준비가 되어 있었다. 눈이 녹는 대로 북쪽 평야 끝에서 신비한 불빛이 나타날 테고, 검은 점들은 이리저리 다시 움직이기 시작하며 희망을 불러일으킬 것이었다.

실제로 그의 모든 감정은 그 희망에 집중되어 있었다. 이번에는 시메오니만이 그와 함께했다. 다른 이들, 심지어 오르티츠 소령이나 재봉사 프로스도치모에게도 그 일은 관심 밖이었다. 안구스티나가 죽기 전, 모두들 공모자들처럼 왕성한 경쟁심으로 서로를 견제하던 때와 달리, 그렇게 단둘이 열정적으로 비밀을 키워나가는 지금이 나았다.

하지만 이제 망원경이 금지되었다. 신중한 시메오니는 더이상 망원경을 내어주지 않을 것이다. 변함없는 안개 경계에서 불빛이 다시 켜져도, 작은 점들이 다시 움직임을 시작해도, 그들은 그 사실을 더는 알 수 없을 것이다. 어느 누구도, 1킬로미터 이상 높이 나는 까마귀를 보는 유능한 사냥꾼인 뛰어난 경비병조차도, 맨눈으로는 그것을 알아보지 못할 것이다.

그날 드로고는 시메오니의 생각이 궁금해 좀이 쑤셨지만 누구의 시선도 끌고 싶지 않았기에 저녁때까지 기다렸다. 그러지 않으면 분명히 누군가가 그 사실을 곧장 보고하러 갈 위험이 있었다. 그런데 시메오니는 정오에 부대 식당에 오지 않았고, 조반니는 어디에서도 그를 보지 못했다.

저녁때에야 시메오니가 나타났지만, 평상시보다 훨씬 늦어 이미 드로고가 식사를 시작한 후였다. 그는 아주 재빨리 밥을 먹고 조반니보다 먼저 일어나더니 즉시 카드놀이 테이블로 달려갔다. 혹시 드로고와 단둘이 있는 게 두려웠던 걸까?

두 사람 모두 그날 저녁에는 근무가 없었다. 조반니는 입구에서 그를 만나기 위해 휴게실 문가에 있는 소파에 앉았다. 시메오니는 게임 중에 몰래 도망치기로 유명했기 때문이다.

시메오니는 평소보다 훨씬 더 늦은 시간까지 게임을 했다. 처음 있는 일이었다. 그는 드로고가 기다림에 지치기를 바라며 계속 문 쪽을 힐끔힐끔 쳐다봤다. 결국 모두들 자리를 떠났고, 그 역시 일어나서 출입문으로 나가야 했다. 거기 드로고가 있었다.

"안녕, 드로고." 시메오니는 당황한 듯 미소를 지으며 말했다. "자넬 못 봤군. 어디 있었나?"

그들은 요새 본부를 길게 가로지르는 쓸쓸한 복도 한 곳으로 걸음을 옮겼다.

"앉아서 책을 읽고 있었어." 드로고가 말했다. "나도 시간이 이렇게 늦은 줄 몰랐군."

그들은 양쪽 벽에 드문드문 대칭으로 걸려 있는 등불 사이로 잠시 말없이 걸었다. 다른 장교들 무리는 벌써 멀리 떠나가, 멀찌감치 어둠 속에서 한데 뒤섞인 그들의 목소리가 들려왔다. 밤은 깊었고, 날씨는 추웠다.

"오늘의 명령 사항 읽어봤어?" 드로고가 불쑥 말을 꺼냈다. "거짓 경보에 관한 내용 봤지? 영문을 모르겠어. 누가 고자질을 했을까?"

"내가 어떻게 알겠어?" 시메오니가 위층으로 올라가는 계단 입구에 멈춰 선 채 퉁명스럽게 대답했다. "자네도 올라갈 텐가?"

"자네 망원경은?" 드로고는 아랑곳없이 말을 이어갔다. "더는 망원경을 사용할 수 없겠지. 그렇다면……"

"그건 이미 사령부에 반납했어." 시메오니는 단번에 잘라 말했다. "그게 나을 것 같더라고. 유독 우리를 지켜보고 있으니 말이야."

"내 생각엔 좀 기다려도 괜찮았을 텐데. 두 달쯤 지나서 눈이 사라지면 더는 망원경 생각을 안 할지도 모르잖아. 그러면 다시 관찰할 수 있을 테고. 자네가 말한 그 도로를 망원경 없이 어떻게 볼 수 있겠나?"

"아, 도로." 시메오니의 목소리에는 일종의 연민이 깃들어 있었다. "결국엔 나도 자네 생각이 옳다고 확신했잖아!"

"내가 옳았다니, 뭐가?"

"자네 말대로 그들은 어떤 도로도 만들지 않아. 정말 마을이나 집시들의 야영지인 게 분명하다고."

그러니까 시메오니는 지금까지의 이야기를 모두 부정할 정도로 두려움을 느꼈던 걸까? 문제가 일어날까 무서워서 드로고에게조차 터놓지 못하는 걸까? 조반니는 동료의 얼굴을 쳐다보았다. 복도는 온전히 텅 비어 있었고, 아무런 목소리도 들리지 않았다. 불빛에 비친 두 장교의 그림자만이 양쪽에서 일렁이며 길게 드리웠다.

"그럼 더는 믿지 않는다는 거야?" 드로고가 물었다. "정말 잘못 판단했다고 생각하는 거야? 그렇다면 자네가 했던 모든 예측은?"

"다 시간 때우느라 그런 거지." 시메오니는 모든 걸 농담으로 돌리려 애쓰며 말했다. "설마 진심으로 믿었던 건 아니길 바라네."

"자넨 겁을 먹고 있어. 진실을 말해봐." 드로고가 화난 목소리로 다그쳤다. "명령 때문에 이러는 거잖아. 진실을 말해봐. 이제는 자넬 못 믿겠군."

"나야말로 오늘 자네가 왜 이러는지 모르겠는데." 시메오니가 대답했다. "무슨 말을 하고 싶은 거야? 자네하고는 농담을 할 수가 없군. 자네는 전부 진지하게 믿어버리는 게 탈이야. 꼭 어린아이 같잖나."

드로고는 대답 없이 그를 바라봤다. 어둡고 음침한 복도에서 그들은 한동안 말이 없었다. 적막감이 너무나 컸다.

"그럼, 나는 자러 갈게." 시메오니가 말을 맺었다. "잘 자게!" 그리고서 그는 계단으로 발길을 돌렸다. 그곳 역시 층계마다 희미한 등불 빛을 받고 있었다. 시메오니는 단숨에 계단을 올라 모퉁이 뒤로 사라졌다. 벽에 그의 그림자만이 어른대다가 이내 그것마저 사라졌다. '비열한 놈.' 드로고는 생각했다.

24

그래도 시간의 조용한 박동은 점점 더 빨리 삶의 운율을 재촉하며
흘러갔다. 잠시도 멈춰 있지 못할 뿐 아니라 뒤를 흘낏 쳐다볼 새도 없
다. '멈춰, 멈춰!'라고 소리를 지르지만 소용없음을 깨닫는다. 사람도 계
절도 구름도, 모든 게 달아나버린다. 암벽에 매달리고, 바위 꼭대기에
서 버텨봤자 소용없다. 지친 손가락이 벌어지고, 팔은 힘없이 늘어진
다. 느리게 흐르지만 결코 멈추지 않는 저 강물에 늘 휩쓸려갈 뿐이다.
   날이 지날수록 드로고는 그 이상하고 알 수 없는 감정적 분열이 심
해지는 것을 느꼈다. 자제하려고 노력했지만 매번 실패로 돌아갔다. 요
새의 단조로운 삶에서 그에게는 전환점이 필요했다. 시간은 그가 셈하
기도 전에 지나가버렸다.
   드로고는 은밀한 희망 때문에 삶의 아름다운 시기를 허비하고 있었

다. 그 희망을 키워가기 위해 수없이 많은 달을 가볍게 희생시켰음에
도 그에게는 결코 충분치가 않았다. 기나긴 요새의 겨울은 희망이 저당
잡힌 시간에 불과했다. 겨울의 끝과 함께 드로고는 다시 기다림에 들어
갔다.

좋은 계절이 오면 북쪽 외인들이 도로 건설을 재개하리라고 그는 생
각했다. 하지만 그것을 볼 수 있는 시메오니의 망원경은 더이상 이용할
수 없었다. 그럼에도 작업이 진행되면, 얼마나 걸릴지 몰라도 외인들은
점점 다가올 것이고, 어느 화창한 날에 그들은 일부 수비대가 구비한
구식 망원경으로 봐도 보일 만큼 지척에 도달할 터였다.

드로고가 기다림의 기한을 봄까지만으로 정해놓은 건 아니었다. 도
로가 실제로 만들어지고 있다는 가정하에 몇 달 뒤까지도 예상하고 있
었다. 이 모든 생각을 비밀에 부쳐야만 했다. 성가신 상황을 꺼리는 시
메오니는 더이상 그 일에 대해 알고 싶어하지 않는데다, 다른 동료들은
그를 놀려댈 게 뻔했고, 상관들은 그런 종류의 환상을 비난했기 때문
이다.

5월 초, 규정에 따른 망원경들 중 가장 좋은 것을 골라 평야를 샅샅
이 살폈지만, 조반니는 아직 인간이 활동한 어떤 흔적도 감지할 수 없
었다. 밤의 불빛이나 아득한 거리에서도 쉽게 눈에 띄는 불길 역시 보
이지 않았다.

점점 조반니의 믿음은 약해져갔다. 사람들은 홀로 있을 때 무언가를
믿기가 어려워진다. 누군가와 그 얘기를 나눌 수도 없게 된다. 바로 그
무렵, 서로를 얼마나 사랑하는지와 상관없이 인간이란 항상 멀리 있음
을 드로고는 깨달았다. 누군가 고통을 겪는다면 그건 온전히 그의 몫일

뿐, 그 고통의 작은 부분이라도 다른 누군가 대신 짊어져줄 수는 없는 것이다. 누군가 괴로워할 때면 다른 사람들이 아무리 그를 사랑한다 해도 그와 똑같이 고통을 느끼지는 않으며, 바로 여기서 삶이 고독해진다는 것을 그는 깨달았다.

시계 소리가 점점 더 가까워지는 것을 느끼며, 드로고의 믿음은 지쳐가기 시작했고 조바심은 늘어갔다. 이미 북쪽에는 눈길조차 주지 않고 하루를 보내는 일이 잦아졌다(때로는 자기 자신을 속이고 잠깐 잊었다고 확신하기도 했지만, 사실은 미래의 기회에 더 큰 가능성의 흔적을 드리우려는 의도적인 행동이었다).

드디어 어느 날 저녁―하지만 얼마나 오래 걸렸던가―망원경 렌즈 너머에 작은 불빛이 나타났다. 희미한 불빛은 꺼져가면서 떨리는 듯 보였다. 하지만 거리를 계산하건대, 상당한 크기의 불빛임이 틀림없었다.

그날은 7월 7일이었다. 당장 달려가 고함치고 싶은 욕망과 감정을 자유로이 표출하는 비현실적인 기쁨을 드로고는 오랜 세월 상상해왔다. 모두한테 그 소식을 알리기 위해서, 그리고 빛이 사라지지 않을까 하는 미신적인 두려움 때문에 아무에게도 말하지 않았던 자랑스러운 그의 수고를 알리기 위해서 말이다.

매일 저녁 드로고는 성벽 끝에서 빛이 나타나길 기다렸고, 매일 저녁 그 빛은 조금씩 가까워져오면서 점점 더 커져가는 것 같았다. 많은 경우 단지 욕망이 불러낸 환상에 불과했겠지만, 이번에는 마침내 경비병 한 명이 맨눈으로 그것을 발견했을 정도로 실제적인 진척이 있었다.

그 물체는 낮에도 나타나기 시작했다. 사막의 흰 땅을 배경으로 일 년 전과 마찬가지로 작고 검은 점들이 움직였다. 다만 지금은 망원경의 성능이 덜하다는 점이 달랐다. 그렇다면 외인들은 전보다 훨씬 더 가까이 와 있는 게 분명했다.

9월이 되자, 건설 창고라 추측했던 불빛은 달 밝은 밤에 평범한 시력을 가진 사람들이 보기에도 뚜렷하게 구별되었다. 조금씩 군인들 사이에서 북쪽 평야와 외인들, 그 수상한 움직임과 야간 불빛에 관한 이야기가 돌기 시작했다. 비록 목적을 설명할 수는 없지만 대다수는 그것이 분명 도로라고 말했다. 남아 있는 엄청난 거리와 비교할 때, 그들의 공사는 특이할 만큼 느린 속도로 진행되는 듯 보였다.

어느 날 저녁, 누군가가 전쟁에 대해 어렴풋이 말하는 소리가 들렸고, 요새의 성벽 안에서는 이상한 희망이 소용돌이치기 시작했다.

25

북쪽 평원을 가로지르는 산등성이 꼭대기에 말뚝 하나가 박힌다. 요새에서 불과 1킬로미터도 안 되는 거리다. 거기에서 산 정상 보루의 암벽 꼭대기에 이르는 지역까지, 포병들이 자유롭게 진군할 수 있을 만한 고르고 단단한 사막이 펼쳐져 있다. 말뚝은 가장 높은 정상에 박혀서, 산 정상 보루의 꼭대기에서 망원경 없이도 인간 고유의 표지를 매우 뚜렷하게 볼 수 있다.

외인들은 길을 내어 그곳까지 도착했다. 대규모 작업은 마침내 완수되었지만 그 대가는 끔찍하다! 시메오니 중위는 여섯 달이 걸릴 거라 예상했다. 하지만 도로를 건설하는 데 여섯 달은 충분치 않았고, 여덟 달, 열 달도 마찬가지였다. 이제 도로는 거의 마무리되어 적의 수송대는 북쪽에서 전속력으로 내려와, 순식간에 요새 성벽에 도달할 수 있다. 마지막 구간을 건넌 다음 평탄하고 걷기 쉬운 땅을 몇백 미터만 지나면 된다. 하지만 이 모든 일에 큰 비용이 들었다. 십오 년이라는, 너무나 길었던 시간, 그러나 꿈처럼 지나간 세월이었다.

주위를 둘러보면 아무것도 변하지 않은 듯하다. 산맥은 예전 그대로고, 요새 성벽에는 항상 똑같은 얼룩이 눈에 띈다. 시간이 지나면 새로운 얼룩이 더해지겠지만 무시해도 좋을 크기에 불과할 것이다. 똑같은 하늘, 똑같은 타타르인의 사막이다. 산등성이 경사면 끝에 있는 거무스름한 그 말뚝과 빛에 따라 보였다 안 보였다 하는 일직선의 줄무늬, 그 유명한 사막 도로만 제외하면 말이다.

십오 년은 산맥에 거의 아무런 영향도 주지 않았고, 요새 성벽에도 큰 해를 끼치지 않았다. 하지만 시간이 얼마나 빨리 지나갔는지 제대로 깨닫지 못했을지언정, 그들에게는 아주 긴 세월이었다. 얼굴은 큰 변화 없이 항상 똑같았다. 생활 역시 달라지지 않았다. 수비대 교대도, 매일 밤 이뤄지는 장교들의 대화도 그대로였다.

그러나 가까이 보면 그들의 얼굴에는 세월의 흔적이 나타난다. 게다가 주둔하는 군인들 수는 더 줄어들었다. 성벽의 긴 구간에 수비대를 둘 수 없어서 이젠 암호 없이도 오를 수 있다. 수비대는 요새의 주요 지점에만 배치된다. 심지어 산 정상 보루를 폐쇄하고 열흘에 한 번씩 소규모 정찰부대를 보내기로 결정되었다. 사실상 최고사령부에서는 바스티아니 요새에 거의 중요성을 두지도 않는다.

북쪽 평원의 도로 건설에 대해서 실은 정부도 진지하게 생각하지 않는다. 일부 사람들은 군사령부가 또 허튼소리를 하는 거라고 말하며, 수도에 있는 사람들의 정보가 더 정확하다고 확신하는 이들도 있다. 어쨌거나 그 도로가 어떤 공격을 목적으로 하지 않는다는 건 분명하다고. 다른 설명은 설득력이 거의 없기 때문에 가능성이 희박하다고 말이다.

요새에서의 삶은 점점 더 단조로워지고 외로워졌다. 니콜로시 중령, 몬티 소령, 마티 중령은 은퇴했다. 요새의 주둔부대는 이제 오르티츠 중령이 지휘한다. 준위로 남은 재단사 프로스도치모를 제외한 모든 이가 상위 계급으로 진급했다.

9월 어느 눈부시게 아름다운 날 드로고는, 즉 대위 조반니 드로고는, 다시 한번 말을 타고 아랫녘 평지에서 바스티아니 요새에 이르는 가파른 길을 다시 오른다. 그는 한 달의 휴가를 얻었지만 이십 일 만에 복귀하는 중이다. 그에게 도시는 어느새 완전히 이질적인 세계로 변했다. 옛친구들은 중요한 지위를 차지하며 제 갈 길을 갔고, 여느 평범한 장교를 대하듯 그에게 대충 인사를 건넨다. 여전히 사랑하는 자신의 집을 찾아갈 때면, 그의 마음은 설명하기 어려운 괴로움으로 가득찬다. 집안은 거의 매번 쓸쓸히 비어 있다. 어머니의 방은 영영 주인을 잃었고, 형제들은 끝없이 떠돌아다닌다. 한 명은 결혼해서 다른 도시에 살고, 다른 한 명은 여행을 계속한다. 방과 거실에 가족들이 함께했던 삶의 흔적은 더이상 찾아볼 수 없고, 목소리는 과장되게 울린다. 햇살을 향해 창문을 여는 것만으로는 충분하지 않다.

그렇게 드로고는 또 한번 요새의 골짜기를 오른다. 그는 에누리 없이 십오 년을 더 살아야 한다. 불행히도 그는 자신이 크게 변했다고 느끼지 않는다. 시간은 정신이 나이들기도 전에 너무나 빨리 흘러버렸다. 지나가는 시간에 대한 어렴풋한 불안감은 날마다 더 커져간다. 드로고는 삶의 중요한 일이 아직 시작되지 않았다는 환상을 놓지 않는다. 그

240

는 결코 오지 않은 자기의 때를 인내심 있게 기다린다. 미래가 끔찍할 정도로 짧다는 생각, 다가올 시간이 무한하며 아무 거리낌 없이 낭비해도 되는 무궁무진한 부유함처럼 여겨졌던 옛 시절이 더는 아니라는 생각은 하지 않는다.

그러던 어느 날, 그는 자신이 꽤 오랫동안 요새 뒤편의 평지로 말을 타러 가지 않았다는 사실을 깨달았다. 자신에게 그럴 의욕이 전혀 없다는 것, 최근 몇 달 동안(정확히 언제부터였는지 모르지만) 계단을 오를 때 두 계단씩 급히 뛰어올라간 적이 없다는 것도 깨달았다. 말도 안 돼, 하고 그는 생각했다. 육체적으로는 항상 똑같은 상태라고 생각했던 것이다. 모든 것이 처음과 똑같았고, 그건 의심의 여지가 없었다.

사실이었다. 드로고는 육체적으로 쇠약해지지 않았다. 만일 다시 말을 탄다면, 계단을 뛰어오른다면, 아주 훌륭하게 해낼 것이다. 하지만 중요한 건 그게 아니다. 문제는 그가 도무지 더는 그럴 의욕을 느끼지 않는다는 사실, 식사 후에 돌투성이 평지를 여기저기 뛰어다니기보다는 햇빛을 쬐며 나른하게 있기를 더 좋아한다는 사실이다. 중요한 건 이것이다. 오직 이것이 지나간 세월을 알려주는 것이다.

오, 처음으로 한 번에 한 계단씩 오르기 시작한 날 저녁에 그가 이 사실을 생각했더라면! 그는 약간 피곤을 느꼈고, 실제로 머리에 어지럼증이 있었으며, 평소 하던 카드게임에도 아무런 의욕이 없었다(사실 그전에도 몇 번인가 일시적으로 몸 상태가 좋지 않아 계단을 뛰어오르길 포기했었다). 하지만 그는 조금도 의심할 수 없었다, 그날 저녁이 그에게는 매우 슬픈 순간이고, 그 계단에서, 정확히 그 시간에 그의 젊음은 끝나가고 있었음을. 다음날이면 특별한 이유 없이 더는 예전의 방식으로 돌아가지 못할 것임을. 그다음날도, 그후로도, 그리고 영원히 말이다.

그리고 지금, 생각에 잠긴 채 태양 아래에서 말을 타고 가파른 길을 오르는 드로고는 벌써 지쳐 있다. 그때, 어떤 목소리가 골짜기 맞은편에서 그를 부른다.

"대위님!" 외침소리에 고개를 돌린 그는 그것이 또다른 길인 절벽 반대편에서 들려오는 소리임을 깨닫는다. 말을 탄 한 젊은 장교였다. 드로고는 그를 몰랐지만 중위 계급 같다고 판단하고는 자기처럼 휴가를 마치고 요새로 귀환하는 또다른 장교인가보다 생각했다.

"무슨 일입니까?" 조반니는 상대방의 정규 인사에 답한 후 멈춰 섰다. 무슨 이유로 이 중위가 무례하기까지 한 방식으로 자기를 불렀을까?

상대방이 대답하지 않자, 드로고는 "무슨 일이죠?"라며 더 큰 목소리로 되물었다. 이번에는 약간 화를 낸 듯했다.

안장에 꼿꼿이 앉은 정체불명의 중위는 입에 손을 대고 온 힘을 다해 대답했다.

"아무것도 아닙니다. 그냥 대위님께 인사드리고 싶었습니다!"

농담인가 싶을 정도로, 거의 모욕에 가까운 어리석은 해명처럼 느껴지는 대답이었다. 두 길이 합쳐지는 다리까지 가려면 여전히 삼십 분쯤 더 가야 했다. 군인답지 않은 그의 과한 언행은 무슨 필요에서 나온 걸까?

"당신은 누굽니까?" 이번에는 드로고가 외쳤다.

"모로 중위입니다!" 그의 대답이었다. 적어도 대위가 들은 이름은 그랬다. 모로 중위? 드로고는 의아함을 느꼈다. 요새에 그런 이름은 없었다. 혹시 요새 근무를 발령받은 새 부하 장교일까?

그제야 자신이 처음으로 요새에 올랐던 머나먼 그날의 기억이, 마음의 고통스러운 울림과 함께 그를 엄습했다. 지금과 똑같은 골짜기 지점에서 오르티츠 대위와 만났던 일, 친절한 사람에게 선뜻 말을 건네기 어려웠던 마음, 그리고 계곡을 건너 오갔던 당황스러운 대화가 한꺼번에 떠올랐다.

정확히 그날과 똑같군. 그는 생각했다. 차이점이라면, 이제 위치가 바뀌어 드로고 자신이 바스티아니 요새를 수백번째 오르는 나이든 대위였고, 새로운 중위는 낯선 인물인 모로였다. 그사이 한 세대가 끝나버렸음을, 자신이 어느덧 인생의 정점을 지나, 오래전 그날 오르티츠 대위가 그렇게 보였듯이 장년층에 다다랐음을 드로고는 깨달았다. 내세울 만한 일은 아무것도 하지 못한 채 마흔 살을 넘긴 것이다. 자식도 없이, 정말로 세상에 혼자였다. 그는 기울어가는 자신의 운명을 느끼면서 심한 공포감에 주위를 둘러보았다.

덤불로 덮인 바위들과 젖은 도랑, 하늘을 향해 포개어진 아주 먼 곳의 헐벗은 산마루들, 그리고 변함없이 무감각한 산맥의 모습이 보였다. 골짜기 반대편에서는 겁먹고 당황한 새로운 중위가, 몇 달 뒤에는 요새를 떠날 거라고 스스로를 속이며 눈부신 경력과 영광스러운 전투, 그리고 낭만적인 사랑을 꿈꾸고 있었다.

드로고는 한 손으로 말의 목을 때렸다. 말은 온순하게 고개를 돌렸지만 그의 뜻을 이해하지는 못했다. 드로고의 심장이 옥죄어왔다. 그는 아득한 시절의 꿈과 인생의 아름다운 것들에 영원한 안녕을 고했다. 태양이 그들 위에서 밝고 따사롭게 빛났고, 상쾌한 공기가 골짜기에서 내려왔으며, 수풀은 좋은 향기를 뿜어냈고, 새들의 노랫소리는 흐르는 물의 음악과 조화를 이루었다. 참 좋은 날이라고 생각하면서, 드로고는 자신이 젊은 날에 보았던 아름다운 아침과 하나 달라진 것 같지 않다는 사실에 놀랐다. 말은 다시 걷기 시작했다. 삼십 분 뒤, 두 길이 만나는 다리가 눈앞에 나타났다. 잠시 후면 새로운 중위와 이야기를 나누어야 했다. 그 생각에 그는 마음이 무거워지고 있었다.

26

도로 공사가 끝난 지금, 어째서 외인들은 사라져버렸는가? 왜 사람들이며 말과 마차들이 사막평원을 거슬러올라 북쪽 안개 속에 묻히고 말았는가? 지금까지 해온 모든 작업이 헛일이었던가?

실제로 외국 공병들이 차례차례 떠나는 모습이 보였다. 십오 년 전처럼 그들은 오직 망원경으로만 볼 수 있는 아주 작은 점으로 되돌아갔다. 도로가 열려 있어, 당장 무장한 군대가 쳐들어와 바스티아니 요새를 공격할 수도 있었는데 말이다.

군대가 내려올 징후는 보이지 않았다. 그저 타타르인의 사막을 지나는 도로만이 유일하게 남아 있었다. 아주 오랫동안 버려져 있던 땅에 인간이 만들어낸 독특한 인공물의 흔적이었다. 외국 군대는 공격하러 오지 않았고, 모든 일이 연기된 듯 보였다. 하지만 언제까지 그럴지는 아무도 알 수 없었다.

그렇게 사막평원은 움직임이 없었다. 북쪽 안개도, 규정대로 반복되는 요새의 삶도 그대로 멈춰 있었고, 경비병들은 이 지점에서 저 지점으로 순찰을 돌면서 항상 똑같은 걸음을 반복했다. 군대의 수프도 똑같았고, 오늘의 일과도 어제와 다르지 않았다. 흡사 제자리걸음을 하는 병사처럼 그것들은 영원히 반복되고 있었다. 그럼에도 시간은 바람처럼 불어와 사람들에게서 아랑곳없이 아름다운 것들을 앗아가면서 세상의 위아래를 스쳐지나갔다. 어느 누구도, 방금 태어나 아직 이름을 갖지 못한 어린아이들조차도 시간으로부터 도망칠 수는 없었다.

조반니의 얼굴 또한 주름이 늘어가기 시작했다. 머리는 희끗희끗해졌고, 걸음은 전보다 덜 가벼웠다. 아직 쉰 살도 되지 않았건만, 삶의 흐름은 어느새 그를 다른 쪽으로, 소용돌이치는 외진 못으로 던져버렸다. 당연히 드로고는 더이상 수비대 근무를 하지 않았다. 그 대신 사령부, 오르티츠 중령의 집무실과 가까운 곳에 개인 집무실을 갖게 되었다.

밤이 내려앉으면, 부족한 경비병 숫자로는 요새를 장악하는 암흑을 막기에 역부족이었다. 성벽의 광범위한 구간이 무방비 상태였고, 밤과 함께온 근심 어린 생각들과 외로운 존재들의 슬픔이 그곳을 넘나들었다. 실제로 낡은 요새는 버려진 땅에 둘러싸인 고립된 섬과 같았다. 오른쪽과 왼쪽에는 산맥이, 남쪽에는 사람이 살지 않는 긴 골짜기가, 그리고 북쪽에는 타타르인의 사막평원이 있었다. 밤늦은 시간에 전혀 들어본 적 없는 이상한 소리가 요새의 미로를 통해 울려퍼지기도 했다. 그러면 경비병들은 심장이 떨리기 시작했다. 성벽 한쪽 끝에서 다른 쪽 끝까지 고함소리가 흘러갔다. "경보! 경보!" 하지만 병사들은 그 소리를 전달하는 데 큰 어려움을 겪었다. 한 병사와 그다음 병사와의 거리가 너무나 멀었기 때문이다.

그즈음 드로고는 부임 초기의 어려움을 겪는 모로 중위를 곁에서 도와주었다. 그는 마치 드로고의 젊은 시절을 그대로 옮겨놓은 듯했다. 모로 역시 처음에는 현실을 깨닫고 경악했다. 그는 마티 소령의 역할을 떠맡은 시메오니 소령에게 달려갔고, 넉 달만 근무하도록 설득당했다. 그리고 결국 유혹에 넘어가 요새에 남기로 결정했다. 모로 중위 또한 북쪽 평야를 너무나 집요하게 바라보기 시작했다. 거기에는 전쟁의 희망을 실어나르는, 그러나 아직 사용된 적 없는 새로운 도로가 들어서 있었다. 드로고는 그에게 말하고 싶었다. 정신 바짝 차리고, 아직 시간이 있을 때 떠나라고 말이다. 더군다나 모로는 다정다감하고 신중한 젊은이였다. 하지만 항상 바보 같은 일들이 일어나 대화를 방해했고, 어쩌면 전부 소용없을지도 모를 일이었다.

낮의 회색 페이지와 밤의 검은 페이지가 한 장 한 장 넘어가면서, 드로고와 오르티츠에게(어쩌면 다른 나이든 장교들에게도) 더는 떠날 기회가 없으리라는 불안감이 늘어났다. 세월의 무게에 무관심한 북쪽 외인들은 마치 불사불멸의 존재들인 양 전혀 움직임이 없었다. 기나긴 계절들을 장난삼아 허비해도 그들에게는 그 일이 대수롭지 않은 듯했다. 하지만 요새에는 시간의 작업과 다가오는 최후의 순간에 무방비한 가련한 인간들이 살고 있었다. 한때는 믿기지 않고 멀게만 보였던 시간들이, 이제 불쑥 지평선 가까운 곳에서 얼굴을 내밀며 가혹한 삶의 마지막 순간을 상기시켰다. 계속 살아가기 위해서는 매번 새로운 체계를 따르고, 새로운 비교조건을 찾으며, 상황이 더 나쁜 사람들을 보고 위안 받을 필요가 있었다.

마침내 오르티츠 중령이 은퇴해야 할 시기가 왔다(그리고 북쪽 평야에서는 최소한의 인기척이나 작은 불빛조차 나타나지 않았다). 오르티츠는 새로운 지휘관인 시메오니에게 권한을 위임하고 수비 정찰대를 제외한 부대 전체를 뜰에 집합시켜 힘겹게 연설을 마친 뒤, 부관의 도움으로 말에 올라 요새의 문을 나섰다. 대위 한 사람과 병사 두 명이 곁에서 그를 호위했다.

드로고는 평지 끝까지 그를 배웅했고, 거기서 작별인사를 나눴다. 매우 화창한 여름날 아침이었다. 하늘에 떠가는 구름의 그림자가 풍경에 특이한 얼룩을 만들고 있었다. 오르티츠 중령은 말에서 내려 드로고와 멀찍이 거리를 두고 섰다. 두 사람 모두 어떻게 작별을 고해야 할지 몰라 쉽사리 말을 꺼내지 못했다. 그러다 겨우 입을 열어 나눈 대화는 지극히 평범한 내용, 그들의 마음속에 있는 것들과는 너무나 다른, 훨씬 형편없는 내용이었다.

"이제 제 삶도 바뀌겠군요." 드로고가 말했다. "저도 떠나면 좋겠습니다. 사직하고 싶은 마음까지 드는데요."

오르티츠가 말했다. "자넨 아직 젊잖나! 바보 같은 짓 말게. 자네한테는 아직 시간이 있어."

"무엇을 위한 시간 말입니까?"

"전쟁을 위한 시간이지. 두고 보라고. 이 년을 넘기지 않을 테니까." (그는 그렇게 말했지만 마음속으로는 아니길 바랐다. 사실 그는 드로고 또한 자기처럼 군인으로서 큰 행운을 누리지 못한 채 고향으로 돌아가길 빌었다. 그러지 않으면 억울한 기분이 들 것 같았다. 하지만 그러면서도 그는 드로고에게 우정을 느꼈고, 그가 잘 지냈으면 했다.)

조반니는 아무런 말이 없었다.

"두고 봐. 실제로 이 년을 넘기지 않을 거라고." 오르티츠는 마음과는 달리 그렇게 주장했다.

"또다시 이 년이라니." 마침내 드로고가 입을 열었다. "몇 세기가 지나갈 테고 그걸로도 모자를 겁니다. 이제 도로가 버려졌으니, 북쪽에서는 아무도 오지 않겠죠." 그렇게 내뱉긴 했지만, 그의 마음속 생각은 완전히 달랐다. 청년 시절부터 그가 쭉 해온, 세월도 못 흔들고 간 부조리한 그 생각은, 운명적인 것들에 대한 어렴풋한 예감이자, 인생에서 좋은 때는 아직 시작되지도 않았다는 깊은 확신이었다.

대화가 그들을 어색하게 갈라놓는다는 사실을 깨달으면서, 두 사람은 다시 침묵했다. 하지만 같은 성벽 안에서 비슷한 꿈을 꾸며 거의 삼십 년 가까이 함께 지내온 그들이 서로 무슨 말을 할 수 있겠는가? 오랜 여정 끝에 나타난 그들의 두 길은 이제 나뉘었다. 한쪽 길은 이쪽에서, 다른 쪽 길은 저쪽에서 미지의 땅을 향해 멀어지고 있었다.

"햇빛이 눈부시군!" 오르티츠는 나이 탓에 흐려진 눈으로 영원히 떠나게 된 요새의 성벽을 바라보았다. 중세풍의 낭만을 간직한 성벽은 언제나 같은 모습으로 변함없는 노란 빛깔을 띠고 있었다. 오르티츠는 성벽을 뚫어지게 바라보았고, 오직 드로고만이 그가 얼마나 고통스러울지 짐작할 수 있었다.

"정말 덥네요." 조반니가 대답했다. 오래전 마리아 베스코비와 그녀의 집 거실에서 우수 어린 피아노 화음이 들려오는 가운데 나눴던 대화가 떠올랐다.

"진짜 더운 날이야." 오르티츠가 그의 말을 거들었고, 두 사람은 서로에게 미소를 지었다. 마치 이 바보 같은 대화의 의미를 서로 잘 알고 있다고 말하는 듯한 본능적인 표현이었다. 이제 구름 하나가 그들 위에서 그림자를 드리웠다. 잠깐 동안 평원 전체가 어둑해졌고, 요새만이 여전히 태양에 잠긴 채 대조적으로 불길한 빛을 띠며 밝아졌다. 큰 새 두 마리가 제1보루 위를 돌며 날고 있었다. 그 순간 멀리서 나팔소리가 아주 희미하게 들려왔다.

"들었나? 나팔소리군." 늙은 장교가 말했다.

"아니요, 못 들었습니다." 드로고는 거짓말을 했다. 왠지 그러면 떠나는 친구가 편할 것 같다는 생각에서였다.

"내가 잘못 들었나보군. 사실 우리가 그곳에서 너무 멀리 떨어져 있긴 하니까." 그렇게 말하는 오르티츠의 목소리가 떨렸다. 잠시 후 그가 가까스로 덧붙여 말했다. "자네가 처음 여기 도착했던 때 기억나나? 많이 놀랐었지? 남아 있기 싫어했던 것도 기억하지?"

"오래전 일이죠……" 드로고는 겨우 대답했다. 매듭처럼 이상한 무언가 때문에 그의 목이 메었다.

오르티츠는 자기 생각에 잠겨 있다가 한마디 더 건넸다. "누가 알겠나?" 그가 말했다. "어쩌면 내가 전쟁에서 활약할 수 있었을지 말이야. 유능하게 해냈을지도 몰라. 전쟁에서는 말이지. 하지만 보다시피 전혀 그럴 일이 없었어."

평원을 지나간 구름은 벌써 요새를 넘어, 지금은 타타르인의 황량한 평야를 가로질러 점점 더 북쪽으로 조용히 흘러가고 있었다. 안녕, 영원히 안녕. 태양이 돌아오고, 두 남자는 다시 그림자를 드리웠다. 20미터 남짓 떨어진 곳에서, 오르티츠 중령과 호위대의 말들은 서둘러 떠나려는 조급함에 돌에 발굽을 쳐댔다.

27

시간의 장이 넘어가고, 여러 달과 여러 해가 지난다. 진력이 나도록 일해온 드로고의 학창 시절 친구들은 네모꼴로 정돈된 회색 수염을 기르고서 점잖게 도시를 거닐며 정중하게 인사를 받는다. 그들의 자녀들은 다 자란 성인이고, 어떤 친구는 벌써 할아버지다. 드로고의 옛친구들은 이제 직접 지은 집의 문간에서 오랜 시간을 보내며 인생의 강물을 바라보듯 각자 밟아온 길에 만족하며 지난 삶을 살피길 즐긴다. 그들은 군중의 소용돌이에서 자기 자식들을 발견해내며 기뻐한다. 자식들에게 어서 서두르라고, 다른 이들을 앞질러 먼저 도착하라고 부추긴다. 반면에 조반니 드로고는 매 순간마다 약해져가는 희망에도 불구하고 여전히 그날을 기다리고 있다.

이제, 그렇다, 그는 달라져 있다. 쉰 살이 되었고, 소령 계급에, 볼품

없는 요새 부대의 두번째 지휘권을 지니고 있다. 얼마 전까지만 해도 큰 변화는 없었고, 아직은 젊다고 할 수 있었다. 가끔은 번거롭게 느껴져도 건강관리를 위해 말을 타고 평지를 얼마간 돌아다니곤 했다.

그러나 곧 그는 살이 빠지기 시작했다. 얼굴은 노란빛을 띠어 안색이 좋지 않았고, 근육은 약해져 흐늘흐늘했다. 간에 이상이 있다고 의사 로비나 씨가 말했다. 어느덧 아주 늙어버린 그는 요새에서 삶을 마치기로 굳게 결심했다. 하지만 의사 로비나 씨가 준 가루약은 효과가 없었다. 아침마다 조반니는 덜미를 잡는 극심한 피로를 느끼며 깨어났다. 이후 사무실에 앉아 업무를 볼 때도, 소파나 침대에 몸을 뉘일 수 있는 저녁이 오기만을 간절히 바랐다. 의사는 일반적인 체력 소모 탓에 악화된 간질환이라고 했다. 체력 소모는 조반니가 살아온 삶과는 아주 상반되는 이상한 현상이었지만, 아무튼 그 나이에 일시적으로 일어나는 흔한 질병이라고 의사 로비나 씨는 말했다. 조금 길게 갈 수도 있지만 합병증 위험은 전혀 없다는 것이었다.

그래서 드로고의 삶에 치유에 대한 희망이라는 추가 기대사항이 생겼다. 그렇다고 해서 초초함을 내비치진 않았다. 북쪽 사막은 언제나처럼 황량했고, 갑작스러운 적의 침입을 예상할 만한 조짐은 전혀 없었다.

"안색이 좀 나아졌는데." 동료들은 거의 매일 그에게 말했다. 하지만 솔직히 드로고는 조금도 호전되는 기미를 느끼지 못했다. 사실 초기에 겪었던 두통과 지독한 설사는 사라져, 어떤 특별한 통증도 그를 괴롭히고 있진 않았다. 그렇지만 전반적인 몸 기운은 점점 더 쇠약해져갔다.

요새의 지휘관 시메오니는 그에게 말하곤 했다. "휴가를 내고 쉬러

가게. 해변 도시에서 지내면 좋아질 거야." 드로고는 아니라고 대답하면서, 벌써 상태가 나아진 것 같다고, 요새에 머무는 게 더 좋다고 대답했다. 그러면 시메오니는 고개를 흔들며, 마치 조반니가 규정을 따르는 정신과 주둔부대의 효율 그리고 개인적인 소중한 충고를 배은망덕하게 저버리기라도 한 것처럼 다시 설득에 들어가는 것이었다. 시메오니가 타인들에게 완벽한 미덕을 강요하는 바람에, 사람들은 떠난 마티 소령이 그리워질 지경이었다.

어떤 주제와 관련해서든, 언뜻 아주 공손하게 여겨지는 그의 말에는, 언제나 다른 이들을 교묘히 질책하는 분위기가 있었다. 오직 그만이 마지막까지 의무를 다하고, 오직 그만이 요새의 지지대이며, 오직 그만이 끝없는 사건과 문제들을 해결할 준비가 되어 있다는 식이었다. 자기가 아니었다면 모든 게 파괴되고 부서졌을 거라고 주장하는 듯했다. 마티 소령 역시 한창때에는 그런 면이 없지 않았지만, 그보다는 덜 위선적이었다. 마티 소령은 마음에 품은 자신의 냉담함을 겉으로 드러내는 데 전혀 주저하지 않았고, 병사들도 그의 무자비한 무례함을 기분 나쁘게 받아들이지 않았다.

다행히 드로고는 로비나 씨를 구슬렸고, 그의 협조로 요새에 머물 빌미를 얻어낼 수 있었다. 알 수 없는 미신이, 만일 지금 병 때문에 요새를 떠난다면 다시는 되돌아오지 못할 거라 말하고 있었다. 그런 생각이 그에게는 불안의 원인이었다. 이십 년 전 그는 요새를 떠나길 원했고, 도시의 부대에서 하계 훈련과 사격 연습과 승마 시합을, 연극 공연, 모임, 아름다운 여인들이 함께하는 평온하고 멋진 생활을 원했다. 하지만 이제 그에게 무엇이 남겠는가? 은퇴까지는 몇 년밖에 남지 않았고,

경력은 끝났다. 상부에서 몇 군데 사령부에 자리를 줄 수 있다 해도, 그의 근무 기한은 끝에 다다라 있었다. 겨우 몇 년만이 남았고, 그곳이 그의 마지막 근무지가 될 터였다. 게다가 어쩌면 은퇴 이전에 오랫동안 기다려온 일이 닥쳐올 수도 있잖은가. 그는 인생의 좋은 시절을 흘려보냈고, 적어도 지금은 마지막 순간까지는 기다리고 싶었다.

의사 로비나 씨는 치료를 서두르면서, 드로고에게 지나치게 일하지 말 것과 온종일 침대에 머물러 있기를 권했다. 다급히 처리할 서류들은 방으로 가져가라는 것이었다. 마침 춥고 비 내리는 3월 어느 날, 산에서 거대한 산사태가 발생한 참이었다. 갑자기 알 수 없는 이유로 산봉우리 전체가 무너져내려 밑바닥으로 곤두박질쳤고, 구슬픈 소리가 밤새도록 울려퍼졌다.

결국 어려운 시기는 지나가고, 따뜻하고 좋은 계절이 오기 시작했다. 산길에 쌓인 눈은 이미 녹았지만 물기 가득한 안개가 요새에 남아 있었다. 겨우내 골짜기에 퍼진 흐릿한 안개를 사라지게 하려면 강렬한 태양이 필요했다. 그러던 어느 날 아침, 잠에서 깬 드로고는 나무바닥 위에 아름다운 햇살이 반짝이는 모습을 보고 봄이 왔음을 깨달았다.

좋은 계절과 함께 힘을 되찾을 수 있으리라는 희망이 그의 마음을 채웠다. 봄이면 저 낡은 들보들에서도 생명의 흔적이 나타나고, 봄날 밤을 가득 채우는 수많은 소리가 끊임없이 이어지지 않는가. 모든 게 처음부터 다시 시작되는 것처럼 보이고, 건강과 기쁨이 홍수처럼 세상에 쏟아져나오지 않는가.

스스로에게 확신을 주고자, 드로고는 봄을 주제로 한 저명한 작가들의 글을 회상하면서 이런 생각에 깊이 빠졌다. 그는 침대에서 일어나

비틀거리며 창가로 갔다. 현기증이 일었지만, 회복된 상태에서도 여러 날 침대에 누워 있다보면 항상 일어나는 일이라고 생각하면서 위안을 얻었다. 실제로 현기증은 사라졌고, 드로고는 눈부신 태양을 볼 수 있었다.

봄이 온 세상에는 끝없는 기쁨이 퍼져 있는 듯했다. 벽이 정면을 가로막은 탓에 눈으로 직접 확인할 수는 없었지만, 쉽게 직감할 수 있다. 심지어 낡은 성벽들과 뜰의 불그스름한 땅, 빛바랜 나무벤치, 빈 수레, 천천히 지나가는 병사까지도 행복해 보였다. 그렇다면 성벽 너머 바깥세상은 어떻겠는가!

그는 옷을 챙겨 입고 바깥에 있는 소파에 앉아 일광욕을 하고 싶은 충동을 느꼈다. 하지만 미세한 오한 탓에 두려움이 몰려와 어서 침대로 돌아가자며 스스로를 달랬다. '그래도 오늘은 정말 한결 나아졌어.' 착각이 아니라고 확신하며 그는 생각했다.

봄날의 눈부신 아침은 조용히 흘러갔고, 바다 위의 햇살도 자리를 옮겨가고 있었다. 드로고는 침대 옆 탁자 위에 쌓아둔 서류 뭉치를 이따금씩 쳐다봤지만 검토할 마음은 전혀 없었다. 방에는 평상시에 느껴볼 수 없는 고요함이 자리했다. 가끔 들려오는 나팔소리도, 저수조의 물 빼지는 소리도 거슬리지 않았다. 소령으로 임명된 후에도 드로고는 방을 바꾸려 하지 않았다. 다른 방이 꼭 불행을 불러올 것만 같아 두려웠다. 어쨌든 어느새 저수조의 희한한 물소리도 익숙한 습관이 되어 더는 그를 성가시게 하지 않았다.

드로고는 햇살이 비치는 바닥에 가만히 앉아 있는 파리 한 마리를 지켜봤다. 그 계절에는 어울리지 않는 동물이었다. 겨우내 어떻게 살아남은 걸까? 그가 움직이는 파리를 주의깊게 관찰하고 있을 때 누군가가 문을 두드렸다.

평소와 다른 노크임을 조반니는 알아차렸다. 그의 부관도, 대개 양해를 구하러 찾아오는 사령부의 코라디 대위도, 그처럼 정기적으로 찾아오는 또다른 방문객도 아니었다. "들어오세요!" 드로고가 말했다.

문이 열리더니 늙은 재봉사 프로스도치모가 들어왔다. 어느덧 허리가 많이 굽은 그는 한때 준위 복장이었음이 분명한 이상한 옷을 입고 나타났다.

그는 약간 숨이 찬 상태로 들어서서는, 오른손 검지로 성벽 너머의 무언가를 가리켰다.

"그들이 옵니다! 그들이 와요!" 그는 무슨 큰 비밀이라도 전하는 양 낮은 목소리로 외쳤다.

"누가 온다는 겁니까?" 드로고는 몹시 흥분한 재봉사를 보고 놀라서 물었다.

'조심해야 해.' 그는 생각했다. '이 사람이 여기서 얘기를 늘어놓기 시작하면 적어도 한 시간은 지날 거야.'

"도로로 오고 있어요. 드디어 북쪽 도로에서요! 다들 그들을 보러 테라스로 갔어요."

"북쪽 도로에서요? 군인들이 말입니까?"

"대대 병력이, 대대 병력이요!" 자제력을 잃은 노인이 주먹을 불끈 쥐며 소리쳤다. "이번에는 착오가 아닙니다. 게다가 요새에 지원군을 보낸다고 통보한 참모본부의 편지가 도착했어요. 전쟁입니다, 전쟁이에요!" 그는 계속 외쳐댔다. 겁을 집어먹은 건지 아닌지 도무지 알 수가 없었다.

"그런데 벌써 보입니까?" 드로고가 물었다. "망원경 없이도 보인다고 요?" (그는 끔찍한 불안을 느끼며 침대에서 벌떡 일어났다.)

"어휴, 보인다니까요! 소총이 보이는데, 벌써 열여덟 개까지 파악이 됐어요!"

"조만간 공격해오겠군요? 얼마나 걸릴까요?"

"아, 도로를 통하면 금세 올 겁니다. 이틀 뒤면 여기에 도착할 거예 요. 최대한 이틀이죠!"

'망할 놈의 침대.' 드로고는 생각했다. '병 때문에 여기에 묶여 있다 니.' 프로스도치모가 이야기를 꾸며냈으리라는 의심은 전혀 들지 않았 다. 갑자기 그는 모든 게 사실임을 알아차렸다. 공기까지, 심지어 햇빛 까지도 어딘지 달라져 있었다.

"프로스도치모." 그가 힘겹게 숨을 쉬며 말했다. "내 부관 루카를 불 러줘요. 내가 벨을 울려봤자 소용없을 겁니다. 분명 서류를 받으려고 사령부에서 대기하고 있을 거거든요. 서둘러요, 어서!"

"즉시 가겠습니다, 소령님." 프로스도치모는 떠나면서 권했다. "병세 는 더이상 괘념치 마시고 소령님도 성벽으로 보러 오십시오!"

그는 문을 닫는 것도 잊은 채 재빨리 나갔다. 복도를 따라 멀어지는 걸음소리가 들리더니, 다시 침묵이 돌아왔다.

"하느님, 저를 낫게 해주세요. 간절히 애원합니다. 적어도 엿새나 이 레만이라도 제발." 드로고는 흥분을 가라앉히지 못한 채 중얼거렸다. 당장이라도 자리를 박차고 일어나 어떻게든 성벽에 가서 시메오니를 만나고 싶었다. 자신이 자리를 비우지 않는 사람임을, 평소와 같이 자기 자리에서 책임을 다한다는 사실을 깨닫게 해주고 싶었다.

쾅! 복도에 바람이 불어와 방문을 세차게 밀었다. 깊은 정적 속에서 바람소리는 마치 드로고의 기도에 대한 응답처럼 크고 불길하게 울려 퍼졌다. 대체 왜 루카는 오지 않을까? 그 멍청한 녀석은 두어 계단 걸어올 거리를 얼마나 지체하고 있는 건가?

결국 드로고는 더이상 그를 기다리지 않고 침대에서 내려왔다. 곧 어지러운 현기증에 휩싸였지만 다행히 현기증은 서서히 사라졌다. 이제 거울 앞에 선 그는 누렇고 쇠약해진 자신의 모습을 보며 깜짝 놀랐다. 이렇게 보이는 건 다 수염 탓이야. 그는 자기 이름 조반니를 불러보고는 여전히 잠옷만 걸친 채 면도기를 찾아 불안한 걸음으로 방안을 돌아다녔다. 어째서 루카는 오지 않는가?

쾅! 바람이 불어와 또 한번 방문에 부딪혔다. "무슨 일이냐, 악마야!" 드로고는 그렇게 말하고 문을 닫으러 다가갔다. 그때 그의 방으로 다가오는 부관의 걸음소리가 들렸다.

면도를 하고 군복을 차려입은—하지만 군복이 너무 커서 헐렁하게 느껴졌다—조반니 드로고 소령은 방에서 나와, 평소보다 훨씬 길어 보이는 복도로 향했다. 루카는 소령의 힘겨운 걸음걸이를 보고, 혹시라도 그를 부축해야 할 경우를 대비해 약간 뒤로 물러나 있었다. 현기증의 소용돌이가 갑자기 몰려올 때마다 드로고는 걸음을 멈추고 벽에 기대서야 했다. '너무 흥분했어. 늘 그렇듯 신경과민이야.' 그는 생각했다. '하지만 곧 괜찮아질 거야.'

정말 현기증은 사라졌고, 드로고는 요새의 테라스 꼭대기에 도착했다. 그곳에서는 여러 장교가 모여 산맥에 가려지지 않은 평원의 삼각지대를 망원경으로 살펴보는 중이었다. 조반니는 강렬한 태양의 눈부신 햇살을 온몸에 받고 있었다. 그는 이제 그러한 햇빛에 익숙하지 않았고, 장교들 인사에도 건성으로 답했다. 어쩌면 오해인지도 모르지만, 부하 장교들이 그에게 인사할 때 예의를 갖추지 않은 것처럼 보였던 것이다. 더이상 그가 자신들의 직속상관이 아닌 것처럼, 어떤 의미에서는 일상적인 요새 생활의 중재자가 아닌 것처럼 여기는 듯했다. 그가 이미 영향력을 잃었다고 판단한 걸까?

이런 불쾌한 생각은 오래가지 않았다. 큰 걱정, 다름 아닌 전쟁에 관한 생각이 몰려왔기 때문이다. 무엇보다 먼저 산 정상 보루의 꼭대기에서 작은 연기가 피어오르는 게 그의 눈에 들어왔다. 그러니까 경비대가 그곳에 다시 배치되어 있었고, 비상조치도 이미 취해져 있었던 것이다. 사령부는 부사령관인 그에게 아무런 의견도 묻지 않은 채 벌써 전시체제에 들어가 있었다. 그에게는 통보조차 없이. 만약 프로스도치모가 자진해서 그를 부르러 오지 않았다면, 드로고는 적의 위협을 모른 채 지금까지 침대에 있었을 것이다.

그는 격렬하고 쓰라린 분노를 느꼈다. 두 눈이 흐릿해져 그는 테라스 난간에 기대어야 했다. 그토록 약해진 자신의 상태를 다른 사람들이 눈치채지 못하도록 최대한 스스로를 추슬렀다. 적대적인 사람들 사이에서 끔찍하게 혼자인 기분이었다. 물론 모로처럼 그를 따르는 젊은 중위들이 몇 명 있기는 했지만, 부하 장교들의 지지가 무슨 소용이란 말인가?

그때, 경례를 외치는 소리가 들려왔다. 얼굴이 벌게진 시메오니 중령이 빠른 걸음으로 그들 앞에 나타났다.

"삼십 분 전부터 자네를 백방으로 찾아다녔어." 그가 드로고에게 외쳤다. "어떻게 해야 할지 도무지 모르겠네! 어서 결정을 내려야만 해!"

그는 유난스럽게 친근한 태도로, 그러나 드로고에게 조언을 구하는 일이 무척 걱정스럽고 불안한 듯 눈썹을 찌푸리며 그에게 다가왔다. 시메오니가 자신을 기만하고 있다는 걸 너무나 잘 알면서도 조반니는 마음이 풀어졌고, 분노도 순식간에 사그라졌다. 시메오니는 드로고가 움직이지 못한다고 생각하여 더이상 그에게는 신경쓰지 않던 터였다. 그래서 그 모든 일이 일어났을 때도 드로고에게 알리지 않은 채 자기 생각대로 결정했는데, 그후에 드로고가 요새를 돌아다닌다는 말을 전해 듣고는 자신의 깊은 신뢰를 어떻게 증명할지 걱정하며 드로고를 찾아 뛰어다녔던 것이다.

"여기 스타치 장군님의 전갈을 가져왔네." 시메오니가 말했다. 그는 드로고가 뭐라 묻기도 전에 선수를 쳐, 다른 사람들이 듣지 못하도록 그를 멀찍이 데려갔다. "지금 지원 병력으로 두 개 연대가 오고 있어, 알겠나? 그럼 그들을 어디에 배치하지?"

"지원군 두 개 연대라고?" 드로고가 크게 놀라며 되물었다.

시메오니가 그에게 전갈을 건네줬다. 장군은 적군의 도발 가능성을 염려하면서, 국경 보안 수칙에 따라 요새의 주둔군을 지원하기 위해 두 개 연대, 즉 제17보병대 그리고 포병대로 구성된 연대를 함께 파병했다고 알리고 있었다. 최대한 빨리 완전 병력을 갖춘 옛 수비대 조직으로 재정비하려는 처사이니, 지원군 장교들 및 병사들을 위한 숙소를 마련하라는 것이었다. 그들 중 일부는 물론 야영 막사에서 지낼 터였다.

"우선 산 정상 보루에 소대를 보냈네. 잘한 일이지, 안 그런가?" 시메오니는 드로고에게 대답할 시간도 주지 않고 덧붙였다. "그들을 이미 봤나?"

"그래. 잘 처리했더군." 조반니는 가까스로 대답했다. 시메오니의 말이 멀리 떨어진 비현실적인 소리처럼 그의 귀에 들어왔고, 그를 둘러싼 것들은 기분 나쁘게 동요했다. 드로고는 고통을 느꼈다. 갑자기 극도의 실신 상태에 빠져들 것만 같아, 그는 온 의지력을 다해 두 다리를 지탱하려고 안간힘을 썼다. '오, 하느님, 오, 하느님.' 그는 마음속으로 간절히 청했다. '저를 좀 도와주세요!'

무력한 모습을 감추기 위해 그는 망원경을 달라고 했다(그 유명한 시메오니 중위의 망원경이었다). 난간에 팔꿈치를 기대자 간신히 자세를 지탱할 수 있었다. 이윽고 그는 북쪽 땅을 바라보기 시작했다. 아, 만일 적들이 잠시 기다려준다면. 그가 회복되기까지 일주일이면 충분했다. 그토록 오랜 세월을 기다려온 마당에, 며칠 더 걸린다 해도 늦는 건 아니지 않은가. 고작 며칠일 뿐인데 말이다.

그는 망원경으로 사막의 삼각지대를 바라봤다. 아무것도 나타나지 않기를, 그리고 도로가 인적 없이 텅 비어 있기를 바랐다. 이것이 적을 기다리며 평생을 보낸 드로고가 바라는 바였다.

아무것도 나타나지 않기를 기대했건만, 사막의 희끄무레한 평야를 비스듬히 가로지르는 검은 줄기가 보였다. 움직이는 그 줄기를 자세히 보니, 사람들과 수송대로 빽빽한 무리가 요새를 향해 내려오고 있었다. 과거 국경선을 정비하던 시절의 빈약한 무장 대열이 아니었다. 그들은 북쪽의 무장 부대였다. 마침내, 그리고 아마도……

망원경으로 적들의 모습을 본 순간 드로고는 어지러움을 느끼기 시작했고, 소용돌이가 점점 더 어두워지면서 그를 집어삼키는 듯했다. 정신을 잃은 그는 인형처럼 난간에 늘어졌다. 시메오니가 때마침 그를 붙잡았다. 의식이 없는 그의 몸을 똑바로 세우면서, 그는 군복 너머로 드로고의 야윈 뼈대를 느꼈다.

28

하룻낮과 하룻밤이 지났다. 조반니 드로고 소령은 침대에 누워 있었
다. 저수조의 반복되는 물소리가 간간이 들려올 뿐 다른 소음은 전혀
없었지만, 요새 전체에는 시간이 지날수록 불안한 동요가 커져갔다. 모
두에게서 고립된 드로고는 혹시 잃었던 기운이 되돌아오려나 싶어 몸
의 변화에 귀기울였다. 며칠만 쉬면 나을 병이라고 의사 로비나 씨는
말했다. 하지만 실제로는 얼마나 걸릴까? 적들이 갑자기 들이닥칠 때,
적어도 일어서서 옷을 입고 요새 지붕까지 몸을 끌고 갈 수는 있는 걸
까? 그는 이따금씩 침대에서 몸을 일으켜보았고, 상태가 조금 호전된
기분이 들 때마다 아무데도 기대지 않고 거울 앞까지 걸어가보기도 했
지만, 점점 흙빛이 되어가는 수척한 얼굴과 불길한 몰골이 새로운 희망
을 앗아갈 뿐이었다. 현기증에 정신이 흐려진 그는 비틀비틀 침대로 돌

아가며 자신을 치료하지 못하는 의사를 탓했다.

벌써 햇살이 침실 바닥에 넓은 원을 그려놓은 것으로 보아 아마 최소한 열한시는 되었을 무렵이었다. 뜰에서 낯선 목소리들이 웅성거렸다. 요새의 사령관 시메오니 중령이 방으로 들어왔을 때, 드로고는 천장에 시선을 고정한 채 꼼짝 않고 누워 있었다.

"몸은 어때?" 그가 활기차게 물었다. "조금 나아졌나? 이런, 안색이 창백한데, 알고 있나?"

"알아." 드로고는 차갑게 대꾸했다. "북쪽 사람들은, 진군했나?"

"그래." 시메오니가 말했다. "포병들이 벌써 산등성이 꼭대기에 올라 포진중이야…… 어쨌든 와보지 못한 건 미안하게 됐네. 여기는 지옥이 되어버렸어. 오늘 오후에 첫 지원군이 도착하네. 이제야 오 분 정도 짬이 생겼어."

드로고는 그의 떨리는 목소리를 듣고 놀라며 입을 열었다. "내일이면 일어나길 바라야지. 그러면 자네에게 조금이나마 도움이 될 걸세."

"아, 아니야, 그런 생각 말게. 지금은 낫는 것만 생각해. 내가 자넬 잊었다고 생각하지도 말고. 그보다, 한 가지 좋은 소식이 있네. 오늘 멋진 마차가 자넬 데리러 올 거야. 전쟁이든 아니든, 친구가 우선 아니겠나……" 그가 거침없이 내뱉었다.

"마차가 나를 데리러 온다고? 왜 나를 데리러 와?"

"아, 그래, 와서 자네를 데려갈 걸세. 자네도 항상 이 누추한 방에서 지내고 싶진 않잖나. 도시로 가면 훨씬 차도가 있을 걸세. 한 달 안에 다시 걷기 시작하겠지. 여기 생각은 하지 말게. 큰 문제는 어느 정도 해결됐으니까."

드로고의 가슴에서 거대한 분노가 숨막힐 듯 타올랐다. 그는 적들을 기다리느라 인생의 좋은 것들을 던져버렸고, 그 유일한 믿음으로 삼십 년 이상을 버티며 살아왔다. 그런 그를 드디어 전쟁이 시작되려는 바로 지금 쫓아버리겠다고?

"적어도 내게 물어봤어야지." 그는 화가 나서 떨리는 목소리로 대답했다. "난 안 옮겨. 여기서 지낼 거야. 자네가 생각하는 것만큼 아프지도 않네. 내일이면 일어나서……"

"제발, 흥분하지 말게. 아무 짓도 안 할 테니까. 그렇게 화를 내다간 더 나빠질 거야." 시메오니가 억지로 너그러운 미소를 띠며 말했다. "단지 그 편이 훨씬 낫지 않나 싶었을 뿐이야. 로비나 씨도 그렇게 말하고……"

"로비나 씨가 뭐라고? 자네한테 마차를 부르라고 말한 사람이 로비나 씨야?"

"아, 아니야. 로비나 씨하고는 마차 얘기를 하지 않았어. 그저, 다른 공기를 쐬는 게 자네 건강에 좋을 거라고 하더군."

그 순간 드로고는 오르티츠에게 하듯이 진정한 친구로서 마음을 열고 시메오니와 대화를 해야겠다는 생각이 들었다. 어쨌든 시메오니 역시 한 사람 아닌가.

"이보게, 시메오니." 그는 어투를 바꾸며 말했다. "자네가 알다시피…… 이곳 요새에 남아 있는 사람들은…… 모두 전쟁에 대한 포부 때문에 있었어…… 설명하기 어렵지만 자네도 무슨 얘긴지 잘 알 거야."(그는 정말이지 제대로 설명할 수가 없었다. 이러한 사람에게 그런 걸 어떻게 이해시킬 수 있겠는가?) "그러니까, 그 가능성이 아니었다면……"

"이해가 안 되는군." 시메오니는 난처한 기색이 역력했다. (드로고가 동정심을 자극하려고 이러는 건가? 그는 생각했다. 병이 그를 이토록 나약하게 만들었나?)

"아니, 자네는 이해해야 돼." 조반니가 계속 고집했다. "이곳에서 난 삼십 년 넘게 기다려왔어…… 많은 기회를 떠나보냈지. 삼십 년은 상당한 시간이야. 난 그 시간을 모조리 적들을 기다리는 데 쏟았네. 이제 와서 내게 강요할 수는 없어…… 지금 나보고 떠나라고 강요할 수 없다고. 그럴 수 없어. 난 남아 있을 권리가 있네……"

"좋아." 시메오니가 짜증스럽게 맞받아쳤다. "난 도와주려고 했을 뿐인데, 자네는 이런 식으로 나오는군. 정말 쓸데없는 짓을 한 셈이야. 일부러 전령병을 둘이나 보냈고, 마차가 지나갈 수 있도록 애써 포병대 행군을 지연시켰다고."

"자네 탓을 하는 게 아냐." 드로고가 말했다. "오히려 자네에게 고맙게 생각하네. 좋은 의미로 그랬다는 거 알아." (그는 생각했다. 오, 이런 인간을 우정으로 대하기란 얼마나 괴로운 일인가.) "게다가 마차는 여기에 세울 수 있잖아. 지금 난 그런 여행을 할 상태가 못 돼." 경솔하게도 그는 이렇게 덧붙이고 말았다.

"방금 전엔 내일이면 일어날 거라더니, 이젠 마차에 오를 수도 없다고 하는군. 안됐지만 자네는 스스로 뭘 원하는지도 모르고 있어……"

드로고는 사태를 바로잡으려고 애썼다. "아, 아니지. 그런 여행을 하는 것과 순찰로까지 걸어가는 건 전혀 다른 얘기야. 발받침을 들고 다니다가 기운이 빠지면 앉아도 되고 말이지." (그는 '의자'라고 말할까

했지만 왠지 그건 우스꽝스럽게 들릴 것 같았다.) "거기 앉아 병사들을 통제하면 돼. 최소한 지켜볼 수는 있지."

"그럼, 남아. 남아 있으라고!" 시메오니가 대화를 끝내기 위해 말했다. "하지만 앞으로 도착할 장교들을 어디에서 재우란 말인가. 그들을 복도에 데려다놓을 수도 없고, 창고에 둘 수도 없잖아! 이 방에 침대 세 개는 놓을 수 있을 텐데……"

드로고는 그를 싸늘한 시선으로 쳐다봤다. 시메오니의 속셈이 그것이었나? 빈방을 얻기 위해 드로고를 멀리 보내고 싶었던 걸까? 오직 그 이유로? 배려나 우정 때문이 아니었다. 진즉에 그 사실을 깨달아야 했어. 드로고는 생각했다. 그와 같은 악한이 어떻게 나올지 짐작했어야 했다고.

드로고가 아무 말이 없자 용기를 얻은 시메오니는 주장을 계속했다. "이 방에 침대 세 개는 충분히 들어오겠어. 두 개는 이쪽 벽에 길게 놓고, 나머지 한 개는 저쪽 구석에 놓으면 되겠어. 이봐, 드로고. 내 말 듣고 있나?" 시메오니는 최소한의 인간적인 존중도 없이 아주 적나라하게 자기 계획을 드러냈다. "내 말을 끝까지 듣는다면 자네가 여기 있는 동안 일이 한결 수월해질 걸세. 내 말 마음에 두지 말았으면 하네만, 사실 자네 상태로 무슨 쓸모 있는 일을 할 수 있을지 모르겠군."

"좋아." 조반니가 그의 말을 끊었다. "알았어. 이제 충분해. 제발 그만 하게. 두통까지 오는군."

"미안하네." 시메오니가 말했다. "고집을 부렸다면 미안해. 하지만 당장 이 문제를 해결하고 싶어서 말이야. 마차는 오는 중이고, 로비나 씨는 떠나는 걸 추천하는데다, 방은 비워야지, 게다가 그러면 자네도 더 빨리 회복하지 않겠나. 사실 나 역시 아픈 자네를 여기 있게 했다가 만일 불상사라도 일어나면 막중한 책임감을 떠안게 되는 거야. 자네가 내게 대단한 책임을 떠맡기는 셈이라고. 솔직하게 얘기하는 거네."

"이봐." 드로고는 입을 열었지만, 말다툼을 벌이는 게 얼마나 부조리한 짓인지 알고 있었다. 그는 나무벽을 따라 비스듬히 올라가고 있는 햇살에 시선을 고정했다. "안 가겠다고 고집을 부려서 미안하네. 하지만 여기 남고 싶어. 자네가 곤란해지는 일은 전혀 없을 거야. 장담하는데, 원한다면 직접 서약서를 써주지. 이제 어서 가보게, 시메오니. 날 좀 조용히 내버려두게. 어쩌면 살날이 얼마 남지 않았는지 몰라. 그냥 여기 있게 놔둬. 내가 이 방에서 잔 지 삼십 년이 넘었어……"

시메오니는 잠시 침묵했다. 그는 아픈 동료를 경멸의 눈빛으로 응시하며 기분 나쁜 미소를 짓더니, 곧 목소리를 바꿔 물었다. "만일 내가 상관으로서 요청한다면 어쩔 텐가? 내 요청이 명령이라면 자네는 뭐라고 대답할까?" 여기서 그는 긴장 효과를 만들어내려는 듯 잠시 이야기를 끊었다. "친애하는 드로고, 이번에는 평상시 자네의 군인정신이 보이질 않는군. 이런 말을 하게 되어 유감스럽네. 하지만 결국에는 자네가 떠나는 게 옳을 거야. 새로운 변화가 자네에게 많은 도움이 될 누가 알겠나. 자네가 원치 않는 것도 알지만, 인생에서 모든 걸 가질 수는 없어. 받아들이게…… 곧 자네 부관을 보내겠네. 그가 자네 짐을 챙겨줄 거고, 두시에는 마차가 도착해 있을 거야. 그럼 이따가 보자고."

시메오니는 그렇게 말하고서 급히 자리를 떴다. 드로고에게 반론할 시간을 주지 않으려는 의도였다. 서둘러 문이 닫혔고, 상황을 완전히 장악하고 만족에 젖은 사람의 빠른 걸음소리가 복도를 따라 멀어져갔다.

숨막히게 무거운 침묵이 내려앉았다. 꾸르륵! 벽 뒤편에서 저수조의 물소리가 났다. 이후 방에서는 흐느낌에 가까운 드로고의 힘겨운 숨소리만이 들렸다. 바깥의 하루는 봄날의 눈부신 화려함으로 피어나고 있었다. 돌들마저 따듯한 온기를 품기 시작했고, 멀찌감치 떨어진 가파른 절벽에서는 한결같은 물소리가 들려왔다. 적들은 요새가 훤히 바라보이는 마지막 산등성이 아래 모여 있었다. 평원의 도로를 통해 군대와 군장비들이 여전히 계속 내려왔다. 요새 성곽에서는 모든 것이 경계 태세에 들어가 탄약이 충분히 준비되고, 병사들은 제대로 배치되었으며, 무기는 점검을 마쳤다. 앞에 있는 산맥에 가려 아무것도 보이지 않았지만(오직 산 정상 보루에서만 모든 걸 제대로 관찰할 수 있다), 모두의 시선은 북쪽을 향해 있다. 아주 오래전 북쪽의 외인들이 국경선을 정비하러 왔을 때처럼, 두려움과 기쁨이 교차하는 술렁거림 속에서 불안한 부동상태가 이어진다. 어쨌든, 어느 누구한테도 루카의 도움으로 옷을 차려입고 떠날 채비를 하는 드로고를 기억할 시간은 없다.

29

정말이지 마차는 시골길에 어울리지 않을 정도로 화려하고 웅장했다. 창문에 연대의 문장만 없었더라면 부유한 신사의 소유물로 보일 정도였다. 마부석에 병사 두 명이 앉아 있었는데, 마부와 드로고의 부관이었다.

벌써 지원군 첫 파견대의 도착을 앞둔 요새의 커다란 동요와 혼란 속에서, 마른 몸에 핏기 없이 지친 노란 얼굴의 장교에 큰 주의를 기울이는 이는 아무도 없었다. 드로고는 천천히 계단을 내려와 정문을 향해 걸어갔고, 이어 마차가 대기하고 있는 바깥으로 나갔다.

햇살 가득한 평지에는 그 순간 골짜기에서 요새를 향해 전진해오는 병사들과 말들, 그리고 노새들의 긴 행렬이 나타났다. 그들은 강행군에 지치긴 했지만, 요새가 점점 가까워질수록 걸음 속도를 빨리했다. 선

두에 선 군악대가 연주를 준비하려는지 악기들을 덮고 있는 회색 천을 거두는 광경이 보였다.

지나가던 몇몇이 드로고에게 경례를 붙였지만 그런 이는 거의 드물었고 그나마도 더는 예전 같은 경례가 아니었다. 그가 떠나고 있다는 것과 이제 요새 계급체계에 그의 자리가 존재하지 않는다는 사실을 모두가 알고 있는 듯했다. 모로 대위와 다른 몇 명이 그에게 와서 좋은 여행이 되길 빌어주긴 했으나, 그저 젊은이들이 노인 세대에 보이는 일반적인 호의에서 나온 아주 짧은 인사일 뿐이었다. 그들 중 누군가가 시메오니 사령관이 드로고에게 기다려달라고 청했다는 말을 전했다. 그 시간 사령관이 정신없이 바쁜데 틀림없이 올 테니, 드로고 소령더러 몇 분만 기다려달라는 것이었다.

하지만 드로고는 마차에 올라 즉시 떠나라고 명령했다. 그는 숨을 더 편히 쉬고자 덮개를 내리게 하고 어두운 색상의 담요 두세 장으로 다리 부위를 감쌌다. 그 위로 사브르의 광채가 스며나왔다.

마차는 돌멩이들 위에서 흔들리며 돌투성이 평지로 향했다. 그렇게 드로고의 길은 마지막 갈림길로 향하고 있었다. 바퀴가 돌에 부딪힐 때마다 의자 한쪽에 앉은 그의 머리가 흔들거렸다. 드로고는 점차 낮아지는 요새의 노란 성벽을 물끄러미 바라봤다.

그곳에서 그는 세상과 분리되어 살았고, 적군을 기다리며 삼십 년이 넘는 시간을 고통스럽게 지냈다. 그리고 외국의 적들이 도착한 지금, 동료들은 그를 쫓아버렸다. 한편 그의 친구들과 타인들은 저 아래 도시에서 편안하고 행복한 삶을 살았고, 이제 목적지에 도달하여 우월한 경멸의 미소를 지으며 전리품을 거머쥐고 있었다.

드로고는 마치 처음으로 그것들을 보는 양, 요새의 노란 성벽이며 탄약고와 무기고의 기하학적인 윤곽에서 시선을 떼지 못했다. 쓰디쓴 눈물이 주름진 얼굴로 천천히 흘러내렸다. 모든 것이 비참하게 끝나가고 있었고, 아무런 할말도 남아 있지 않았다.

그를 위한 것은 아무것도, 정말이지 아무것도 남지 않았다. 세상에 혼자이고 병들어 있던 그를 그들은 나병환자처럼 쫓아버렸다. '망할 놈들, 망할 놈들'이라고 그는 욕을 퍼부었다. 하지만 이내 모든 일을 그냥 내버려두고, 더는 아무것도 생각하지 않기로 했다. 그러지 않으면 참을 수 없이 솟구치는 분노로 가슴이 터질 것만 같았다.

아직 갈 길이 꽤 남았는데도 태양은 벌써 기울기 시작했다. 마부석에 앉은 두 병사는 조용히 이야기를 나누고 있었다. 그들은 남든지 떠나든지 하는 일에 별 관심이 없었다. 터무니없는 망상으로 괴로워하지도 않고, 그저 자신들에게 다가오는 삶을 택할 뿐이었다. 최고급으로 만들어진 진짜 환자 이송용 마차는 땅에 팬 구멍을 지날 때마다 섬세한 저울처럼 흔들렸다. 그리고 요새는 그 모든 풍경과 함께 점점 더 작고 낮아졌다. 그 봄날 오후, 성벽은 이상하리만치 빛났다.

'마지막이겠지.' 마차가 평지 가장자리에 이르렀을 때 드로고는 생각했다. 거기서부터 길은 골짜기 안으로 접어들기 시작했다. "안녕 요새여." 그는 혼잣말을 했다. 하지만 그러면서도 조금 얼떨떨한 기분이었고, 다시 한번 옛 성곽을 보기 위해 마차를 세울 용기조차 나지 않았다. 수세기가 지난 지금에서야 마침내 요새는 제대로 된 삶을 시작하려는 참이었다.

잠시 드로고의 눈동자에 노란 성벽과 기울어진 성채, 신비한 보루,

그리고 해동기 절벽의 검은 경사면들 모습이 머물렀다. 조반니에게는 극히 짧은 한순간, 갑자기 성벽이 하늘을 향해 빛을 내며 길게 뻗어나가는 듯 보이더니, 이윽고 풀이 돋은 바위들에 가려 그 모든 광경이 무참히 자취를 감췄다.

오후 다섯시 무렵, 마차는 어느 작은 여관에 도착했다. 협곡 옆으로 길이 난 곳에 자리한 여관이었다. 위로는 풀과 붉은 흙으로 덮인 어지러운 산마루와 사람의 발길이 닿은 적 없어 보이는 황량하고 적막한 산들이 신기루처럼 솟아 있었다. 아래서는 급류가 흘렀다.

마차는 여관 앞에 난 작은 안뜰에 멈춰 섰다. 마침 한 소총 대대가 그곳을 지나가고 있었다. 땀과 피로로 붉게 달아오른 젊은 얼굴들이 드로고의 주위를 지나갔다. 놀라움이 담긴 그들의 눈길이 그에게 와닿았다. 장교들만이 그에게 경례를 붙였다. 멀어져가는 그들 사이에서 누군가의 목소리가 들렸다. "편안히 가는군, 노인 양반!" 하지만 어떤 웃음소리도 뒤따르지 않았다. 그들이 전쟁터로 가고 있는 동안 그는 비겁하게 평지로 내려온 것이다. 형편없는 장교로군, 아마도 군인들은 그렇게 생각했을 것이다. 하지만 그 또한 죽어간다는 사실은 그의 얼굴에서 읽지 못했으리라.

그는 안개와 닮은 희미하고 둔중한 감각에서 도무지 자유로워질 수가 없었다. 어쩌면 마차의 진동 때문이거나 병 때문일 수도 있었고, 아니면 단순히 비참하게 끝나가는 삶을 지켜보는 고통 때문일지도 몰랐다. 그에게는 정말 더이상 아무것도 중요하지 않았다. 도시로 돌아가 낡고 텅 빈 집에서 몸을 질질 끌며 걸어다니거나 몇 달이고 지루하게 침대에 누워 있을 생각을 하니 끔찍했다. 서둘러 집에 도착해야 할 이유가 전혀 없었다. 그는 여관에서 밤을 보내기로 결심했다.

그는 대대가 완전히 지나가길 기다렸다. 군인들이 발을 내디딜 때마다 올라오는 먼지와 급류의 물소리에 잠긴 군용 마차의 꿩음이 가라앉을 때까지. 그런 뒤 루카의 어깨에 기대어 천천히 마차에서 내렸다.

입구에 한 여자가 앉아 있었다. 그녀는 뜨개질을 하느라 분주했고, 그녀의 발치에 놓인 소박한 요람 안에서는 어린아이가 잠을 자고 있었다. 드로고는 놀라움을 느끼며 그 경이로운 모습을 바라봤다. 어른들의 잠과는 너무나 다른 달콤하고 깊은 잠이었다. 그 작은 생명 안에는 아직 산란한 꿈들이 생겨나기 전이었다. 작은 영혼은 어떤 욕망이나 후회도 없이 지극히 순수하고 고요한 대기를 걱정 없이 누비고 있었다. 드로고는 잠자는 아이를 바라보며 걸음을 멈췄다. 이윽고 날카로운 슬픔이 그의 심장을 파고들었다. 그는 깊이 잠든 자신을 상상해보았다. 그 모습은 그가 결코 알지 못했던 이상한 드로고였다. 괴물같이 잠에 빠진 채 불분명한 괴로움에 시달리는 몸, 거친 호흡, 반쯤 벌어져 늘어진 입이 그의 상상 속에 떠올랐다. 하지만 그도 언제인가 그 아이처럼 잠들었었다. 그 역시 사랑스럽고 순수했었다. 어쩌면 어느 늙고 병든 장교가 발걸음을 멈추고 쓸쓸한 놀라움으로 어린 그를 바라봤을지도 모른다. "불쌍한 드로고." 그는 중얼거렸다. 자신이 얼마나 나약한지를, 무엇보다 자신이 세상에 혼자이며, 스스로를 제외하고는 다른 어느 누구도 자신을 사랑하지 않음을 그는 깨달았다.

30

그는 어느 침실의 넓은 소파에 앉아 있었다. 창문을 통해 향기로운 공기가 들어오는 아름다운 저녁이었다. 드로고는 점차 푸른색으로 변해가는 하늘과 골짜기의 보랏빛 그림자들, 그리고 여전히 햇빛에 잠긴 산마루를 우두커니 바라보았다. 요새는 멀리 있었고, 그 앞의 산들마저 이제는 보이지 않았다.

대단한 행운을 누리지 않는 이들에게도 틀림없이 행복한 저녁이리라. 조반니는 어두워지는 황혼 속에서 그의 도시를 생각했다. 새로운 계절에 대한 달콤한 불안, 강변을 거니는 젊은 연인들, 벌써 불이 켜진 창문에서 새어나오는 피아노 선율, 그리고 저멀리 울리는 기차의 기적 소리를 떠올렸다. 그는 북쪽의 사막평원 한가운데서 피어오르는 적의 모닥불과 바람에 흔들리는 요새의 등불, 전쟁 전야의 잠 못 드는 경이로운 밤을 상상했다. 그를 제외한 모든 사람이 어떤 식으로든 희망의 이유를 지니고 있었다. 비록 작은 이유라 하더라도 말이다.

아래층 응접실에서 한 남자가 노래를 부르는가 싶더니, 곧 한 명이 합세해서 함께 노래를 부르기 시작했다. 사랑을 주제로 한 일종의 대중 가요였다. 푸른색이 짙어지는 하늘 가장 높은 곳에서 별 서너 개가 빛나고 있었다. 드로고는 방에 홀로 있었다. 부관은 술 한잔 마시러 내려간 터였다. 방의 구석진 곳과 가구들 아래서 수상쩍은 그림자들이 짙어졌다. 조반니는 잠깐 저항할 수 없을 것 같은 기분을 느꼈다(결국 아무도 그를 볼 수 없고, 세상 어느 누구도 그를 알지 못하리라). 문득 마음의 무거운 짐이 눈물로 부서지려 하고 있었다.

바로 그 순간, 그의 내면 깊은 곳에서 새로운 생각이, 분명하고 무서운 한 생각이 떠올랐다. 죽음이었다.

시간의 흐름은 깨진 마법처럼 멈춘 듯 보였다. 근래 들어 점점 더 강하게 휘몰아치던 소용돌이는 순식간에 사라져버렸고, 세상은 무감각한 지평선에 걸려 있었다. 시계는 부질없이 움직였다. 드로고의 길은 끝났다. 이제 그는 어느 단조로운 잿빛 바다의 외로운 해안에 있었다. 주변에는 집도 나무도 사람도 찾아볼 수 없었다. 모든 것이 태곳적 시간부터 그러했다.

그는 그 경계 끝에서 어두워져가는 동심원의 그림자가 자기에게 다가오는 걸 느꼈다. 시간문제이리라. 어쩌면 몇 주나 몇 달쯤. 하지만 몇 주나 몇 달 역시 죽음에서 우리를 갈라놓을 때는 아무것도 아닌 시간이다. 그러니까 삶은 일종의 장난으로 전락한 것이다. 자부심을 내세운

내기를 위해 모든 것을 잃고 만 것이다.

바깥 하늘이 짙푸른 색으로 변했다. 한데 서쪽에서는 석양의 햇살이 산의 보랏빛 능선 위에 머물러 있었다. 그리고 방에는 어둠이 찾아들었다. 이제 가구의 윤곽과 침대의 흰 시트, 그리고 드로고의 빛나는 사브르만을 눈으로 식별할 수 있었다. 그는 거기서 결코 움직이지 못할 것임을 깨달았다.

아래층에서 하프와 기타로 연주되는 달콤한 사랑 노래가 이어지는 동안, 어둠에 둘러싸인 조반니 드로고는 자신의 내면에서 마지막 희망이 샘솟는 것을 느꼈다. 세상에 홀로 남아 병들고 요새에서 버려진 남자, 모두에게서 뒤처진 소심하고 쇠약한 그 남자는, 아직 모든 게 끝난 것은 아니라고 용기 내어 상상했다. 어쩌면 일생일대의 기회, 그의 전 생애를 가치 있게 만들어줄 결정적인 전투가 정말로 닥친 건지도 모르기 때문이다.

실제로, 조반니 드로고를 향해 최후의 적이 다가오고 있었다. 그것은 그와 비슷한 인간이 아니었다. 그처럼 희망과 고통에 괴로움을 겪거나, 상처 입을 수 있는 육체와 들여다볼 수 있는 얼굴을 지닌 사람이 아닌, 전능하고 사악한 존재였다. 봄날의 푸른 하늘 아래, 폭발음과 소동 가운데 성벽 꼭대기에서 일어나는 전투가 아니었다. 그의 곁에는 기운을 북돋아줄 친구들도, 먼지와 총성의 매서운 냄새도, 약속된 영광도 없었다. 모든 일이 이 낯선 여관방에서 일어나리라. 촛불 켜진 방안에서, 가장 헐벗은 고독 안에서, 어느 눈부신 아침 승리의 화관을 쓰고 젊은 여인들의 미소로 돌아가기 위한 싸움이 아니다. 지켜보는 이도, 그에게 찬사를 보낼 이도 없다.

오, 한때 그가 바랐던 전투보다 훨씬 혹독한 전투다. 전쟁을 치러본 노병들조차 시도하길 꺼리리라. 여전히 젊고 건강한 육체로 격전지의 열린 공간에서 승리의 나팔소리를 들으며 죽는 편이 훨씬 멋질 테니까. 부상을 입어 오랜 고통 끝에 병원 입원실에서 죽는 것은 더 슬픈 일이다. 집 침대에서 가까운 이들의 탄식과 흐릿한 불빛, 그리고 약병들 가운데서 죽는 일은 더더욱 우울하다. 하지만 낯설고 이름 모를 마을의 낡고 허름한 여관 침대에서 세상에 무엇도 남기지 않은 채 죽는 것보다 더 괴로운 일은 없다.

"용기를 내, 드로고. 이게 마지막 카드야. 군인답게 죽음을 만나러 가는 거야. 엉망이 된 네 삶이 적어도 잘 마무리될 수 있게 말이지. 드디어 운명에 복수를 하는구나. 아무도 너를 칭송하지 않고, 아무도 너를 영웅이나 그 비슷한 존재로 부르지 않을 거야. 하지만 바로 그 때문에 가치 있는 일이기도 하지. 굳은 발로 그림자의 경계를 넘어가. 열병식에서처럼 지체 없이, 할 수 있다면 웃으면서 말이야. 그러면 적어도 네 양심은 가벼울 거야. 신께서도 용서해주시겠지."

'이건 일종의 기도야.' 조반니는 스스로에게 말했다. 삶의 마지막 원이 주위로 조여오고 있음을 느낄 수 있었다. 과거의 일들이 숨어 있던 씁쓸한 심연에서, 부서진 욕망들에서, 그가 겪은 아픔과 상처들에서, 그로서는 감히 엄두도 못 내던 어떤 힘이 올라왔다. 불현듯 형용할 수 없는 기쁨을 느끼며, 조반니 드로고는 자신이 절대적으로 평온하며, 운명적인 시도를 다시 시작할 수 있을 정도로 열정적인 존재임을 깨달았다. 아, 인생에서 모든 걸 가질 수는 없다고? 그렇게 시메오니가 말했던가? 이제 이 드로고가 조금이나마 제대로 보여주지.

기운을 내, 드로고. 그는 끔찍한 생각에서 뒷걸음질치는 대신 오히려 그 생각을 희롱하기 위해 기운을 차리려 애썼다. 혼자서 적군을 향해 공격에 나선 양, 절망적인 몸부림으로 온 정신을 다해 안간힘을 썼다. 그러자 갑자기 그에게서 오래된 공포가 사라지고, 악몽은 희미해졌으며, 죽음은 오싹한 얼굴을 잃어 단순한 자연 그대로의 존재로 변했다. 질병과 세월로 소진된 가여운 남자 조반니 소령은 거대한 검은 입구에 맞서 저항했다. 그 입구의 문들이 떨어지면서 빛에 길을 내주고 있음을 알 수 있었다.

요새 성곽에서 불안스레 기다리던 일이며 황량한 북쪽 평원을 정찰하던 일, 훌륭한 경력을 쌓기 위한 고통과 오랜 기다림의 세월까지, 모든 것이 그에게는 초라하게 다가왔다. 더는 안구스티나를 시기할 필요가 없었다. 그랬다. 폭풍이 치는 가운데 산 정상에서 죽음을 맞이한 안구스티나, 그는 진실로 우아하게 자신의 방식대로 세상을 떠났다. 하지만 병에 잠식당하고 모르는 사람들 틈에 유배된 드로고와 같은 처지에서 영웅답게 최후를 맞기 위해서는 훨씬 더한 야망이 필요했다.

다만 그곳에서 비참한 육신과 튀어나온 뼈대 그리고 병색이 완연한 누렇고 축 늘어진 피부를 지닌 채 떠나야 한다는 점이 유감스러울 뿐이었다. 안구스티나는 본래의 모습 그대로 죽었다고 조반니는 생각했다. 세월이 지나도 그는 여성들이 좋아하는 귀족적인 얼굴에 키 크고 섬세한 젊은이로 남았다. 이것이 그가 지닌 특전이었다. 하지만 누가 알겠는가. 검은 입구를 지나면 드로고 역시 예전처럼, 잘생긴 외모는 아니더라도(왜냐하면 드로고는 결코 잘생긴 적이 없었으니 말이다), 젊음의 풋풋한 생기를 되찾을 수 있을지 말이다. 그 생각에 이르자 드로고는 어린아이처럼 기뻤고, 이상하게 자유롭고 행복한 기분이 들었다.

하지만 곧 그의 머릿속에 또다른 생각이 떠올랐다. 만일 모든 게 속임수라면? 만일 이 용기가 열정의 도취에 불과하다면? 단지 황홀한 일몰과 향기로운 공기 때문에, 그리고 잠시 멈춘 육체의 고통과 아래층에서 들려오는 노래 때문에 벌어진 일이라면? 몇 분이나 한 시간 뒤라도 다시 나약하고 패배한 이전의 드로고로 돌아가야 한다면 어찌할 건가?

아니야, 생각하지 말자, 드로고. 괴로움은 지금으로 충분해. 가장 큰 고통은 이미 겪었어. 설사 고통이 너를 덮치고, 너를 위로해줄 음악이 더이상 없으며, 지극히 아름다운 이 밤 대신에 역겨운 안개가 오더라도, 결국에는 똑같은 결과를 맞이하게 되어 있어. 가장 큰 고통은 지났고, 무엇도 더이상 너를 속일 수 없어.

방은 어둠으로 채워졌다. 이제 침대의 하얀 시트만이 아주 어렵게 겨우 구분될 뿐, 나머지는 모두 검은색이다. 조금 있으면 달이 떠오를 것이다.

달이 뜨는 걸 볼 수 있을까, 아니면 그전에 떠나야만 할까? 방문이 살짝 삐걱이며 흔들린다. 아마 이 불안한 봄밤의 가벼운 회오리일 것이다. 어쩌면 조용한 걸음으로 그것이 들어왔는지 모른다. 그리고 이제 드로고의 소파로 다가오고 있을지도. 조반니는 기운을 내어 가슴을 조금 펴고, 한 손으로 군복의 목깃을 정돈한다. 그의 시선은 다시 한번 창밖으로 향하고, 자신의 마지막 몫인 별들을 보기 위해 아주 짧은 눈길을 던진다. 그리고 어둠 속에서, 아무도 그를 보지 않지만, 그는 미소 짓는다.

요새와 사막 그리고 오지 않는 적들

작가이자 기자인 디노 부차티Dino Buzzati가 대표작 『타타르인의 사막』(1940)을 집필한 시기는, 1차세계대전 후 무솔리니의 파시즘 정권이 이탈리아를 장악하고 이에 반발하는 반파시즘 저항운동이 거세게 일어나던 때였다. 이 소설은 혼란스럽고 불안한 당대의 시대상황과 그 속에서 살아가는 인간의 불안을 상징적으로 잘 묘파해 세기의 고전으로 주목받았다.

『타타르인의 사막』에서 불안은 신비에 가까운 모호함과 동일시되고 있는데, 이 알 수 없는 불안의 정체를 알려고 하면 할수록 인물들은 끝없는 심연으로 추락하고 만다. 도스토옙스키와 카프카의 문학에서 많은 영감을 받아왔던 부차티에게, 인간이 직면한 세계는 실체를 파악할 수 없는 힘에 의해 움직이는 곳이다. 또한 인간의 삶 역시 그 힘의 지배에서 벗어나지 못하는 모습으로 그려진다. 이 작품에서도 보다시피, 이 거대한 힘은 시간의 흐름을 통해 결국 인간을 굴복시키려 한다.

소설에 등장하는 국경 요새, 황량한 사막과 북쪽의 이민족은, 실제의 이탈리아나 유럽 도시를 배경으로 하고 있지 않다. 때로는 마치 환상세계가 현실의 실체와 숨겨진 이면을 더 적나라하게 보여주는 것처럼, 드로고 중위가 살아가는 이 메마른 고독과 정적의 세계는 현실의 어떤 공간보다 긴장과 불안을 야기시킨다. 이야기의 중심을 이루는 요새와 사막 그리고 타타르인은, 주인공 드로고 중위의 삶을 거스를 수 없는 시간과 공간 속에 영영 유배시키려는 듯 보인다.

부차티는 이 소설에서 운명의 거대한 물결에 휩쓸리지 않는 '인간'을, 그리고 그 인간의 '기다림'을 보여주고 있다. 그가 그리는 드로고 중위의 모습은 매우 실존적이면서 일생의 신념을 지키려는 이상적인 인간상으로 나타난다. 그의 삶과 함께 요새와 사막 그리고 오지 않는 적들은, 그 자체로 상징성을 지니며 인간의 외연적인 삶뿐만 아니라 내면세계를 표상하는 요소로 자리잡고 있다.

요새, 삶과 죽음의 메타포

국경을 마주한 외딴 산악지대에 '불가해한 생명력'으로 신비하게 빛나는 요새가 있다. 태곳적부터 그 자리에 있었던 것만 같은 이 황색의 국경 요새는, 사막과 절리와 먼지바람이 빚어내는 우뚝한 고립감과 수수께끼 같은 분위기로 하나둘 끊임없이 젊은 군인들을 유혹하는 듯하다. 이제 막 사관학교를 졸업하고 장교에 임명된 드로고 중위는 부임 명령에 따라 이 수상하고 불가사의한 요새에 도착한다. 그는 낯설고 적막한 요새를 떠나 곧장 도시로 돌아가고 싶어하지만 예상치 못한 난관에 부딪혀 몇 개월 더 머무르기로 한다. 점차 요새의 생활에 적응해가는 드로고는 이전의 세계에 이질감을 느끼며, 시간이 흐를수록 영웅적인 운명을 상징하는 요새의 알 수 없는 신비에 굴복하고 만다.

요새는 북쪽 민족인 타타르인의 침략에 '대비'하고 있지만 그들과의 전쟁 가능성은 언제나 '연기'되어, 드로고 중위와 요새 군인들의 삶은 끝없는 기다림 속에서 나날이 소진된다. 그리고 어느새 그들도 차츰차츰 의식도 못하는 사이 요새의 일부로 변해간다.

요새는 『타타르인의 사막』 전체에서 삶의 메타포로 작용하며 중요한 상징성을 띤다. 실제로 소설 속 인물들의 삶과 죽음은 요새를 경계로 나뉜다. 라차리 병사와 안구스티나 중위가 맞이한 죽음은 요새의 성벽 바깥에서 우연한 사건처럼 찾아온다. 평생 적과의 전쟁을 기다려온 드로고 역시 요새를 떠나 낯선 여관에서 '죽음'이라는 최후의 결전을 기다리게 된다. 이들의 죽음은 북쪽의 적과는 아무런 상관이 없는, 그들의 희망과 타인의 욕망이 충돌하여 벌어지는 비극처럼 나타난다. 그러나 요새를 떠나기로 결정한 사람들에게 죽음이나 불행한 사건은 찾아오지 않는다. 불행은 오롯이 요새에 남은 자들의 몫일 뿐이다.

요새는 군인들에게 북쪽 국경을 지키는 최후의 보루이고, 북쪽의 이민족들이 침범할 수 있는 최초의 남쪽 땅을 의미한다. 경계를 의미하는 요새는 전쟁을 통해 삶과 죽음이 갈라지는 곳이고, 이 가능성을 모두 지닌 삶의 거대한 은유라 할 수 있다. 요새라는 공간은 인물들의 삶에서 시간의 피난처를 표상하는 장소이기도 하지만, 시계와 같이 정확히 움직이는 요새에서의 삶은 이성과 논리로 무장한 또다른 모호함의 세계이기도 하다.

사막, 금기의 영역

요새와 북쪽 땅 사이에 펼쳐진 사막은 생명체를 찾아보기 어려운 불모의 땅이고, 인간의 흔적이 없는 태초의 땅이다. 인간의 출입을 허락하지 않는 이 황량한 공간은 요새의 군인들에게는 또다른 금기의 영역이다. 그리고 타타르인의 신화가 머무는 이상화된 세계라 할 수 있다.

요새에서 보초를 서는 군인들은 사막과 그 너머의 적들을 살펴보느라 무한한 시간 앞에 놓인다. 드로고는 사막 너머 안개가 드리워진 북쪽 땅을 바라보면서 "자기 앞에 놓인 운명의 힘"을 느낀다. 사막은 '죽음의 장소'가 아니라 '영웅적인 운명'을 실현할 수 있는 '가능성의 공간'이기 때문이다.

『타타르인의 사막』에서 사막은 요새와 함께 거부할 수 없는 '운명'과 필연적인 '사건'의 발생 가능성이 암시된 장소다. 그리하여 이곳의 운명은 불완전한 인간에게 완전성을 요구하는 가혹한 삶에 대한 비유가 된다. 사막의 공간성 역시 시간의 흐름을 절대화시키는 비현실적인 공간으로서, 사막을 바라보는 요새의 군인들은 신기루를 보듯 모두 마음을 빼앗겨 다른 삶을 살 수 없는 존재들로 변화한다. 그들의 시간을 삼킨 사막은 그들의 삶을 지배하는 블랙홀과도 같다. 여기서 시간은 사막과 결합되어 강력한 힘을 발휘하고 그들의 이성마저 마비시킨다. 드로고와 요새의 군인들은 이 사막에서 실현될 환영 같은 꿈을 좇아 정지된 요새의 삶으로 도피하는 모습을 보인다.

타타르인, 오지 않는 적들

사막이 미지의 운명을 가리킨다면, 오지 않는 적은 드로고 중위와 요새 군인들의 포부를 실현시킬 수 있는 존재로 등장한다. 그들이 기다리는 영웅적인 승리를 가능하게 만들어줄 이 북쪽의 이민족이 바로 전설 속의 타타르인들이다. 소설에서 타타르인이 나타내는 의미 역시, 현실의 유목민족 타타르인이 아니라 아직 정체를 드러내지 않은 미지의 적, 신비에 싸인 북쪽의 이민족을 상징한다.

요새의 군인들은 타타르인들이 오래전 전투에서 패한 뒤 북쪽 땅 어딘가에 흩어져 있다고 믿는다. 하루하루 적을 기다리는 군인들은 사막에서 아무도 오지 않으리라는 사실을 알면서도 끊임없이 미지의 적들을 기다린다. 군인들은 자신들이 기다리는 적이 가져올 '죽음'을 불사하며 사막에서 펼쳐질 마지막 전쟁을 준비하고 있다. 그들의 존재 목적은 오직 '적의 출현'에 달려 있으며, 적에게서 그들의 요새를 지켜내는 데 있다. 이는 또다른 신화를 의미하고, 그들은 각자 전설적인 영웅으로 자신들의 삶을 완성시키고 싶어한다. '적과의 영웅적인 전투'라는 단 하나의 목적, 단 하나의 희망만이 드로고와 군인들의 삶을 지탱하는 것이다.

그러나 알 수 없는 적의 반응은 사막에 나타난 작고 검은 점처럼 파악하기 어려운 움직임으로 나타나고, 진실을 감춘 채 불분명하고 불확실한 행보를 보인다. 움직이지 않는 듯 움직이는 북쪽의 이민족은 긴장감만을 고조시키며 쉽사리 그 모습을 드러내지 않는다. 그들이 사막에 도로를 내고 공격 준비를 마쳤을 때, 중병에 걸린 드로고는 자신의 의지와 상관없이 요새를 떠나라는 명령을 받는다.

적과 대면할 '그날'만을 기다려온 드로고는 그의 진정한 적이 '타타르인'이 아니라 바로 '죽음'이라는 사실을 깨닫는다. 그러나 그는 운명에 굴복하지 않고 끝까지 저항하는 인간의 길을 선택한다. 어두운 방안에서 조용히 마지막 결전을 맞이하는 드로고는 그 자체로 삶의 신비를 완성한다. 이러한 그의 태도는 죽음이 최후가 아니라 새로운 세계의 시작임을 말해주고 있다.

이처럼 요새와 사막 그리고 이민족 타타르인은 출구가 없는 세계처럼 드로고의 삶을 지배하지만, 그는 파괴된 희망과 현실의 절망 앞에서 삶이 가져오는 비극을 피하지 않는 영웅적인 면모를 보여준다. 어쩌면 드로고는 견고하고 무섭도록 변함없는 삶의 요새에 틈을 내려는 인간의 의지를 나타내는 인물일지 모른다. 고독과 침묵 안에서 벌어지는 그의 마지막 결전은, 드디어 실체를 드러낸 불안과 공포에서 자유로워질 수 있는 또다른 세계의 문을 열어줄 것만 같다.

한리나

1906년   본명 디노 부차티 트라베르소Dino Buzzati Traverso. 10월
          16일 (알프스 돌로미티 지역과 가까운) 벨루노의 가족 소
          유 별장에서 태어남. 이후 부차티 가족은 밀라노에 거주함.
          아버지 줄리오 체사레 부차티는 파비아대와 밀라노 보코니
          대에서 국제법을 가르치는 교수였고, 어머니 알바 만토바
          니는 귀족 가문의 후손이었음.

1916년   밀라노의 문과계열 학교인 파리니중등학교에 입학함.

1919년   가스통 마스페로의 『이집트 예술사』를 읽고 고대 이집트
          학에 매료됨. 이 무렵 에드거 앨런 포와 에른스트 호프만의
          책들을 읽기 시작함.

1920년   아버지가 췌장암으로 세상을 떠남. 이 시기 산에 대한 열정
          이 자라나 평생 동안 지속됨. 글쓰기와 그림그리기를 시작
          하고, 도스토옙스키의 소설들을 읽음. 그해 12월에 산문시
          「산의 노래La canzone alle montagne」를 완성함.

1924년   밀라노대학교 법학부에 입학함.

1926~1927년 군복무를 위해 밀라노 주둔 테울리에 부대에서 사관생도
          교육을 받음.

1928년   밀라노 일간지 〈코리에레 델라 세라〉에서 기자로 활동 시
          작함. 그해 10월 30일 우수한 성적으로 법학부를 졸업함.

1932년   〈코리에레 델라 세라〉 편집장 치로 포잘리에게 『산악순찰
          대원 바르나보Bàrnabo delle montagne』의 원고를 보여
          줌. 편집장은 부차티에게 책으로 출간할 것을 권유함.

1933년	첫번째 소설 『산악순찰대원 바르나보』가 트레베스트레카니툼미넬리출판사에서 출간됨. 신문 취재를 위해 팔레스타인, 그리스, 시리아, 레바논을 방문함.
1934년	카프카의 책들을 탐독하기 시작함. 『오래된 숲의 비밀 *Il segreto del Bosco Vecchio*』 초고를 완성해 이듬해 발표함.
1935년	'유양돌기염'이라는 고통스러운 질병에 걸림. 투병 과정에서 염세적인 생각들이 생겨남. 이 시기의 생각은 1937년 발표한 단편 「7층 *Sette piani*」의 토대가 됨. 매형 에페 라마조티와 『파이프 책 *Il libro delle pipe*』을 공동 창작함. 부차티의 삽화가 실린 이 책은 십 년 후에 출간됨.
1939년	『요새 *La Fortezza*』라는 제목으로 완성된 소설 원고를 작가이자 출판인인 레오 론가네시에게 건넴. 론가네시는 부차티에게 소설의 제목 변경을 요청함. 이후 『타타르인의 사막』으로 바뀜.
1940년	6월 10일 무솔리니가 전쟁을 선포한 뒤 징집 명령이 내려짐. 부차티는 7월에 해군으로 소집되어 파시즘 정권이 붕괴될 때까지 여러 전투에 참전함. 같은 해 6월 리촐리출판사에서 『타타르인의 사막 *Il deserto dei Tartari*』이 출간됨. 초판이 빠르게 매진되는 성공을 거둠. 이후 리촐리를 떠나 그해 11월에 몬다도리출판사와 계약함.
1942년	소설집 『일곱 전령 *I sette messaggeri*』이 몬다도리에서 출간됨.
1945년	〈코리에레 델라 세라〉 기자로 복귀한 후, 『시칠리아의 유명한 곰 습격사건 *La famosa invasione degli orsi in Sicilia*』이 리촐리에서 출간됨. 몬다도리에서 『타타르인의 사막』 2판이 나옴.
1949년	몬다도리에서 신작 소설집 『스칼라극장의 공포 *Paura alla*

Scala』를 출간함.

1950년   산문, 원고 초안, 일기 등을 수록한 『바로 그 순간에*In quel preciso momento*』가 네리포차출판사에서 출간됨.

1954년   몬다도리에서 소설집 『발리베르나 붕괴 사고*Il crollo della Baliverna*』가 출간됨. 그해 10월 23일 나폴리상을 수상함.

1958년   이전에 발표한 단편집에서 발췌한 것들과 새로 쓴 단편들을 추가해 『60개의 이야기*Sessanta racconti*』를 몬다도리에서 출간함. 이 작품으로 스트레가상을 수상함.

1960년   공상과학소설 『위인의 초상*Il grande ritratto*』을 몬다도리에서 출간함.

1963년   4월 몬다도리에서 『어떤 사랑*Un amore*』을 발표함. 이 작품은 문학계에 많은 논쟁을 불러일으킴.

1965년   네리포차에서 첫 시집 『픽 대위와 다른 시들*Il capitano Pic e altre poesie*』을 발표함.

1966년   평소 존경해온 페데리코 펠리니 감독의 영화 『G. 마스토르나의 여행*Il viaggio di G. Mastorna*』 각본 작업에 참여함. 1966~1967년 사이에 각본을 완성했으나, 실제로는 영화화되지 못하고 미완성작으로 남음. 같은 해 몬다도리에서 1960년부터 발표된 작품들을 모은 소설집 『콜롬버와 다른 50가지 이야기*Il colombre e altri cinquanta racconti*』가 출간됨.

1969년   『만화 시집*Poema a fumetti*』을 몬다도리에서 출간함.

1970년   『발모렐계곡의 기적*I miracoli di Val Morel*』 삽화를 그림. 그해 9월 베네치아 나빌리오미술관에서 부차티의 삽화 전시회가 열림.

1971년   2월 무렵에 췌장암 초기 징후가 나타나고, 건강상태가 나날이 악화됨. 같은 해 몬다도리에서 『고통스러운 밤*Le notti* *difficili*』이 출간됨.

1972년   1월 28일 오후 4시 20분 밀라노에서 세상을 떠남.

문학동네 세계문학전집 발간에 부쳐

세계문학은 국민문학 혹은 지역문학을 떠나 존재하는 문학이 아니지만 그것들의 총합도 아니다. 세계문학이라는 용어에는 그 나름의 언어와 전통을 갖고 있는 국민문학이나 지역문학의 존재를 인정하면서 그것을 넘어서는 문학의 보편적 질서에 대한 관념이 새겨져 있다. 그 용어를 처음 고안한 19세기 유럽인들은 유럽 문학을 중심으로 그 질서를 구축했지만 풍부한 국민문학의 전통을 가지고 있는 현대의 문학 강국들은 나름의 방식으로 세계문학을 이해하면서 정전(正典)의 목록을 작성하고 또 수정한다.

한국에서도 세계문학 관념은 우리 사회와 문화의 변화 속에서 거듭 수정돼왔다. 어느 시기에는 제국 일본의 교양주의를 반영한 세계문학 관념이, 어느 시기에는 제3세계 민족주의에 동조한 세계문학 관념이 출현했고, 그러한 관념을 실천한 전집물이 출판됐다. 21세기 한국에 새로운 세계문학전집이 필요하다는 것은 명백하다. 우리의 지성과 감성의 기준에 부합하는 세계문학을 다시 구상할 때가 되었다.

문학동네 세계문학전집은 범세계적으로 통용되는 고전에 대한 상식을 존중하면서도 지난 반세기 동안 해외 주요 언어권에서 창작과 연구의 진전에 따라 일어난 정전의 변동을 고려하여 편성되었다. 그래서 불멸의 명작은 물론 동시대 세계의 중요한 정치·문화적 실천에 영감을 준 새로운 작품들을 두루 포함시켰다.

창립 이후 지금까지 한국문학 및 번역문학 출판에서 가장 전문적이고 생산적인 그룹을 대표해온 문학동네가 그간 축적한 문학 출판 경험을 바탕으로 새로운 세계문학전집을 펴낸다. 인류가 무지와 몽매의 어둠 속을 방황하면서도 끝내 길을 잃지 않은 것은 세계문학사의 하늘에 떠 있는 빛나는 별들이 길잡이가 되어주었기 때문이다. 우리가 자부심과 사명감 속에서 그리게 될 이 새로운 별자리가 독자들의 관심과 애정에 힘입어 우리 모두의 뿌듯한 자산이 되기를 소망한다.

문학동네 세계문학전집 편집위원
민은경, 박유하, 변현태, 송병선, 이재룡, 홍길표, 남진우, 황종연

세계문학전집 193

타타르인의 사막

1판 1쇄 2021년 2월 26일
1판 4쇄 2024년 9월 5일

지은이 디노 부차티 ｜ 옮긴이 한리나

책임편집 송지선 ｜ 편집 박아름 홍상희
디자인 엄자영 최미영 ｜ 저작권 박지영 형소진 최은진 오서영
마케팅 정민호 서지화 한민아 이민경 안남영 왕지경 정경주 김수인 김혜원 김하연 김예진
브랜딩 함유지 함근아 박민재 김희숙 이송이 박다솔 조다현 정승민 배진성
제작 강신은 김동욱 이순호 ｜ 제작처 영신사

펴낸곳 (주)문학동네 ｜ 펴낸이 김소영
출판등록 1993년 10월 22일 제2003-000045호
주소 10881 경기도 파주시 회동길 210
전자우편 editor@munhak.com ｜ 대표전화 031)955-8888 ｜ 팩스 031)955-8855
문의전화 031)955-1927(마케팅), 031)955-2686(편집)
문학동네카페 http://cafe.naver.com/mhdn
인스타그램 @munhakdongne ｜ 트위터 @munhakdongne
북클럽문학동네 http://bookclubmunhak.com

ISBN 978-89-546-7751-6 04880
　　　978-89-546-0901-2 (세트)

잘못된 책은 구입하신 서점에서 교환해드립니다.
기타 교환 문의 031) 955-2661, 3580

www.munhak.com

● 문학동네 세계문학전집은 계속 출간됩니다